金物屋信司Ⅱ

乱華流転

鈴木徹男
SUZUKI Tetsuo

文芸社

目次

主な登場人物

杉山 信司　　浜松市城南町にある「まる信金物店」店主で研師。研師としての名は「杉山光泉」。37歳。通称 金物屋信司。
杉山 香奈　　信司の妻、24歳。
杉山 拓郎　　株式会社「K＆Jサウンズ」社長。
杉山 賢二郎　拓郎の父親、浜松市の名士。高齢。
榊原 剛志　　京都の広域指定暴力団心水会本部長（若頭）。
榊原 由美　　榊原剛志の妹。市内にあるブティック「コレクションU」経営者。
桐林 茉莉子　高園町にあるクラブ「マリー」のママ。
栗畑 栄二　　信司のかつての仲間。今は張栄仁（チャンエイジン）と名乗る。信司より年下。
倉田　　　　ＪＲ浜松駅前にある倉田法律調査事務所経営者。
黒澤　　　　信司を訪ね東京から来たという男。正体は？
赤井 圭一　　４年前の抗争事件で殉職した静岡県警浜松本署刑事赤井の実兄。
川村 美和　　ブティック「コレクションU」店員。
久保　　　　静岡県警浜松本署捜査一課刑事。４年前殉職した赤井刑事の当時の相棒。
米山　　　　静岡県警浜松本署生活安全課刑事。元城西交番巡査で信司と顔見知り。
池田　　　　静岡県警浜松本署捜査二課刑事。
松枝　　　　水原エンタープライズ浜松支店長代理。
志田 誠治　　マキノ産業株式会社社長。
牧野 耕蔵　　元テキ屋「遠州一家」を名乗る牧野組組長。
西園寺 一（はじめ）　政権与党の重鎮議員。

山岡 隆志　　地元遠州地方出身の若手国会議員。
楊(ヤン)　　韓国マフィア。
琳(リン)　　楊の手下。
金城　　市内西沢町の整形外科開業医。
西田　　金物問屋の浜松支店長、まる信金物店とは長いつきあい。
中川　　市内山本工務店の建築士で営業マン。これまでの信司の店は全て手掛けている。
重松　　東京にある重松建設元会長。元学生剣道連盟理事で、信司の高校時代の剣道部監督。4年前ホテルコンチェルトの爆発で死亡。
義国 照光　　関市の刀匠。信司の人生の師。4年前の事件で死亡。妻の登美子は長浜の老人施設入居中。
黒岩 佳彦　　信司の研ぎの師匠黒岩の息子。元流星会会長。信司より年下。4年前死亡。
小山 静香　　元厚生労働省麻薬取締局浜松支局主任取締官、香奈の母、4年前死亡。
斉藤　　厚生労働省麻薬取締局浜松支局取締官。
河井　　厚生労働省麻薬取締局金沢支局取締官。
島野　　クラブマリーのバーテン。
花川、土屋　　榊原剛志の側近。
野中　　志田の部下。
小林　　牧野耕蔵の手下。

一　倉田法律調査事務所

はめ込みの小窓から額に入った写真のようにＪＲ浜松駅が見通せるビルの三階。男が二人、話をしていた。

秋たけなわの駅前大通りは車や人で賑わっているが、大通りから北へ路地ひとつ入った雑居ビルの一室はその喧噪が嘘のように静かだ。

「本題に入るが、杉山信司(すぎやましんじ)って男を知っているかね。殺し屋って噂もあると聞いた。できればそっちの方を詳しく教えてほしい」

「仕事の依頼を受けたことはなく、付き合いもないですが、知ってますよ。『金物屋信司』って言い方の方が何かと通りがいいようですけどね」

「ほう、金物屋。そりゃまたえらい古風だな」

「それと、殺し屋って言い方はどうかと思いますけどね。今のこの日本の社会にその言葉は全く現実感がないでしょう。映画とかだったらともかく、どうにも違和感がありますね」

「まあそうかもな。確かに現実的ではないな。だが銭貰って人殺しを請け負うんなら、殺し屋に違いないだろう。それともそいつが人殺しなどやっていないということかね」

「何のツテもなく初めてここへ来られた方なら私も、そういうことについては分からないと申し上げるところですがね。古くからの知り合いからの紹介ですし、わざわざ東京から来られたそうなので敢えて言いますが、やっている可能性はありますね。

ただ、私の得ている情報では、銭は取らないって聞いてるんですよ。しかも、これまでの殺しも、本当に金物屋がやったのかどうか、そっちの世界の人間でも分からない、確証は取れていないって話でしてね」

「可能性はあり、だが報酬はなし？　笑わせる話だな。じゃ、何か？　頼まれたらボランティアで人を殺すのか？　警察に挙げられたら下手すりゃ一生ムショ暮らし、相手が組織の人間なら出所してもそっちからも命を狙われる。

そのリスクを背負ってタダで人殺しやりますってか。そんなのはプロとは言わないな。確かに殺し屋じゃない」

「じゃ、そういうことで殺し屋という話は終わりですね。私としては他に言いようがありません。信用できなきゃ、他当たって頂くしかありません」

「そうだな。話にならん。そんな奴はプロでもなんでもない。ど素人だ。そいつがやったかどうかも定かでないと聞けば尚更だ。

どうでもいいようなことだが、そいつは普段は何してんだ？」

「だから、金物屋ですよ。『まる信金物店』ていうんですがね」

「そんな商売で飯食っていけるのか？　今の世の中、客は皆ホームセンターだろう」

「一般的にはそうですね。でも、浜松は人口約八十万人の政令指定都市ですからね。中には目の肥えたというか、本物志向の客もいて、しっかりした質の良い刃物を扱う専門店として、それなりに繁盛してるらしいですよ。

　特に料亭やホテルの調理人達、それと建築や造園関係の職人さん達、つまりその道のプロに受けがいいらしいですね。

　金物店ってのは親の代からの看板なのでそのまま掲げてますが、その倅が店を継いでから、かなりリニューアルしたようです。内装も扱う品目もね。ま、主に上質な刃物を扱う個人の工具店と言った方が当たってますね」

「分かった。その片手間に、裏じゃボランティアで殺しもやるってな。ついでに聞いとくが、そいつにバックは？　そっちの世界で言うだろう、ケツモチとか。人口八十万の政令市となればあるだろ、いくつかの組織が。いわゆる反社会的勢力、つまりヤクザだよ」

「ありますよ、いくつか。と言っても、大きな独立した組ではなくて、今はどこも大手の系列傘下に入ってますがね。

　金物屋がどこと繋がっているかですが、それがまた、分からないんですよ。彼が殺し屋をやっているとしての話ですが、そっちの世界、おっしゃるように全くのピンで仕事が成り立つほど甘くはないと思いますけどね。

私も結構長くここで商売してますが、特定の組織と繋がってる情報は入ってきません。

ま、近年は暴対法の関係で、昔のようにあからさまにヤクザですって看板掲げているところなんかはないですからね。私の知っている組も、昔は事務所へ入れば代紋とか神棚とかありましたが、今じゃそんなものは一切ありません。ここと似たようなものです」

「ほう、そうなのか」

「はい。ご存じかもしれませんが、暴力団排除条例ってやつもありますしね。もうガチガチに規制されて、彼らもやりにくいでしょうね。ヤクザと分かったら、銀行もホテルもゴルフ場もみなNGですから」

「ヤクザという組織は深く潜(もぐ)って表面的には出てこないということか」

「そうとも言えますね。表面的にはいわゆるシノギができませんからね。これからはヤクザとかカタギとかいう言葉は死語になるかもしれません。

その一方、個人情報保護法で、私らの商売も下手に探りを入れることもできないんで、難しい世の中になりましたよ。見た目じゃ区別が付きませんからね」

「なるほどな。それが今の日本ってわけか」

「そうです。ましてや金物屋は、店構えも本人からも、ヤクザとか極道とか、裏の世界の雰囲気や匂いは全くしません。

見た目カタギそのものですからね。店に来る客をいちいちチェックするってのも難しいですし。ですから先ほどの殺し屋っていう言葉も、全く現実感がないんですよ」

「おい、そいつ、ほんとに殺しをやってるのか？　ここまで足運んで後で何もしていないただのカタギの素人でしたじゃ済まないぜ」

「私も一応調査事務所の看板掲げてますんでね。可能性ありと言う以上は、それほどいい加減なことは言いませんよ。

そう考えなければ説明のつかない事があるんですよ。もう四年程前になりますが、極道同士の抗争事件がありましてね。金物屋の店が銃でメチャメチャに荒らされたんですよ」

「何故そいつの店なんだ？　ヤクザでもないのに」

「そう思いますよね。警察の本署に当時、赤井っていう刑事がおりましてね。私も面識がありましたが、県警じゃ右に出る刑事はいないって言われてました。その赤井さんが以前から単独で金物屋を探っていたようです。何か掴んでいたんでしょうね」

「ほう、それで？」

男が初めて相手の目を見つめて訊いた。

「その赤井刑事が事件の時、彼の店、といっても実際はすぐ近くに停められた車の中でしたが、撃たれて死んでるんですよ。近くには当時、防災用のポンプ小屋があって、その中ではヤクザが死んでましてね。

それで、彼も事件に関わってるんじゃないかってことで、警察も本人を殺人容疑で逮捕して何日か拘留して厳しく取り調べをしたようです。家宅捜索もして。しかし結果は白、無罪放免でした。

仕事柄、私も本署の刑事何人かと面識がありましてね。その時以来、警察もずっとマークはしてるらしいですよ。ここの警察本署は結構根性入ってます。でも、彼はガードが固いんでしょうね。独特のセンサーを持ってるっていう噂も聞きます。

私としてはひとつだけですが、彼の店へ行った時、印象に残っていることがあります」

「どんな？」

「商品を見ている時、いきなりすぐ傍から声を掛けられたんです。身のこなしって言いますか、近寄ってきた気配を全く感じさせなかったです。大して広くもない店ですよ。驚きました」

「足音とかするだろ？」

「全く気付きませんでしたね。それで話しながら観察したんですが、感情が表情に出ないんです。説明が難しいのですが、単に能面のような無表情とは違うんです。

試しにヤクザなら顔つき変えて凄（すご）むような言葉を投げてみたのですが、顔色にも表情にも変化がないんです。無神経なのかとも思いましたけどね。

私もそれなりに場数を踏んできてますから、人の気配とか表情を読むことはできると思ってるんですがね。ここへ戻ってきてから、もし彼がどこからか音もなく近づいて来て、何の表情も浮かべず、すぐ後ろに立ったら、と思うと背筋が冷たくなる思いがしましたね」

「それがあんたの言う可能性ありの根拠かね。無表情か……。

それで、その金物屋に殺しを頼むにはどうすればいいのか、あんた知ってるかね」

「まさか、そんなこと知りませんよ。可能性ありってのも根拠と言える程のものではありませんで、言ってみれば私の勘ですから。それにそういうことに縁もありませんしね。

一度本人の顔を直接見てきてはいかがですか。逢うのが一番でしょ。店はここから歩いても十数分、浜松城公園の傍です。屋根の看板と赤いサンシェードですぐわかりますよ」

「そうだな。独り者かい？」

「いえ、女房がいますよ。店のレジやってね」

「ほう、女房は知っているのかね、旦那の仕事を」

「さあ、そこら辺もご自身で確認されてはどうですか」

「分かった。料金は？」

男が立ち上がりながら言った。

「ここのですか？　この程度で調査もせずにお金は頂きませんよ。世間の噂話みたいなものですからね。私を紹介したという昔の知り合いには借りがありましてね。ま、金物屋のことを私から聞いたってことは他へは話さない、ということにして頂きたいですが……」

「そうかい。悪いね。また来るよ」

男が入り口のドアを手前に引いた。ドアのすりガラスには「倉田法律調査事務所」と表記されている。

「あ、しばらくこちらに滞在されます?」

「また来る」という言葉に反応して、倉田が男の大きな背中に声を掛けた。

「ああ、そのつもりだ。あちこち動くけどな」

「でしたら、折角ですから、差し支えなければ上の名前だけでも聞かせてくれませんか。電話された時、分かるように」

男が立ち止まって一呼吸した。

ドア横の壁にカレンダーが掛かっていた。日本画風の寒椿のイラストが添えられている。

「そうだな。じゃ、椿でどうかね」

「椿?　まさか下は三十郎ってんじゃないでしょうね」

「あんたも古いな。じゃ、黒澤はどうだ。いいじゃないか。どうせ符号みたいなもんだろ」

振り返りもせず男は出て行った。

二　女

　午前七時半、信司は店の裏口からいつものジョギングに出た。十一月初旬、よく晴れてまだそれほど寒さは感じない。

　コースはＡ・Ｂ・Ｃと三つ決めてあり、その日の気分で走る。どれも浜松城公園の周辺市街地を一周するコースだ。

　この、時間にして約三十分のジョギングは、浜松に戻って店を継いだ時から変わらない。香奈と暮らすようになってからも、生活のルーティンとなっている。

　変わったことといえば、独身の時は時間もコースも全く自由気ままだったが、時間に縛られるようになったことだ。香奈との生活が始まった当初、十五分程、時間がオーバーしたことがあり、それを香奈がひどく心配したのだ。

　四年程前、店近くのホテルの爆発に端を発した事件の傷跡は、信司はもちろんだが、香奈の心にも深く残っている。

　事件後、「これからは私も一緒に走る」と言う香奈をなだめるのに苦労した。商売柄、香奈とは四六時中一緒にいる。香奈の存在はまだ空気のように薄くはない。一緒にいることが鬱陶しい訳ではないが、さすがにジョギングは一人で走りたかった。

その代わり、三十分で帰る。それをオーバーしたら必ず電話するのが約束だった。それでも香奈は全てのコースを一度ずつ一緒に歩いて見て回り、やっと了解したのだ。

もうひとつ、変わった事がある。帽子だ。以前は目立たないグレー系のベースボールキャップだったのが、クリムゾンレッドのニット帽になった。

香奈が雑貨店で見つけて買ってきた。ポリエステルで撥水加工がしてあり、多少の雨なら中まで濡れずに済むが、何よりも店先のサンシェードと同色で遠くからでもよく目立つ。「信司さんもう人目を気にすることないでしょ。堂々と走りなさいよ」これが香奈の言い分だった。

四年が経つと少し疎ましいと思うことが増えた。女房と一緒に暮らすということはこういうことなのかと信司は思う。

子供でもできれば違うかもしれない。だが、店頭に香奈は必要だった。店員を雇うほどの経済的余裕はない。香奈がいることで信司は外出ができ、研ぎ作業にも集中できるのだ。

その研ぎもまだそれだけで飯が食えるほど商売として安定していない。刀剣類を所持していて研ぎに出すという客層は、この浜松にそれほど多くない。むしろ、掛川、静岡、豊橋といった市外の客からの持ち込みの方が多い。

香奈はまだ二十代前半で若いということもある。当面、子供の話はなし、というのが二人の暗黙の了解事項なのだ。

信司が以前から好んで走る谷底の道に出た。付近は鹿谷（しかたに）と呼ばれている。

そこは、アップダウンの多い浜松城の北側で、高台から見ると、両側が急な斜面になっている谷間の底にあたる。水が流れている訳ではないが、幅二メートルほどの道が緩やかにカーブして百五十メートル程続く。

はるか昔、軽便鉄道が走っていた頃の線路跡で、車は進入禁止となっており、両側の斜面は急なため民家は無く、雑木や雑草が生い茂っている。

ここへ来ると信司は三十メートルのダッシュを何回か繰り返す。これも以前から続けている習慣だ。

四年前の事件ではこの近くで、義国という刀匠と共に信司は初めて人を殺した。というより、相手のヤクザに拳銃を突きつけられ、絶体絶命の危機に陥った時、突然現れた義国の機転で相手が死亡し助かった、という方が的を射ているのだが。

その体験は強烈で今も鮮明に思い出す。近くにはその現場となったコンクリートブロック建てのポンプ小屋があったが、今は撤去され、ポンプは地下の下水道の中に移設されている。

事件は信司の過去と決着を付けるための闘いでもあった。一応ケリは付いた。だが、この世に生きている限り全ては続いている。終わりなどないことを信司は知った。

事件では何人かが死んだ。それで全てが決着したわけではない。今の平穏は、例えば榊原の考え一つでどう転ぶか予断を許さない。束の間の休息だ。

どういう風が吹こうが、対処できる感覚は常に磨いておかねばならないと信司は考えている。毎朝のジョギングやダッシュは、そのためには欠かせない最低限のトレーニングだ。

突然、雑木の繁みが揺れ、木々の中を滑り降りるようにして三人の男が信司の前に現れた。

一人はグレーのスエットスーツで足にクロックスをつっかけている。あとの二人はTシャツに黒のスタジャンをひっかけ、ジーンズにスニーカーだ。いずれも信司より若く、剣呑な気配が信司の神経を突き刺した。体格もいい。いかにも格闘技に長けた体つきだ。

「裸同然だ。まだ近くにいる。捜せ」

スエットスーツの男は二人に命じると、信司の走ろうとする方向へと駆けだした。

二人は立ち止まった信司に「どけっ」と叫ぶと、信司を押しのけるようにして逆方向へ走り出した。

信司が気を取り直して四十メートル近く走った時、繁みで音がした。立ち止まって目を凝らして見ると女がうずくまっていた。信司は咄嗟に道路の前後を見た。誰も見えない。

「どうしました?」

信司は声を掛けた。

若い。二十代後半か。羽織った男物の薄手のブルゾンは、辛うじて上半身を覆っていたが、その下は黒い上下の下着だけだ。むき出しの足の先には男物のビーチサンダルを履いていた。

信司は枯れ草や雑木をかき分け近づいた。

「大きな声を出さないで」

女がやっと聞こえる声で言った。顔面は蒼白で肩で息をしている。寒さに震えているようにも見える。

「怪我は？」

信司も声を潜めた。

「右足。折れてるかも」

女が喘ぐように言った。

「すぐ救急車呼びます」

「呼ばないで」

女が小さく叫ぶように言った。

「ほっといて」

続けてまた叫ぶように言った。声は小さいが、その目は鋭く信司の目を射た。

信司はなおも近づくと口調を変えた。

「こんな格好を見てほっとく訳にゃいかないだろう。出血してるじゃないか」

「あんた誰？」

「誰でもない。通りがかりの者だ。追われているのか？」

女が小さく頷いた。

「男の三人組か」

また小さく頷いた。

「俺と一緒に来い」

「どこへ？」

「どうせここにいても奴らに捕まる。それが嫌で逃げ出したんだろ。俺に任せろ。救急車は呼ばない」

信司は道路から見えにくい場所へ、引きずるようにして女を移動させると楽な姿勢をとらせ、首に巻いた長めのタオルを女の出血している右足に巻いて止血した。

この季節は枯草が多いが、林は槇や松など常緑樹も多く、手入れもされず生い茂っていることが、身を隠すのに幸いした。体中の小さなかすり傷にはかまっていられない。

「どうするの？」

「黙ってここでもう少し我慢しろ。静かにしてろ、電話する」

信司はスマホのワンタッチダイヤルを押した。

呼び出し音が聞こえたら三秒で切る。半呼吸してまた押す。同じことをもう一度繰り返した。

一呼吸ほどでバイブが振動した。

「起こしちゃったかな。悪いね。突然だけど、今、鹿谷の底の小道にいる。車の迎えがほしい。

それと厚手の着るもの二、三枚。連れがいるんだ。百六十センチぐらいの背で……」

「女ね。怪我は？」

「重傷だが命はある」

「救急車は？」

「呼べりゃこんな電話はしない」

「奥さんには頼めないの？」

「だから、それができりゃあんたに電話してないって」

「そういうことね。すぐ行くわ。公園側の出口でね」

電話は切れた。

女は安心したか、黙って信司にもたれかかっている。脈は少し速めだ。

信司は三人の男達が気になっていた。女を繁みに寝かすとまた「静かにしてろ」と言い聞かし、道路に出た。

二分ほどでスエットスーツが戻ってくるのが見えた。信司は繁みに向かって立ち小便をしているふりをした。

「おい、若い女を見なかったか？」

スエットスーツが信司に訊いた。信司のことは気にも留めていない。

「いえ、誰も……」

信司はバツが悪そうな顔をして答えた。

男は返事もせず行きすぎるとスマホを耳に当てた。

「わかった、俺も一度戻る」

信司の五、六メートル先から男の声が聞こえた。

男の姿が見えなくなるのを確認し、信司は女を肩に掴まらせ、右手で抱きかかえるようにして歩いた。女の背は百六十センチを超える。

車の通れる道路とはあと五十メートル程先で合流する。両側に雑草が生い茂った小道に通行人はいない。ラッキーだった。先ほどの男達も戻っては来ない。

車道と合流する道路端に赤のアルファロメオが停まっていた。エンジンは掛かっている。

運転席には中年の女が乗っていた。桐林（きりばやし）茉莉子（まりこ）という名だ。夏はとうに過ぎたのに、つば付きの帽子をかぶり、サングラスを掛けている。

信司と女は倒れ込むように後ろの座席に座った。

「衣類はそこの紙袋の中。タンクトップと厚手の長袖チュニック。ストレッチジーンズも入ってる。どこへ?」

茉莉子がすぐに車を出しながら訊いた。

「金先生んとこ」

「だと思った。待ってる間に電話しといたわ。裏口から入れって」

「それはありがたい。いつも気が利くねえ」

「信さんからのさんさんコールだからね」

信司が黙っている女に前の席を顎で指し、目くばせした。

「すみません」

女が小声で言った。

「大丈夫？　五分で着くからね。安心なさい」

茉莉子の手際の良さにはいつも感心する。さんさんコールは呼び出し音三秒を繰り返す電話で、緊急で重要な用件の合図だ。

アルファは金城整形外科と書かれた医院の裏口へ着いた。

「もう大丈夫だ。安心しろ。ここの先生の腕は確かだ。俺達はここでさよならする。あとは自分で何とかしろ。できるよな。目も耳も口も使える」

女は不安げな目で信司を見ると言った。

「名前と電話、教えて下さい」

「見るに見かねて手を貸しただけだ。気を遣わなくていい」

信司は格好付けて言った。これ以上関わりたくない気分もある。信司は暮らしの中で必要以外の事に首を突っ込むことは避けたいのだ。

中年の女の看護師がストレッチャーを押して出てきた。

「こちらへ移して」

その看護師が事務的に言った。

信司が両肩を持ち、看護師が足を持ってストレッチャーへ女を寝かせた。小道を一緒に歩いた時は感じなかったが、肩幅は意外に広く、体も筋肉質だ。

「事情は知らないけど、この人に助けられたのでしょう？　普通の大人なら一言お礼とか名前ぐらい言うの常識よね。バッグも持ってないようだけど、お金は？」

茉莉子が強くはないが、女に聞こえる口調で口を挟んだ。

「川村です」女は睨み付けるような目でそれだけ言った。

信司は看護師に自分の店の名だけを告げ、ストレッチャーに乗せられた女が院内に運ばれるのを見送った。

金城ドクターとは面識がある。治療代は後ということにしてくれるはずだ。

「ついでに店まで送るわ。香奈さんにはなんて言うの？」

茉莉子はもう何事も無かった顔で、いたずらっぽく笑いながら言った。

「ジョギングの途中で茉莉子っていう悪い女に捕まったたって言う」

信司は言葉を返した。

三　コレクションU

右の足首から先をギプスで固めた女が信司の店、まる信金物店に現れたのはそれから三日後の開店直後のことだった。

茉莉子が用意した服を身につけ、アルミの杖をついていた。右足首の骨折以外は、打撲とかすり傷だったという。左足はまだビーチサンダルだった。

何カ所か青黒いアザと紙テープで留めたガーゼが見えた。ギプスはとれるまでに二ヶ月位かかるので、医院を追い出されたと言う。

改めて見ると、すらりとしているが、やはり女としては肩幅が広かった。水泳でもやっていたかと信司は思った。

「すみません。財布も免許証も、ハンドバッグごと取り上げられてしまったので、何も持ってないんです。洋服、助かりました。

それで……、先日聞いたこのお店の名を先生に話したら、代金は後でいいからって言われて……。タクシーのチケットくれたんで、他に行くところがなくて……。すみません」

女はしおらしく頭を下げた。言葉にトゲトゲしさはない。憔悴（しょうすい）した顔つきだが助かった安心感からか、険しかった目つきも少し穏やかに見えた。

「それで、足はどうなんだ?」

「はい。ギプスで固められて痛みはかなり引きました。出血は表面だけでした」

話さずにはいられないといった表情で女が続けた。

「私、監禁された部屋が一階だと分かってましたし、窓から木々がたくさん見えたので、逃げられると思って、トイレに行くって言ってロープをほどいてもらい、裏側の窓から飛び降りたんです。あんなに深い谷で、窓の外がすぐ急な崖だとは思ってもみませんでした」

信司は頷いた。確かにそうだ。あの辺りは常緑の樹木が繁っているので、昼間でも足下はよく見ないと分からない。

「それで足か」

「はい、窓から飛び降りたらそのまま五メートルぐらい滑り落ちて、多分その時……」

「着ていた服は?」

「私が逃げないようにナイフ突きつけられ、脅されて脱がされたんです。抵抗できませんでした。普通のサラリーマンではなかったと思います。言葉遣いも。

ほんとに殺されるかもしれないと思いました。男達のスキを見てあのブルゾンとビーチサンダルを掠(かす)めとるのがやっとでした」

「ほう、よくできたな。どこへ逃げようと思った? 裸同然で」

「とにかく部屋から逃げようと思いました。まだ真冬ではないし、もう明るかったからどこかの家へ逃げ込めば何とかなると思って……」

「そうだな。あの谷の斜面に民家はない。他の持ち物は？」

「全部取り上げられました。東京から連れてこられたんです」

「家も東京？」

「実家は八王子です。アパートは中野ですが、両方ともあの人達は知ってます。戻れません」

「困ったな、そりゃ」

信司はかつて東京から岐阜へ逃亡した時の自分を思い出した。その自分をやむなく匿ったのが刀匠の義国だった。当時の義国の心境と似ているかもしれない。

思えば信司はその義国に世話になり、追っ手から逃れることができた。その後の事件で、義国は信司のために死んでいった。信司を匿ったりしなければ今頃人間国宝になっていたのだ。

だが、当時、信司には重松という紹介者がいた。ツテがあったのだ。この女のことを誰かに頼まれたわけではない。どんな素性なのか全く知らないのだ。

信司はとりあえず、作業場に近い応接コーナーへ女を招き入れ、まだ奥にいた香奈に引き合わせた。

「家内だ」

女は黙って頭を下げた。

「初めに一つ言っておく。俺達に嘘をついたらすぐに放り出す。そうなればまたあいつらに捕まるだろう。あんたがどうなろうと知ったことじゃない。俺達にあんたの面倒を見なきゃならない筋合いはない。分かるな」

信司は一呼吸すると女の目を正面から見据え、目に力を込めて〝気〟を放った。一瞬女がハッと身震いするように怯えた顔つきになったのが分かった。

だがそれはすぐに鹿谷で「ほっといて」と言った時の、相手を射るような鋭い目に変わった。

信司が相手を睨み付けるようなことは滅多にしない。むしろ感情を悟られないよう気配を絶ち、無表情で接するのが常だ。そういう修行をしてきたのだ。

「本当よ。この人を怒らせると殺されるわよ」

香奈が追い打ちをかけた。顔は笑っているが目は笑っていない。香奈にしてみれば信司から何も聞いていない。突然で「何？この人」の心境なのだ。

自分がしている行動と置かれた状況を察したように、女は口をつぐんで目を伏せ身を固くした。普通の感受性は持っている。他に頼るところもなく訪ねてきた人間を無碍（むげ）にもできない。

そう考えて信司はもう一度女を見た。どこかに信司の神経に触れるものがあった。女としての可愛らしさや、抱いてみたいと思わせる色香ではない。放ってはおけないと思わせる、いじらしさでもなかった。

強いて言えば〝自分と同じ匂い〟を感じたのだ。大して言葉も交わした訳ではないが、女から、かすかではあるがそういうオーラを感じ取ったのだ。

それは普通の娘には無い、ある種の修羅場を踏んだ者が発する野性的ともいえる信号だった。

信司は未だ(いま)にそういう匂いを払拭しきれていない自分を自覚している。

表情を戻し信司は言った。

「香奈、頼むよ。この人は多分、しばらく風呂にも入っていない。何とかしてやってくれ」

「名前は？」

香奈が訊いた。表情も言葉も固い。

信司がメモ用紙とボールペンを渡した。

女が神妙に答え、名前を書いたメモとペンを信司に返した。

「川村美和です」

「じゃ、美和さん、こっち」

香奈は美和を浴室へ連れて行った。


信司は頭を巡らせた。川村美和をここへは泊まらせられない。二階に寝室と居間があるが、信司の書斎コーナーと香奈の家事スペース、整理ダンスや姿見で一杯だ。

それ以前に、自分と同じ位の年齢の知らない女を家に泊めること自体を、香奈は嫌うだろう。

当然だ。

かといって、また茉莉子には頼めなかった。「なんで私がそんなことまでしなくてはならないの」と言われるのがオチだ。仮に頼んで引き受けてもらえたとしても、大きな借りを作ってしまう。そうまでしてこの女を匿う理由は無い。

信司は十分程考え、榊原由美に電話した。

由美は今、浜松で一番賑やかな繁華街で「コレクションU」というブティックを経営している。信司と知り合った頃は、イケガミオートというカーショップのセールスウーマンだった。

「忙しいところすみませんが、折り入って頼みがあるんですよ」

「信司さんが私に頼み事？　それはまたどういう風の吹き回しかしら」

由美は最近少し肥えた。信司より四、五歳上のはずでまさに女盛りだ。最初に逢った時の爽やかさは影を潜めたが、歯切れのいい快活な物言いは変わらない。

「お店、もう二年ですよね。大繁盛って聞きました。結構ですね。一人、ハウスマヌカンて言うんですか、店員さんを雇って頂けませんかね。店長ひとりでは何かと大変でしょう」

「あら、金物屋が就職の斡旋？　世の中変わったわね」

「お忙しいところすみません。会うだけでもお願いできませんか。もちろん由美さんが見てダメならそれまでってことで結構です」

「そうねえ。会ってみてからってことでいいの？」

「もちろんです。お店の方でいいですか。私の方は一時間後には連れて行けます」

「今日、今すぐ？　それはまた急なお話ね」

「申し訳ありません。突然で。ご都合が悪ければ明日にでも……」

当然だ。信司は受話器を持ちながら頭を下げた。

「信司さんのことだから驚きはしないけど……、まあいいわ。急いでるのね。信司さんは解ってるでしょうけど、私の方は、この場所にこの店があって、あたしがいるってだけでいいの。お客はこっちが選ぶのがうちのシステム。フリーのお客はどうでもいいの。いいわ、店に来て頂戴」

「ありがとうございます。では一時間後に」

由美の店は高級で通っている。客はベンツやレクサスに乗る奥様方だ。


香奈が美和の体を支えながら二階から降りてきた。シャワーを浴び、メイクをした美和は別人のようだった。服も香奈のものに着替えていた。背丈は香奈の方が少し低い。多少窮屈そうだが借り物のようには見えない。足のギプスだけが痛々しい。

「このバッグ、美和さんにあげたから、私に新しいの買ってね」

香奈の機嫌は悪くない。信司は安堵した。パンプスも試した。何とか合ったようだ。

「こんなにして頂いて、申し訳ありません」

美和が二人に向かって頭を下げた。言葉遣いに落ち着きと安堵感が出ている。

「詳しい事情は知らないが、このままここへ泊めるわけにはいかない。しかし、そうかといって美和さんもその体で放り出されたら困るだろう。

とりあえず今から俺の知り合いの店に連れて行く。ブティックだ。足が治ったら店員で使ってもらうよう頼んでみる。どうだ？」

「ブティックですか」

「街へは出たくないって言う人に、ヤバいでしょう。怪我もしてるし」

香奈が口を挟んだ。

「コレクションUだ、香奈。とにかく連れて行く。もう先方へ連絡した。話は行ってからだ。留守を頼む」

信司は裏口から出て、美和を車の助手席へ押し込んだ。

車はシルバーブルーのスバルレヴォーグだ。由美がまだセールスだった頃、イケガミオートで買った。以前、義国の妻登美子から譲り受けたボルボは、街中で使うには少し大きく、商用車として使うには立派すぎた。

リアウインドウにゴールドのレタリングで、屋号のマークとまる信金物店のロゴが小さく入っている。

五分で由美の店に着いた。

三階建てで一階は駐車場だ。エレベーターで二階に上がる。

正面のウインドウには一見してそこいらのＯＬには手の出ない、ゴージャスなドレスを着たマネキンが並ぶ。ちょっと冷やかしにと思って上がってきた客は、入り口の手前でターンして降りていくだろうと、信司はいつも思う。

オートドアの入り口を入ると、繁華街の通りが見下ろせる窓際に、イタリア製ロココ調の猫足のテーブルとイス二脚のセットが三組並び、セットの間を観葉植物が仕切っている。

その奥が試着室で、試着した客は夜の灯りと太陽の光の両方で色や光沢を確認できるのだ。

「いらっしゃい」

由美が奥からにこやかに出てきた。いつものことだが信司は華を感じた。

「早速ですが、こっちは川村美和です。店長の榊原さん」

信司が紹介した。美和が深々と頭を下げた。

「あら、怪我？」

由美が初めて気付いたように訊いた。客が入り口のドアの前に立てば、中の由美は十九インチの画面で視認できることを信司は知っている。解像度は通常の防犯カメラの比ではない。

「いたずら好きな娘でしてね。でも一、二ヶ月で仕事はできます」

信司が答えると「あなたに訊いてないでしょ」と言いながら、由美は美和の顔と全身を上から下まで見た。由美の人を見る目は自分よりはるかに高いと信司は思っている。

軽く頷くようにして由美は二人にイタリア製のイスを勧め、自分も隣のセットのイスを持ってきて座った。他に客の姿は見えない。

「それで、あなた、この店で働きたいの？」

由美が改めて美和の顔を見ながら訊いた。

「はい。是非お願い致します」

信司の予想に反して美和はしっかりと答えた。

「そう。経験は？」

「実は初めてです」

「でしょうねえ。あなた、何ができるの？　何が得意？」

「はい、大学は情報処理学科で、パソコンは扱えます。それと帰国子女で英語ができます」

美和はまたしっかりと答えた。肚を括（くく）った声だと信司は思った。

「この店より別なところの方が、あなたの能力を活かせそうな気がするわね。なのにどうしてここで働きたいって言うの。この人がそう言えって言ったから？」

「はい、本当はそうですけど、ここへ来て店長さんのお顔を拝見してそう思いました。本当です。ウソではありません」

由美が声を上げて笑った。

「みもふたもないわね信司さん。ちょっと待ってね。時間、いいんでしょ？」

由美が席を立った。

美和は珍しそうに、賑わう通りを見ていた。

「浜松は初めてか」

「はい」

さすがに緊張しているのだろう、口数は少ない。

三分ほどで由美がコーヒーカップのセットを持って現れた。三つのカップにポットからコーヒーを注ぐ。相変わらずきれいな指だと信司は思った。

由美が「どうぞ」と勧めながら続けた。

「私が別なところと言ったのは、ただこの店でマネキンやっているより、他のジャンルの仕事の方があなたの能力を活かせそう、そういう意味よ。私はそういう仕事もしているの。ま、折角の信司さんのご推薦だから考えとくわ。いずれにしても、その足がちゃんと治癒してからね」

「よろしくお願いします」

美和が神妙な顔で頭を下げた。

「実は、もうひとつ店長さんにお願いがあるのですが……」

信司がコーヒーカップに角砂糖を入れながら切り出した。

「どうぞ」

「事情がありましてね。この美和には住むところがありません。経済的にホテル暮らしもできません。安全な場所があれば、店長さんにご紹介をお願いしたいのですが……」

「事情？……」

由美が信司の顔を正面から見据えると、持っていたコーヒーカップをテーブルに置いた。

「誰かに追われているの？」

「はい」

信司が答えた。

由美の切れ長の目がさらに少し細くなった。真剣な話をする時の癖だ。

一呼吸おいて言った。

「信司さんが頼み事があると言った訳が、やっと解ったわ。それが用件だったのね。つまり、美和さんを匿ってくれと言っているのね」

「こんなことをお願いできるのは、榊原さん以外におりません。

実は、急ぎだったもので、この娘を金先生のところへ運ぶのに桐林さんにお願いして手伝ってもらいました。三日前のことです。

勝手をしてすみません。もちろん費用は全て私が持ちます」

信司も改まった口調で言うと頭を下げた。

「まあ相手が信司さんだから、それほど驚くことでもないけど……。で、香奈ちゃんは知っているの？」

「はい、一応。今着ている服もバッグも靴も香奈のものです。ただ私の家にはこの娘を泊める部屋はありません」

「そうね。で、あなたは信司さんのこと、どれだけ知ってるの？」

由美が美和に向き直った。

「三日前に助けて頂きました」

「それが初めて？　それだけ？　それで、三日前から金城先生のところにいて、今日はここって訳ね」

「はい」

由美が信司を見ながらゆっくりとコーヒーカップを口に運んだ。

笑ってはいないが穏やかな顔つきに戻っている。

束の間、沈黙が流れた。

「わかったわ、信司さん。何とかするわ。但し、私のやり方でね。それでいいわね」

「結構です。助かります。では私はこれで……」

信司は腰をあげると美和の耳元で告げた。

「俺と約束したことは覚えているな。この方も同じだ。いいな」

美和がテーブルに手をついて立ち上がり「お世話になりました」と言って頭を下げた。

四　クラブマリー

その日の夜、信司は由美に電話した。美和に聞こえない場所で礼を言っておきたかったのだ。

「昼間はご迷惑をお掛けしました」

「あなたは時々、予想外というか、普通では考えられないことをやるわね。ジョギングしてたっていうじゃない。その途中に関わっただけの見ず知らずの娘を、本人が頼みもしないのに病院へ連れて行って、洋服着せてあたしのところへ連れてくるって、まず誰もしないわ、そんなこと」

「ほんとにご迷惑をお掛けします」

信司は頭を下げた。

「怒ってる訳じゃないのよ。兄も時々『信司はちょっと変わったところがある。抜けたところがある』って言ってるけど、ほんとにそうね。

あなたは普通の物差しでは測れないとこがある。やり出すと無鉄砲で向こう見ずなところもね。それでいて感情を外に出さない。確かだわ」

「今、どこにいます？」

「彼女？　私のマンションの空き部屋。逃げ出したり言うことときかなかったらそれまでね」

信司は再度礼を言って電話を切った。


一週間が経った。

午後の昼下がり、信司は由美から呼び出しを受けた。美和の世話を頼んだ手前、断るわけにはいかない。場所は市内高園町に建つ、十五階建てマンションの最上階にある高級クラブだ。マンションができて半年ほどしてオープンした。浜松では珍しい会員制をとっている。

マンションもクラブの名義も由美になっており、由美の父親が関係する不動産会社「水原エンタープライズ」の管理になっている。こういったことは茉莉子から聞かされていた。

今の浜松に十五階建て程度のマンションは珍しくはないが、市街で一番の高台にそびえ立つ「シャトー高園」は、ひときわ他を圧する威容を誇っている。

クラブへ上がるエレベーターは居住者用とは別になっている。道路からマンションへ入る通路自体が分かれており、駐車場やエントランス、エレベーターホールも別な場所だ。したがって、居住者がクラブへ来る客と顔を合わせることはない。

クラブ用のエレベーターは十四階までは止まらない。十四階は由美や茉莉子などクラブ関係者が居住していると聞いた。

「あの娘は結構なタマね。身元はまだ詳しく聞いていないけど度胸が据わってるというか、結構世間に揉まれていて野性的ね。お嬢様ではないわ。それでいて知識や能力はある」

会うとすぐ由美が言った。

「香奈ちゃんもなかなかのものだけど、いい勝負だわね」

「何をお持ちします？」

茉莉子が出てきて訊いた。

茉莉子はこのクラブを任されている。以前、信司が横浜にいた頃、港が見えるカフェバーのママをしていた。

信司は一時、そこに入り浸ったことがある。当時は茉莉子の出自については全く無知だったが、由美と縁があり、このクラブをオープンするに当たって由美が連れてきたのだ。

「ブレンドコーヒーを」

茉莉子は軽く会釈して下がった。

「何かありました？」

「信司さんが一目で見込んだ、のかどうかわからないけど美和は使えるわ。

まず、英語は本物ね。茉莉子が保証したわ。高校生の頃から何年かニューヨークで暮らしていたそうね。日常会話程度じゃなく、外国人相手に商売の話ができる。

それとパソコン。ハッカーっていうの？　他人のパソコンにアクセスしてデータを盗ったり改竄したり。それを帰国して東京の大学にいた頃からやってたらしいの。知ってた？」

信司は首を横に振った。

「お金はどうしてたのって聞いたら、日本から来ていた大学教授が出してくれたって言うのよ。大したものだわ。で、その教授が帰国することになったので、一緒に帰国して大学へ入れて貰ったって、パトロンよね。今の娘だわね。

応用テクノロジーとかを専攻でね。プログラミングとかにも詳しくて、好きなパソコン買わせて与えたら自由自在、手品みたいだわ。

ほんの遊びのつもりというか、興味本位で役所や銀行のコンピュータにも侵入してたらしいの。彼女にとって英語は読む方も全く苦にならないしね」

「それは……」

「それがエスカレートして、こともあろうに、政府の内閣情報センターのコンピュータに侵入して捕まったっていうのよ。バーチャルの世界と区別ができなくなったのね。

今、サイバー攻撃っていうのがあちこちであるじゃない。身元や交友関係を洗いざらい調べられて、かなり絞られたみたいね。

元々が遊び心で、侵入はしたけど、何もデータを盗んだり壊したりしてないことが分かって結局、単なる素人娘のいたずらということで釈放されたのね。『手錠掛けられてやっと現実の世界に戻ることができました』って本人は言ってる。

機密保持法が施行される前で助かったともね。でもそっちの世界の関係者の間ではちょっとした話題になったらしいわ。誰でもできるって訳じゃないものね。

それでやっと解放されたと思ったら、そういう組織から変な脅しや勧誘があったみたい。それで教授とも離れたって。

今度のこともそっちの関係で、あの娘を攫って浜松へ連れてきたのは、牧野のところの志田が東京のツテを頼ってやったことらしいわ。知ってるでしょ牧野組」

「いえ、知りません」

「もう、信司さんてさ、ほんとにどこか抜けてるのよね。牧野組は昔からこの地元を仕切ってるテキ屋の元締めよ。

遠州一家とか遠州連合とか名乗っていたけど、この時代、本業では食べていけないから、不動産や土木、産廃にも手を出したのよ。

バブルはとうに過ぎたけど、その後のゴタゴタに乗じてね。関西、多分大阪辺りだと思うけど大手の知恵借りて、実力でシマを拡げたのよ。ここら辺りは地方の田舎だから、地上げとか、土地転がしとか、あくどいやり方がまだできたのよ。そのぐらいは分かるでしょ」

さすがに由美は抜かりがなかった。

「そこの親方は？」

「牧野耕蔵っていう名前だけど、これは大したことないの。昔気質のテキ屋。見た目怖そうだけど所詮は田舎ヤクザ。

私も以前セールスやってた頃、車買って貰ったけど、野心はないわ。ベンツ勧めたらカローラでいいって言うぐらいだから。でもこの辺じゃ名前は売れてるし、顔は広いからね。若頭の志田っていう奴。牧野耕蔵の娘婿だけど、これは要注意よ。覚えておきなさい。ダークグリーンのマセラティに乗ってる。浜松じゃ少ない車だから気をつけてね。

志田が浜松に来てから牧野組は変わったわ。もうテキ屋は過去。今はカタカナのマキノ産業株式会社よ。立派な看板出しただけあって、やることはやっているわ。

ちょっと前から耕蔵さんは会長になって、事実上隠居、志田が社長よ。今はどこもそうだけど、本社へ行けばカタギのまっとうな会社。昔のヤクザ事務所っていう雰囲気はないわ。きちっとした身なりの大卒社員がちゃんと応対するし。

会長の耕蔵さんは自宅へ引っ込んで、もう本社には出ていないようだし、不動産業として急成長、今では浜松一だわね。でも昔風に言えば土建屋で、所詮はヤクザ。変わってないわ。

志田は最近、水原エンタープライズが押してきているから、のんびりしてられなくて走り回っているのを時々見るわ」

信司はマセラティという車すら知らなかった。そんなことを口にしたら、由美に本当にバカにされるだろう。

「分かりました。牧野組の志田ですね。よく覚えておきます。美和の件を聞くと東京とも繋がりがあるって訳ですね」

「そうよ。本人は関東と関西をうまく使い分け、上手に泳いでいるつもりでしょうね。信用無くすだけなのにね」

「ところで、美和ですが……」

信司は話題を変えた。

「とんでもない娘でしたね。私の勝手なお節介でお世話を掛けました。すみませんでした」

信司はテーブルへ額が付くほど頭を下げた。「頭を下げて話がつくなら、いくらでも何回でも下げろ。面子（めんつ）などにこだわるのはバカだ」。死んだ重松が信司に遺してくれた唯一の教訓だ。

「兄に話したら興味を持ってね。例の協議会を使って調べたの。元検察とか居るからね。事実だったわ。

兄は以前からコンピュータに明るい人材を探してたの。『もう現物を掏り盗ったりしてる時代ではない。パソコンとネットだ。システムを自在に操れるエキスパートがほしい』ってね。

今は情報を得るだけではなくて、情報を盗ったり創り出して操作する時代だものね。『いい娘を見つけた、大事に育てろ』って話よ。

このままあの娘がちゃんと言うこと聞いてくれたら、私が直接面倒見るわ」

「ということは、私の気まぐれもお役に立ったということですかね。本人はどうです？」

「あの娘が言うには、テロとかサイバー攻撃ではないことがわかって解放はされたのだけど、逮捕されて取り調べを受けた時の個人情報データが、まだ全部、検察庁の何とかいう部署に保存されているはずで、身動きできないっていうの。

信司さんはあの娘を連れてきた人だから言うけど、兄は今、データの抹消ができないか、協議会の筋から動いているわ。衆議院の西園寺にも水面下で依頼してね。

抹消できなければ戦力にはならない、その時は放り出せって言ってる」

「では、もし抹消ができて、お兄さんがそのデータを管理できれば、美和は由美さんが自由に使えるというわけですね」

「そうね。その前に、もしかしたら信司さんの腕が必要になるかもね」

「私の腕？」

「とぼけないで。『そういう時が来たら信司を使う』って、兄が言ってるわ。承知しといてね。あたし下町へ行くから、ゆっくりしていって」

由美は席を立った。

何の用事もなしに由美が呼びつける訳はないのだ。

しかし、世の中何が起きるか分からないという思いは強かった。由美の話しぶりでは牧野組は水原エンタープライズの競争相手だ。双方とも根っこは暴力団だ。

競争というよりも抗争になる恐れがある。水原エンタープライズは由美と直結している。注視しなければならない。そして、これから川村美和がどうなっていくかということも。

だが信司は考えることを止めた。元々物事を深刻に考えるタイプではない。先のことなど誰も解らないのだ。

　ただの人助けのつもりが、ややこしいことになった。それだけを思った。


「この間は世話を掛けたね」

　由美と入れ替わりに隣に座った茉莉子へ、信司は軽く頭を下げた。茉莉子は由美より少し年下のはずだ。

「どういたしまして。お役に立てた？」

「十分です」

「よかったわ」

　茉莉子が自分のコーヒーカップを掲げるようにして信司のカップに軽く当てた。

「あの娘、川村美和ですが、由美さんに預けました」

「聞いたわ。私のところへちゃんと挨拶に来たわ。あの時はパニックになっていたようね。詳しくは聞いていないけど、結構苦労してきた子らしいわね。英語は上手よ。

　それに若さね。目の輝きっていうのかしら、私にはもう無いものを感じたわ」

「では、今後ともよろしくお願いします」

　立ち上がった信司に茉莉子が微笑んで言った。

「もうお帰り？　たまには夜、香奈さんといらっしゃいよ」

由美もサラッとした性格だと信司は思っているが、茉莉子はもっとさっぱりしている。そういう点ではクラブのママらしくない。

「送るわ」

言って茉莉子も立つと歩き出した。背は百七十センチ近くあり、背筋が立っている。昼間は真っ白のシャツブラウスに、モスグリーンのストレッチパンツ、靴はベージュのローヒールだ。トレードマークになっている、男のように刈り上げたショートカットの髪は、横浜の頃と変わらない。当時客の間では宝塚出身という噂があったことを信司は思い出した。

マンションの十五階はフロアスペースの約半分がオープンテラスになっている。クラブは倉庫や従業員の更衣室なども含め、全フロアの半分以下だが、それでもかなりの広さだ。

その中央やや奥、ボックス席から演奏者の横顔が見える位置に、グランドピアノが置かれていて、申し出れば客は自由に弾くことができる。ただ、自由とはいえ、音楽の町浜松だけに自ずと演奏のレベルは限られる。素養のない客が弾けばただ野暮なだけだ。

信司は未(いま)だ聴いていないが、茉莉子の演奏するジャズナンバーもプロ並みと聞いている。

「今度、ママのピアノ、聴きに来るから」

信司はマリーを後にした。

地上に降りると、信司は駐車場脇に停めた電動自転車、いわゆる電チャリにまたがった。近場の移動は車よりも楽だ。香奈も日常の買い物はこれを使う。

マンションからほど近い場所に、水原エンタープライズ浜松支店の社屋がある。その駐車場にさしかかった時、片隅に四人の男の姿が見えた。一人は少し小柄だ。

信司が何気なく目をやると、その小柄な男を三人が取り囲んでいることが分かった。十メートル以上離れているが、神経を刺激する剣呑な気配を信司は感じ取った。

陽は傾いているがまだ暗くはなく、顔も見えた。見覚えがあった。美和を追って崖を滑り降りてきた三人だ。今日はサラリーマン風のスーツ姿だった。

囲まれている男に面識はなかった。この男もスーツにネクタイをしていた。

気になった。信司は電チャリを停め、電柱の陰に身を寄せた。十台以上停められる広さの駐車場には、黒のワンボックスが一台停まっているだけだ。

張り詰めた緊張感が信司の肌を刺した。

三人のうちの一人がスッと間合いを詰め、小柄な男に手を伸ばした。その瞬間、小柄な男が動いた。その手首を掴み、ねじ上げると脇腹を蹴った。そのまま崩れ落ちる男に身を預けるようにして、他の二人から避けると立ち上がり、倒れた男の頭と顔を足で踏みつけた。

他の二人が腰を落とし、空手の構えをとった。一人がすり足で半歩前に出ると前蹴りを放った。小柄な男は予期していたように回り込みながら、その腿を蹴った。前蹴りの男の体が横を向く程の強烈な蹴りだった。

小柄な男はそのまま突進し、今度は体重を乗せた水月への前蹴りを放った。男はその体全体の蹴りに突き飛ばされるように後ろに倒れ、太いアーチ型の車止めに後頭部をぶつけ昏倒した。小柄な男が残りの一人に何事か声を掛けた。その男はまた空手の構えをとっている。二呼吸ほどして二人が同時に動き、交差したかのように見えた。一人が倒れた。立っていたのは小柄な方だった。

信司には見えていた。空手の顔面への正拳突きをウィービングして躱しながら、体ごとぶつかるように接近して放った右足の膝蹴りが、またも水月に決まったのだ。小柄な男はまた倒れた男の顔を踏みつけた。男が動かなくなった。

小柄な男は倒れたままの三人を、ワンボックス車と建屋の隙間へ引きずって並べると、辺りを見回し、支店内へ入っていった。

高園界隈は中心部の繁華街から離れている。歩道を歩いている人間はほとんどいない。車は走っているが、市街地でよそ見している余裕はない。

近寄ってくる野次馬もいなかった。しかも僅か二、三分のことだ。おそらく見届けたのは信司一人だ。

〝普通の男がやるようことではないし、できることでもない〟

顔はよくは見えなかったが体つきは頭に入れた。

信司の頭に似たような体型の男の顔が浮かんだ。一見小柄で服を着ているとそうは見えないが拳法の達人だ。

〝栗畑（くりはた）、そうだ、あいつに似ている〟

信司は電チャリを出した。

五　来客

「いらっしゃいませ」

香奈の普段と変わらない声が聞こえた。

入り口のドアにはちょっとした仕掛けがしてある。店の外と中の両方にカメラがあり、映像を作業場にいる信司が見ようとすればモニターできるのだ。もちろん仕上げ研ぎなどで集中したい時はオフにできる。

信司は丁度一息入れようとして研ぎを中断し、モニターをオンにしたところだった。

客は大柄な男だった。入り口を二、三歩入ると立ち止まり、店内を見回している。

「どのようなものをお探しですか」

逡巡（しゅんじゅん）している男に掛けた香奈の声がモニターから聞こえてくる。尤も、モニターを通さずとも、香奈の声はドアが開いている作業場まで届いていた。

「いや、買い物じゃないんだ。この店の店長さんに用事があってね。いるかね」

落ち着いた静かな物言いだった。

「少々お待ち下さい」

香奈が作業場近くまで来た。

信司は香奈に無言で頷くと店に出た。

短く刈り上げた髪には白いものが少し混じっているが、精悍な顔は日焼けして血色が良く、アスリートを連想させた。

「いらっしゃいませ、杉山です。私に何か？」

背は信司より高く、百八十センチを超える。大きいだけでなく全体にがっしりとして、一目で鍛えられた体だと分かる。

正面から相対した時〝誰かに似ている〟信司は咄嗟に思った。だが、思い出せなかった。店に来る大柄の客は少なくない。

剣呑な雰囲気は感じない。

男も信司を上から下まで見た後、口を開いた。

「早速だが、榊原剛志という男を知っているかね」

「さあ……、その方はどちらの……」

「どちらのって、知ってるか知らないか、訊いてるだけなんだがね」

「いきなり訊かれましても……、もしかしたら、店のお客さんの中におられたかも……」

「はっきりと知っているわけではないが、全然知らないという訳でもない。そう聞こえるな。唐突に訊かれても、顧客の個人情報は言えないって訳だ」

警察ではない。信司は思った。刑事がこんな訊き方をするはずはない。ヤクザでもない。

原色を使ったポロシャツに大きな格子柄のジャケットは、普通なら日本人には似合わない。外国人流のコーディネートだ。

だが、体格がいいためか、ワンタックのズボンもスリップオンの靴もよくマッチして違和感がなかった。それぞれがそれなりのブランドということは信司でも分かった。

腕時計はゴールドのローレックスだ。

顔はどう見ても日本人にしか見えない。崩れた感じもなかった。

「どちら様でしょう?」

名乗りもしない客だったらそのまま追い返そうと思って訊いた。

「黒澤という。榊原のことで話がしたいんだ。今ここではまずい、というなら、場所を改めてもいい」

男は香奈の方を目で見ながら言った。

「店員を気にされているのなら構いません。どうぞお掛け下さい」

信司はソファを勧めた。

「警察関係の方ではありませんね」

一応訊いた。反応を見たかったのだ。

男は信司の質問を聞き流して座ると、すぐ切り出した。

「あんたも忙しそうだ。いきなりだが用件を言おう。俺はあんたに榊原剛志を殺してもらいたくて、それを頼みにここへ来た。もちろん、警察の者ではない」

信司は一瞬驚いた顔を作り、声に出して笑いながら答えた。

「これはまた、いきなり、きつい冗談ですね。黒澤さん。どこで、何を聞かれたか知りませんが、大きな勘違いをされてます。私はごらんの通りの金物屋ですよ」

「金物屋ね」

男はまた店内に視線を回した。

その視線を戻すと真剣な表情でソファに深く座り直し、正面から信司を見据え、少し上目遣いに睨むと〝気〟を放った。

それは信司が身震いするほどの強烈な眼力だった。一瞬、信司の頭に田代の顔がよぎった。

田代はかつて、拳銃で信司を殺そうとしたヤクザだ。殺られると覚悟した時、全く想像もしていなかった、信司が師と仰ぐ刀匠の義国が現れ、二人で一緒に倒した。あの時の田代の顔は今も脳裏を離れない。

信司は辛うじて表情を変えることなく、その強烈な眼力を受け流した。

一呼吸して男の表情から険しさが消えた。

「あいにくですが、榊原剛志という方を私は存じませんし、もう一度申しますが、ここは金物屋です。あまりにもバカげたご用件としか言いようがありませんね」

「そうかね。確かな筋からの情報だと聞いたのだがね。今時、物好きというか、酔狂というか、銭もとらずに人殺しを請け負う人間が浜松にいるとね」

「いやいや、それは、全くバカげてます。それに、初めて来られて、いきなり人を殺すとか請け負うとか、おっしゃることが、とてもまともには聞けません。黒澤さんはどちらから？」

信司は体の前で問題外というように左右に手を振ると、真顔で訊いた。

「東京だよ。どうやら無駄足だったかな」

言葉ほど残念そうな表情ではない。今日は顔だけ見に来た。そう思えた。

「折角ですが、そのようなご用件でしたら、もうこれっきりということで。今日は何も聞かなかったことにします。

もしまた同じご用件で来られたら、警察へ通報させて頂きます。店は合鍵や刃物も扱っておりますので、市の本署とは常に連絡を取り合っております」

男が無言で頷いた。

「では、仕事がありますので……」

信司は話を切り上げ、腰を上げた。

男も立ち上がると、入り口のドアへ向かったが、香奈を見て言った。

「店員さん、不躾だが、名前を聞かせて貰ってもいいかね？」

香奈はちょっと怪訝な顔をして信司を見たが答えた。

「はい、それは、構いませんけど。香奈と申します。香川県の香と奈良県の奈です」

「上は小山さん？」

「えっ、あ、はい。今は杉山ですけど」

「なるほど、店長さんの奥さん」

「はい。それが、何か？」

二人は正面から向き合う体勢になった。

「いや、ちょっと訊いてみたくなっただけだ。邪魔したね」

黒澤と名乗った男はドアを出ると、振り返ることなく歩いて去って行った。

「何、今の人。私の名前なんか聞いて」

「用件、聞こえたか？」

「榊原剛志を殺ってもらいたいって？」

「そうだよ。奴はそれなりに調べてここへ来てる。でなければ、榊原の名前など出さないだろう。ましてや殺してほしいだなどと言うはずもない。今日は挨拶代わりってとこだろうな」

「私の前の苗字も知ってた」

「ちゃんと手札は持ってますよ、調べてありますよってことを、言いたかったんだろう。それを確認に来た」

「また来るかしら」

「言ってやったよ。今度来たら警察へ通報するって。来たら本当に米山さんに連絡するよ」

米山はしばらく前まで、近くの城西交番の巡査だった。信司とは親しい口をきく間柄だが心の中では警戒している。今は本署の生活安全課にいる。

信司は思った。

〝美和という娘、彼女を連れて監禁した男達、それらを叩きのめした栗畑に似た男。これらは水原エンタープライズ、あるいは牧野組と関連性があると考えるのが妥当だ。ということは由美とも関連している。

現に由美は牧野組の志田という若頭のことを口にした。そして今日の黒澤。偶然かもしれない。自分に関連は無いのかもしれないが、何かがまた始まったのかも。

黒澤は明らかに自分を知ってか、あるいは聞いて調べてここに来た。榊原の名前まで出したのだ。そして小山という名も〟

具体的な何かがあるわけではないが、悪い予感が胸をよぎった。

六　東京行き

黒澤が来てから二週間程が過ぎ、信司の店の前に黄色のフォルクスワーゲン、ザ・ビートルが停まった。由美が降り立った。間口が狭く奥行きが長い店の前は三台の駐車がやっとだ。店をリニューアルした時香奈が選んだ、クリムゾンレッドのサンシェードとイエローのビートルに、由美のチョコレートブラウンのスーツが映えた。

金曜日の午後だ。

「香奈ちゃん、信司さんにお使いに行って貰いたいのだけど」

自ら応接のソファに腰掛けると由美が話を切り出した。

「どこへですか」

香奈が訊いた。

「東京よ。他(ほか)に頼める人がいないのよ。あたしもこれで結構忙しくて。お願いね」

由美が二人に聞こえる声で告げた。穏やかだが言葉には有無を言わせない雰囲気があった。

「榊原さんの折り入っての頼みじゃ断れないかな」

信司は内心、もう来たかと思った。

「お茶淹れます」

香奈が奥へ入った。

「データの抹消はできたのだけど、バカな役人が一人、コピーを持ってるっていうの。いつも持ち歩いているパソコンの中らしいのよ。ＣＤやＵＳＢメモリーかもしれないって。男の写真はこの中に入ってる。東京支社が調べたその男の行動パターンも、この中に入ってるわ。男のものと同型のパソコンバッグが、明日ここへ届く手筈よ。早い方がいいから、一応月曜日のひかりのグリーン車取ったわ。都合悪ければ曜日と時間はあなたの好きなように変更してね」

由美が封筒を出してテーブルに置いた。

「グリーン車ですか。私も行きたい」

香奈がお茶を運んできて話に入った。

「それは信司さんとの相談ね」

「だって私、新幹線乗ったのいつかな。東京もずっと行ってないし。いいですよね由美さん」

「そうね。用事は難しくないから時間はかからないと思うわ。信司さん腕いいから」

信司はやれやれといった表情を作って由美を見た。

香奈が茶を勧めた。

「熱いお茶、美味しいわ。香奈ちゃん淹れるの上手ね。やっぱり日本茶よね静岡県は」

「そうですよねえ。緑茶が一番ですよねえ……。なんだか私、おばさんみたいですね。あっ、そういえばあの人、大丈夫ですか？」

「美和さん？　順調そうよ。大丈夫でしょう」

由美はもう話は終わったと言わんばかりの顔でゆったりと茶を飲み干した。

「じゃよろしくお願いしますね。私忙しいのよ最近、ほんと。今から高園で、下町の店も開けなきゃいけないし。

香奈ちゃん、たまには高園へいらっしゃいよ。ここばっかりじゃ息が詰まるでしょ」

由美が立ち上がった。てきぱきとした動作はカーセールスの頃と変わらない。

〝それにしても……、政府の機関に保存されたデータの抹消などということが、そう簡単にできるものか〟信司には信じられない思いがした。同時に、それができる榊原剛志の力にも驚嘆していた。

今は顔を見ることもない、あの榊原が現在はそういう地位にいるのだ。そして、本心かどうかは疑わしいが、その榊原を殺してほしいと信司に依頼をするために、わざわざ東京から黒澤という男が来た。

由美を見送るため、入り口に立った信司は訊いた。

「あ、ひとつだけ。由美さんは黒澤という男を知ってますか。五十代位の体格のいい男です」

「黒澤？　心当たりはないわね。その男が何？」

「いえね、先々週、店に来たんですよ。もちろん私は初めてです。そいつが聞き捨てならないことを口にしたんです」

「そう、頭に入れとく。今度ゆっくり聞くわ。それより、頼んだわよ」

それ以上聞こうともせず、興味なさそうに由美は言い、ビートルは走り去った。

信司は覚悟した。自身が蒔いた種とはいえ、美和の面倒を頼んだ手前、由美の依頼を断るわけにはいかない。

七　御茶ノ水駅

週明けの水曜日、信司は中央線御茶ノ水駅三番ホームに立っていた。白のニット帽をかぶり、薄いグレーのサングラスをかけ、左手にパソコンバッグ、右手は白杖をついていた。

狙う相手は見極めてある。十メートルほど離れて立っている。水曜は省庁のノー残業デーで帰りの時間が特定できると、相手の男の行動を由美の言う東京支社が調べてくれたのだ。

十二月に入った東京の午後七時は既に夜で、辺りは暗いがホームのライトで見間違うことはない。男が手にしたパソコンバッグは信司が持っているものと同じだ。

ホテルに香奈を置いて出た時から、信司の感覚は昔に戻っていた。

大学を卒業し、重松の会社に入った頃、この界隈は信司のテリトリーだった。東京駅や新幹線は変わったが、在来線は昔の臭いがした。

「三番線に総武線各駅停車秋葉原錦糸町方面津田沼行きが入ります。白線の……」

アナウンスが流れた。

それに合わせ信司は歩き出した。体の前へ白杖を突き出すようにして、床をトントンと叩きながらほとんど一直線に男へと近づいた。

男は四十代か、中肉中背でメガネを掛けている。全く警戒している様子はない。

総武線の電車がホームに走り込んできた。

信司は速度を緩めることなく男の横から突き当たった。

「ああっ」と信司は声を上げ、二人はもつれるように倒れ込んだ。

「ツエ、ツエ」信司はまた叫ぶように声を上げ、男の体のあちこちに触った。杖を手にすると次には「カバン」と叫び、男の手から離れたパソコンバッグを拾った。素早くジッパーを少し開き、パソコンが入っていることを確認した。

男は突然のことに驚いて咄嗟には声も出なかったが、相手を咎めようとして思い止まった。信司の白杖とサングラスを見たからだ。倒れた時飛んだメガネを探した。倒れ込んだ直後にわざと信司が手を掛けて飛ばしたことなど知る由もない。

周りの人垣から「大丈夫ですか」と声が掛かったが、信司は無視して立ち上がると総武線の電車へ急いで歩いた。

信司がよろめくように乗ると同時にドアが閉まった。男がやっと立ち上がったのが見えた。

信司は秋葉原で電車を降りるとトイレに入った。白杖を折りたたみ、ニット帽とサングラスを外して黒のビニール袋に入れると、きつく縛ってゴミ箱に捨てた。

虎の門のホテルへ戻ると、男の持っていたパソコンバッグを開け、倒れた時男から掏り盗った財布、定期入れ、名刺入れを詰め、パソコンごと指定された場所へ送付する手続きをした。

これで由美の使いは済んだ。

ただこの日のような仕事は信司の流儀ではない。信司にとっての仕事とは、ターゲットが全く気付かないように掏り盗り、後でターゲットがそれと気付く、というやり方なのだ。

何故こんな大げさなことをしたかと言えば、財布、定期入れ、名刺入れもパソコンバッグと一緒に盗ろうと考えたからだ。

パソコンバッグをすり替えるだけなら簡単だ。置き引きの要領で容易い。財布だけなら上着の内ポケットかズボンの尻ポケットを狙えばよい。だが一度に三点を掏るのはリスクが高い。

そうかといって、一人のターゲットを続けて何回も狙うことはさらに危うい。プロにとって「大胆」も一歩間違えばただのバカ」は正解なのだ。

警察に捕まり手錠を掛けられることを、掏り仲間は「八掛けされる」と言うが、そこまで行かなくとも、掏り専門の刑事に顔を覚えられるだけで、掏りは致命傷になる。

学生の万引きとは違う。たった一度のミスが一生の命取りになるのだ。そういう意識をかつて信司に徹底的に叩き込んだのが、他(ほか)ならぬあの榊原剛志、由美の実兄なのだ。

翌日は香奈のリクエストで浅草寺へ参詣し、帰りの新幹線に乗った。

「ね、私達、スパイ映画のエージェントみたいね。あるじゃない、偽のパスポート渡されて外国へ飛ぶの」

香奈は上機嫌だった。

香奈が引くキャリーバッグには、前日に銀座で買った新しいハンドバッグも入っている。

信司が具体的に何をしたかを香奈は訊かなかった。入籍をして四年弱、ベッドを共にする生活の中で、二人にはそういう合意が自然にできていた。

香奈自身も命に関わる危険な目に遭った四年前の事件を経てのことだ。香奈は他に親兄弟がいないこともあるが、何より心底から信司を信じている。

香奈が不満を言ったことは一度もない。香奈は香奈なりの覚悟ができているのだろう。

〝これでいいのだ、今は〟

信司はそう思っている。

八　金城

翌日の昼、信司は市内西沢町にある喫茶店「ロッケン」に来ていた。

あの日、美和の治療を頼んだ金城ドクターに治療費を支払うためと、金城の趣味の一つ、日本刀の研ぎが仕上がり、その納品も兼ねている。

電話したら医院でなく、ここでの昼食を誘われたのだ。医院からは徒歩五分の距離だ。

ロッケンは元々、ハヤマ楽器製造株式会社の倉庫の一部を改造して造られた。倉庫がたまたま道路に面していたため、無粋なフェンスを取り払い、ハヤマが宣伝も兼ねて会社敷地内に出店したのだ。

道路に沿った細長い櫛型の駐車場に平行して店舗があり、窓に沿って席が並ぶ。通路を隔てた内側にカウンター席があり、その背が厨房になっている。

そしてその奥には分厚いドアで仕切られた二十畳以上あるスタジオがある。

ここは当初の倉庫をそのまま使っており、内装も飾りもない。柱も鉄骨むき出しで天井も高いが、照明もエアコンもあり、リモートで開閉する小窓もある。平成になって片隅にカーテンで仕切られた更衣室もできた。

一応敷地は区切られているが、周りは今もハヤマの倉庫だ。したがって、スタジオでドラムを叩いたり吹奏楽器を吹いてもまず苦情は来ない。

ドラムセット一式とアップライトピアノ一台は開店当初からある。当然ハヤマ製だ。他に壁際にはマイクやスタンド、コード・ケーブル類、譜面台などが並び、キャスター付きの折畳みテーブルやイスもある。

ロッケンの名は近くの大通り、通称六間道路から付けられたが、そこは音楽の町浜松で、昭和後期の開店当初から街のアマチュアバンドや音楽愛好家がこぞってスタジオに集まり、ロックンロールをもじってカタカナのロッケンになった。

今のマスターは元、自衛隊中央音楽隊でトランペットを吹いていた。面識のあるハヤマの社長が自ら東京へ行ってスカウトした、という噂だが、本人は「とんでもない。契約切れで食いっぱぐれていたところを拾って貰った」と言っている。

マスターの方針でカラオケはなし、アルコール類もメニューに無い。マスター曰く「カラオケ歌いたい人や酒がほしい人は、近くの元浜町辺りへどうぞ」だ。元浜界隈は昔から浜松の北の歓楽街で、今もその手の店は多く賑わっている。

それでもスタジオは毎日予約でいっぱいの盛況だ。時々予約取りで揉めたりするが、身長百八十センチ以上あるＧＩカットのマスターの一言で収まっている。

「先達てはお世話になりました。美和の治療費の支払いに来ました」

信司が頭を下げて言うと、先に来ていた金城が言った。

「悪いね、呼び出して。ここのカレーが食いたくなってさ。あの件はそれでチャラ。いいかね。実はもう二人分頼んだ」

「結構です。ではそういうことで……」

信司は頷いた。

「あれからどうなった？」

金城が訊いた。「おかげ様で……」信司は差し障りのない報告をした。

「それで先生。美和の足はどうなんでしょう。実際のところ」

「あぁ、あの娘は骨格がしっかりしてるな。足首も丈夫だ。それに体を鍛えている。武道をやっているな。そういう体だよ。状況を聞くと、もっとダメージが大きそうだが筋力もあって、体が本能的に防御したんだな。だから軽傷で済んだ。

右の足首は一応ギプスで固めたが、骨折というよりヒビが入ったという状態だ。並の体ならあのまま三ヶ月というところだが、あの娘は一ヶ月半位でギプス外してもいけるな。リハビリに入れば三ヶ月後には普通の生活に戻れると思う。本人には言っておいたけどな、時々通って様子見せろって」

「ありがとうございます」

「まあ、でも、しばらくは室内でデスクワークだな。動くのはギプスを外してからだ」

「はい、本人と雇い主の榊原さんに伝えます」

ウェイトレスがカウンターにカレーを二つ並べたのを機に、信司と金城は話を切り上げ、食べ始めた。マスターが「馬鹿の一つ覚え」と言う、自衛隊仕込みのカレーで、評判は良い。

スタジオからエレキギターの音が漏れて聞こえていた。マスターが出てきてバンドの名前を金城に言った。金城が軽く頷いた。金城は店の常連でマスターと親しい。

金城とのめぐり逢いは二年ほど前、信司の店へふらりと入ってきて「表に刃物研ぎ承りますって出ているが、刀もＯＫかね」と訊かれたのが始まりだ。

それ以来、刀剣談義をする仲になった。金城は抜刀術をやるのだ。

金城がテナーサックスも吹くと知ってから、音楽にはあまり興味のない信司も、この店に来るようになった。最近は手頃な喫茶店が減った。ファミレスのような喫茶店か、常連客だけが来る狭い店やカラオケ喫茶が多い。

香奈が煩い訳ではないが、時折一人になりたい時はある。ホテル松屋のラウンジもマリーも使いに出たついでに作業衣で気軽に立ち寄れる場所ではない。

金城整形外科の評判は良くない。ぶっきらぼう、無愛想、偏屈な先生で通っている。斜に構え、どこか世の中を冷めた目で見ている。

だが信司は知っている。金城は患者に厳しいが誰彼の差別をしない。「病人や怪我人を救うのが医者だ。患者の職業や世間的な地位は関係ない」そう言っていると由美からも聞いた。

夜の街で働く女も、入れ墨のヤクザも診る。治療や言葉は荒っぽいが、必要と見れば時間外でも手当をしてくれるので、頼りにしている人間は少なくない。信司もその一人だ。

銭儲けの治療もしない。医薬分業の今も、必要な薬だけを自分の医院で出す。それが時折、人が変わったように饒舌(じょうぜつ)になることがある。何かで酒がたくさん入った時だ。

信司とは互いに深い身の上話はしないし、年齢も違うが、どこかウマが合うのだ。信司は金城が心の奥底に癒やされることのない傷を持っていると感じている。

短い付き合いだが、金城の幅広い知識と世間を見る目は情報源であるだけでなく、今となっては数少ない、信頼できる相談相手といえる存在だった。

だが未(いま)だ一緒に居て自分の本心をさらけ出せる間柄とは言えない。もちろん信司の裏の仕事は告げてない。

信司の車には研ぎ上がった金城の刀も積んである。食後のコーヒーを飲み干すと、信司は二人分の代金を払い、徒歩で来た金城を乗せて医院へ送り届け、店に戻った。研ぎの代金は振り込みになっている。

九　拓郎と栗畑

十二月初旬。浜松市内で一番広いといわれているセレモニーホールだった。杉山賢二郎（けんじろう）が亡くなり、その葬儀が執り行われていた。

既に僧侶の読経が始まっていて、その声はスピーカーからロビーへも流れていた。それでも香典の受付場には参列者が列を作っていた。

信司は受付で香典を納めると、葬儀会場の中へ入った。広い会場だがイスに座りきれない参列者が壁際に立ち並んでいる。

賢二郎は杉山の本家の人間で浜松の名士だった。七年前、従兄弟に当たる信司の父親の葬儀に来て、信司に話し掛けてきた賢二郎は幼い頃の信司を知っていたが、信司にしてみればそれが初対面だった。

その後、賢二郎からは信司の家系や父親の裏の仕事などを聞かされた。それは衝撃だった。聞かされた直後は、吐き気がするほどの嫌悪感に襲われた。父親の仕事が表向きは金物屋だが、裏社会では知られた鍵師で、しかも銭を貰って人殺しまでしていたというのだ。

当時の家にはその作業場とも言える地下室があり、仏壇の奥にはその報酬と思われる金塊もあった。信司は父親が死亡して初めて知ったのだ。

またその後、信司が高校の頃に病で死んだと聞かされていた母親が、父親の裏の仕事を苦にして自殺したことも知り、奈落の底へ落ち込んでいくような感覚も味わった。

自ら望んだことではないにしろ、当時自身が既に掏りになっていた事実と重ね合わせ、その巡り合わせに、立ち上がれない程の落胆と屈辱で打ちのめされ、運命を呪ったものだった。

賢二郎は本家筋の親戚とはいえ、死亡した本人以外、親族とは面識がなかった。信司に死亡したという家族からの連絡もなかった。信司は新聞のお悔やみ欄で知ったのだ。

わざわざ喪主や親族に挨拶することもないと考え、一般席の後方に立った。出棺まではいて見送ろうと思ったのだ。

信司のすぐ後ろの参列者が囁くようにしゃべる声が聞こえた。

「賢さん、もう四年以上入院してたらしいな」

「ああ、俺は主治医と面識がある。訊いたら、一時危ない時があったらしい。可愛がっていた孫娘が交通事故で死んだショックもあったようだな。だが、持ち直した。驚異的な精神力だと医者が驚いていた」

俺は執念だと思う。俺なんかとは違って修羅場を何度か乗り越えてきた人だからな。息子が会社をしっかり再生させるのを見届けるまでは、死ぬに死ねなかったんだろう」

「じゃ今、息子は蜆塚の家に帰ってきているのか」

「いや、あそこはもう無い。とうに売り払った。それを賢さんの入院治療費に充てたのさ。息子は今、中心部のマンションらしい」

「屋根付きの大きな門があったよな。中へ入れて貰える車は限られていたとか」

「ああ、俺も時々行ったが、門の前に広い車寄せがあって、そこに停めさせられた。黒塗りの大きな車が何台も停まってた。みな運転手付きだ。壮観だった」

「息子の会社は昔のところか」

「いや、あそこももう無い。西区の工業団地だよ。事業は楽器よりも不動産に軸足を置いてるようだ。それでも韓国から日本の、しかも地元の浜松へ帰ってきて社長だ。賢さんも安心したんだろう。最後は眠るようだったって聞いたよ」

「そうか、もう俺達の時代は終わったな」

信司も四年前に病院へ見舞いに行ったきりだ。その後はほとんど意識が無いと聞いていたからだ。

あの時の話は長くはなかったが中身は濃かった。自分の今があるのもあの時の賢二郎の励ましが大きい。

親族の焼香が始まった。黒服の腰の辺りに大きな白い菊の花を付けた男が目を引いた。係員に案内されると真っ先に立ち、参列者に軽く一礼し祭壇へ歩いた。

長男の拓郎だろうと思った。髪には白いものが多い。賢二郎から話には聞いていたが、信司に面識は無い。

　祭壇には賢二郎の大きな遺影写真が飾られているが、あまり似ているとは思えなかった。

　拓郎の焼香が終わるのを待って、親族、一般参列者の順で焼香が始まった。係員が五列になるよう案内し、次々と切れ目無く流れるように参列者が続く。

　その中に、信司は知った顔を見出した。

　栗畑栄二(えいじ)。今は韓国名で張栄仁(チャンエイジン)だ。だが信司にとって栗畑は栗畑だった。かなり離れてはいるが見間違うことはない。焼香を終えた栗畑は拓郎のすぐ近くの親族席へ戻って座った。

　拓郎の子供達と兄弟同様に育ったという栗畑が、拓郎の傍に居る。特別不思議ではない。だが信司の頭に違和感がよぎった。

　信司と賢二郎が親戚ということは、栗畑に話してはいなかったかもしれない。栗畑にしてみれば、世話になった拓郎の親の葬儀に参列する。それをいちいち信司に連絡する筋合いはない。そう判断しても不思議はない。

　だが、韓国のソウルに暮らす人間が、親族の葬儀で浜松へ来る。同じ浜松に暮らす信司に電話の一本ぐらいあってもよいのではないか。それが信司の違和感の元だった。

　栗畑はただの知人ではない。かつて、命を懸けて一緒に仕事をした仲間で、四年前の事件でも一緒に動いた。

　あの時、全国指名手配されていた栗畑を逃がしたのは信司の機転だ。あのまま警察に逮捕されていれば、今の自由は無い。

事件の直後、韓国へ渡り、二、三ヶ月して来日した時も互いの気持ちは固い信頼感で結ばれていたはずだ。

信司も五列の人波に並んで紛れ、押されるように焼香を済ませ、親族席の前を通ることも立ち止まることもなく、元の位置に戻った。それほど参列者は多かった。

やがて、出棺の時間となった。

遺影を抱えた拓郎を先頭に、親族と棺が静かに信司の数メートル前を通り過ぎていく。栗畑も沈痛な面持ち(おももち)で棺に手を添えていた。壁際の信司に気付いた様子はない。

信司は自分の考えを打ち消した。今は世話になった恩人の父親の葬儀の最中なのだ。栗畑の頭の中は故人への想いで一杯なのだ。葬儀が全て終わったら連絡してくるつもりかもしれない。思い過ごしだ。

信司は頭を切り替え、霊柩車を見送った。親族はバスで斎場に向かう。栗畑がバスに乗り込むのが見えた。

信司はセレモニーホールを後にした。

その日、夜になっても、栗畑からの電話はなかった。

信司の方から連絡してもいい。携帯の番号は知っている。「姿を見たから電話した」そう言って何の不都合もない。だが何かがそれを思い止まらせていた。

考え始めると想いは拡がった。栗畑は意識して信司に連絡してこない。むしろ来日を隠していると感じた。そこには何かの事情があるのだ。信司に知られたくない事情だ。そう思えた。思い出が蘇るのに時間はかからなかった。まだ遠い昔のことではないのだ。

十年程前、信司と栗畑は東海道新幹線をテリトリーとする掏り集団「ミステイク」五人のメンバーだった。

鉄道警察の取り締まり、同業者との軋轢（あつれき）や妨害、密告などから逃れ、業績を上げるには一瞬の判断や僅かなミスが命取りになる。肌がヒリヒリと刺されるような緊張感に包まれた時間や日々を共にした仲だ。

栗畑は鉄道マニアでパソコンやインターネットにも精通し、常に情報収集に余念が無かった。リーダーの伊東に毎日収集した情報を提供し、伊東の指示で動く信司からの獲物を受け取り、美橋（みはし）に繋ぐのが栗畑の役割だった。

美橋はそれを寺沢に繋ぎ、寺沢は獲物を仕分けし、現金を伊東に、現金以外のブツは故買市場で捌（さば）いてから伊東の口座に振り込む。

五人の名の頭の文字をとってミステイクと言ったのは伊東だ。もちろん冗談半分で、チーム名と決めたりした訳ではない。ましてやそれを他人に告げたりはしない。

長い期間ではなかったが、五人の結束は固くチームワークは完璧だったと今も信司は思う。日々の連絡は伊東からのメールで、五人が揃って会うことは滅多になかったが、ミーティングはあった。重要な事は電話やメールでなく、直接顔を見て、というのが伊東の流儀だった。伊東は言っていた。

「人の心は変わるものだ。俺達の生きる世界は厳しい。食うか食われるかだ。だからこそ、チームの結束は絶対だ。そのためには仲間とは直接顔を突き合わせて話がしたい」

指示を出す伊東のプランは綿密で周到だった。

集まる場所は横浜の繁華街。大勢の客が出入りする雑居ビルにあるレストランの個室だった。それぞれがバラバラに勝手な出入り口から入り、ミーティングと食事が終われば、時間差をつけ、また一人ずつ別々に勝手な出口から帰る。

レストランのマスターは伊東の知人で、伊東は「あれは安全パイだ。ミステイクのことを他人にしゃべったら、自分が生きていけないことを分かっている。従業員もだ」と言っていた。オン・オフ関係なく、街中を五人で一緒に歩くことは一度も無かった。だが五人の気持ちは通じ合っていたと信司は確信している。

特に栗畑は獲物の中継役として、日々の仕事の中で信司に一番近い重要な位置にいた。中継役の立ち位置は、狙う獲物と場所によって、あるいはターゲットによって変わる。時には美橋に替わる場合もあるが、この辺りの呼吸は抜群だったと信司は今も思っている。

やがて、寺沢が殺され、ミステイクは解散し、メンバーは各地に散って潜伏した。そして約五年後、信司の店近くのホテルで爆発が起き、リーダーだった伊東と元締めの重松が死亡した。

そのリベンジのため、信司と美橋、そして栗畑は共に闘った。その抗争の中で美橋も死んだ。それが四年前の事件だ。

一応の決着をみたあと、生き残って別れた栗畑との絆も、半端なものではなかったと信司は思っている。当時、もし自分に万が一のことがあったら、香奈のことは栗畑に頼もうとさえ思っていたのだ。

それが、何の連絡もない。あの熱い想いは何だったのか。

〝何があった？　栗畑〟

夜遅くなっても違和感は信司の頭から抜けなかった。

十　倉田法律調査事務所　2

インターフォンのカメラモニターに大柄な男が映った。

「黒澤だ。今いいかね」

突然だが来客はいない。予定もなかった。

「どうぞ」

倉田が言った時にはもうドアが開いていた。

「金物屋へ行ってきたよ」

何の前置きもなく、いきなり黒澤が気安そうに言った。

「ほう、どうでした？」

倉田もつられて訊いた。

「あんたと同じ感覚だ。俺にも分からなかったな。感情を顔に出さないのか、出ないのか。まあ短い時間だったしな。顔はしっかり見たがね。

あれで奴があんたの言う通りだとすりゃ、なかなかのもんだな」

「ま、どうぞ」

倉田はソファを勧めた。

「俺は試しに金物屋の顔を思いっきり睨み付けてやった。だが動揺した表情や構えたそぶりは全く見せなかった。俺の経験では多少心得のある者なら身構えるか、怯えた顔になる。少なくとも何か表情に出る。

それがないということは、そんなことに全く無頓着で無神経なずぶの素人か、逆に相当な場数を踏んだ者だ。丁度刃物の研ぎをしていたようだった」

黒澤の風貌を見れば普通の男は身構えるだろう。何と言ったのか知らないが、目の前で睨まれたら尚更だ。倉田は納得して頷いた。

「先日は申し上げませんでしたが、彼は研ぎもやるんですよ。最近は刀剣女子なんてのが出てきたりして、今、日本刀が密かなブームらしいんですが、そっちの研ぎもやってましてね。今じゃ東は静岡、西は愛知県の豊橋、名古屋辺りからも依頼が来るらしいですよ。研師としての名は光に泉でコウセンていうんですが、刀の研ぎコンクールで新人賞も取ってます。

私はそっちの分野は詳しくはありませんが、今でも最終的には人間の手先の感覚というか、いわゆる匠のワザがものを言う世界らしいですね。

なんでも、光泉の手首のしなやかさや指先の感覚は、天性のものだそうで、鑑定士で日本刀保存団体の理事もしている雲山という審査員が、『十年に一人の逸材』と絶賛したそうですよ。どうやればいいのかは、その道のプロなら皆分かっているのだそうですが、実際にその微妙な指先のタッチができる腕の研師は数少ないって話ですね。その世界じゃ今、売りだし中ってわけです」

「刃物の扱いはお手のものって訳か。研師な……」

「はい。それと先日の続きで、金物屋がどこの組織と繋がっているかという話ですが……、あれから考えてみたのですが……。

まあ、強いて言うなら、繋がっているとしたら、この辺りの小さな組織ではなくて、全国的な大きな組織。しかも知っているのは、その上層部の一握りの幹部だけ。それなら分かる気がします。あくまでも私の勘ですけどね。

ここ何年かで、ヤクザが数人殺られてますが、そいつら皆、組内ですら持て余す、どうしようもない札付きのワルでしてね。

今じゃ昔みたいに厳しい掟というか、組内の統制も利いてませんからね。そもそも親分の言いつけや組の掟をきちっと守るような真面目な奴は、端っからヤクザなんかにならない訳で、聞いた話では、関係する組の衆ですら皆、内心『あんなクズは殺られてよかった』って訳です。ま、そうは言っても、いくら極道でも、他の組関係者に殺られてそのままチャラって訳にゃいきませんよね。組織としての面子もあれば、落とし前っていいますか、けじめがありますからね。組内外への示しがつきません。一応格好は付けなくちゃならない。

でも、どの組も何もしない。静かなもんです。殺られたのが極道で、一般市民には影響なしなんで警察も犯人捜しに本腰は入れず、こっちも静かなもんです。

ということはですよ。組員でもない、バックにここら辺りの誰もついていない、カタギのような奴が勝手にやったとなれば、組として敢えて騒ぎ立てることもないわけですよ」

「どこの組ともリンクしてない奴の仕業だから、無理矢理組として落とし前をつけることもない。事故か何かで死んだことにするってわけか」

「そうです。昨今、下手に騒げば警察が動きますからね。武闘派とか呼ばれて粋がっても、喧嘩だけ強い能なしを食わせる余裕はないでしょうからね。どこの組織も。

ましてや、大手から『動くな』と一声あれば、ここら辺りの組は皆知らぬ顔でしょうね」

「なるほどな。それで、誰の仕業かうやむやになっているという訳か。当人にすれば世のため人のため、どうしようもない悪党に天誅を加えるってな。いい気なもんだな。で？　可能性はあると言ったあんたが考える、無表情とか気配を感じさせない、その他に、何か特徴はあるかね。例えば、手口は？」

「鋭利な刃物で心臓一突き、盆の窪一突きってのがありましてね。私はそれが彼だと思いますよ。得物にできる刃物や工具は店にゃいくらでもありますからね。もちろん、これも単に私の勘ですけどね」

「店も古風なら手口も古風だな。今時短刀かね。時代劇だな。まあ、辻褄は合うけどな」

「奥さんもいました？」

「ああ、顔を見て名前も聞いたよ。それだけだ。

まあ、それはいい。それよりもあんたに改めて頼みたい。四年前に奴の店で起きたという抗争事件の内容と関係者、それとそれぞれの繋がりだな。そいつらが今どうしているかも知りたい。ちゃんと料金は払う。いつできる？」

「私のＣＤに残してあるデータを拾うだけでよければ、明日の午後。他のデータも、となれば、一週間後ですかね」

「よし、明日五時にまた来る。他のデータはそれを見てからにしよう。払うものは払うから、できるだけ詳しく知りたい。頼むよ」

「承知しました。すぐに取り掛かります。メールに添付して送ってもいいですが……」

「いや、俺がここへ来る」

黒澤は帰るそぶりを見せ立ち上がったが、思いついたように訊いた。

「事件と直接は関係ないだろうが、杉山拓郎という男を知っているかね」

「杉山拓郎……、もしかしたら、杉山賢二郎氏の息子のことですかね」

「分からん、俺は全く知らないんだ。どういう人間だね」

「杉山賢二郎というのはこの浜松の名士でした。先日亡くなりましたがね。確か、その息子さんの名前が拓郎だったと……。調べますか」

「ああ、経歴と現況が知りたい」

「承知しました」

倉田は思った。

〝この前も感じたが、この黒澤と名乗る客は相当長く、日本には居なかったようだ〟

倉田の声を背に、黒澤はそのまま事務所を出ていった。


事件が起きた時、倉田は関係する情報をできる限り集め、保存することを習慣にしている。人間の記憶というものが実に不正確だということを倉田は知っている。例えば、よく通っている街道に新しいビルが建った時、その前そこに何があったか、ほとんどの人は思い出せない。また、よくあることだが、事件の複数の目撃者に車の色を訊けば、バラバラに答えるのが普通だ。そして、事件の時系列の前後関係も、不正確な場合が多い。ましてや、時間が経過すれば人の記憶はどんどん曖昧になっていく。

それを防止するためには事件の都度、正確なデータを記録しておく以外にない。自分のためなのだが、後々、関係者から教えてほしい、調べてほしいという依頼が多いためだ。

事件に直接関わった者以外でも、その影響を受ける人間は多い。中には損害を被る者もいる。だからといって、警察に行ってもラチのあかないことが多い。また、一般市民にはテレビで放映されたり、新聞で報道される程度の内容しか分からないのが現実だ。

しかも個人情報保護法が施行されてから、一般人の情報入手はひどく難しくなった。そうかと言って世間の噂話ほどいい加減でアテにできないものはない。事件の真相はまず分からない。

そんな時に役に立つのが倉田の商売だ。倉田にとっても収入源になる。ただ、間違った情報は信用を失墜させるし、それは他の仕事にも影響する。

正確な情報を得ることが、倉田の仕事の生命線と言える。しかし、そのための行動は危険を伴うことが多い。警察官のような捜査権はないし、手帳や武器もない。

以前は銃刀法に該当しなければ持つことができた、刃渡り五センチ程度のナイフすら持てない。軽犯罪法に抵触するからだ。

守ってくれる後ろ盾もない。特に暴力団相手に深入りすれば、命さえ危ない。

仕事で外出する際の倉田の武器、というより防具は、三段伸縮の警棒だ。いつでも咄嗟に使えるよう、右の太腿に手製の革ケースで吊っている。右手をズボンのポケットに入れたまま取り出せる。外出用ズボンのサイドポケットの底布はカットしてある。

この警棒の用途は広い。刃はついていないが、プラ、ガラス類はもちろん、多少の金属や木材、樹木の枝などもたたき折ることができ、ナイフや包丁で攻撃された時ガードもできる。ドアをこじ開けたり、土を掘り起こすこともできる。

個人情報保護法が施行されてから、倉田の仕事はますます難しくなった。役所は当然の事、病院や老人施設も患者や入所者情報を一切開示しなくなった。

公共施設の中でちょっと大きな声でも出そうものなら即、警察へ通報される。

時には下水の中を這(は)いずり回るような目に遭ったり、屈辱的な言葉や仕打ちを受けることも度々だ。そうかといって、穏やかにきれいごとだけ口にしていたら情報は取れない。

少なくとも職業を名乗った時、人から好感を持たれる職業ではない。むしろ胡散臭(うさんくさ)い目で見られる方が多い。

親戚の者でさえ普段は距離を置きたがる。そのくせ、困った時は当然のように寄って来る。

それらのことに割り切って耐え、卑屈にならず、媚びず、他人から蔑(さげす)みの目で見られることを平然と乗り越え、脅しにも屈しない強靱な精神力や、へこんでも引きずらない打たれ強さ、神経の図太さがなければやってはいけない。

倉田は自問することがある。

〝俺は何のためにこんな面白くもない仕事をやっているのか〟

答えは、「この仕事を必要とする人間がいるから」であり、「他に自分の能力を活かせる道はないから」だ。

倉田は雑念を払い、パソコンに向かった。

十一　ミーティングラウンジ

十二月の半ばを過ぎ、街にクリスマスソングが流れる季節になった。美和を初めて由美の店へ連れて行った日から一ヶ月半余りが過ぎた。

由美から電話が入った。

「兄から連絡があってね、例のデータコピーは今、兄のところ。バッグに入っていた名刺入れの中にはパソコンのパスワードなんかを書いた覚えのメモも入っていたって。兄が言ってたわ、『完璧だ。抜かりがない、信司の腕は昔のままだ』って。

東京支社はコピーを持っていた男のアパートも捜索して、USBメモリーやCDも押収してね、そこにあったパソコンのハードディスクも周辺機器も全部、ハンマーで叩き壊したそうよ。

これで美和はフリーね。足も金先生に見せたら順調で、大丈夫そうなので雇用契約を結んだわ。あたしの下町の店とね。これまでの費用は支度金ということでチャラ。承知しておいてね。

今日はギプス外してくれるかもしれないって、また金先生のところ。あの娘体力あるわ。もう、うずうずして動きたくてしょうがないのね。ずっとくすぶってたから。でも、当分は店の中でデスクワークさせるからね。

あ、それから、美和を監禁した男達は全員、東京へ引き上げたわ。彼らはそういうことだけ請け負う半グレの組織で、牧野のところとは直接の関係はないから、そういう点ではもう外を歩いても問題なしね。

免許証とかカードとかの再発行なんかも一人でやらせてる。タクシー使わせてね」

「そうですか。ありがとうございました。いろいろお手数を掛けました。で、美和の住まいは？」

「あたしのマンションの空き部屋、そのままよ」

「了解しました。今後ともお世話になります。よろしくお願いします」

信司は礼を言って電話を切った。


翌日の午後、香奈がスーパーへ買い物に出た留守に店の電話が鳴った。

美和からだった。会ってほしいと言う。

信司は浜松駅前にある松屋ホテルのロビーを指定した。ホテルの二階には半個室形式のミーティングラウンジがある。店の仕事と直接関係のない相手との話の時、信司はよく使う。予約を入れた。

香奈が帰宅するのを待って電チャリで出た。こういう時も香奈は詮索しない。

美和はシルバーグレーのパンツスーツだ。ロビーで信司を見つけるとゆっくりと歩いて近寄り頭を下げた。もう杖はついていない。

「ギプス取れたのか」

「はい、やっと昨日。でも、先生からまだ街中は歩くなって言われています」

「大丈夫かよ」

「信司さんに見せたいって言ったら、由美さんからOKが出ました。タクシーで来ました」

二人はエレベーターで二階に上がり、四人用のラウンジに向き合って座った。

天井はないが隣のルームの客は見えないようになっており、声もほとんど聞こえない。だが、入り口のドアはオープンだ。その代わりホテルの外側に面した側はガラス張りで街が見渡せる。

「あの、ほんとにお世話になりました。治療費の事もありがとうございました」

美和がまた頭を下げた。表情は固い。

「良かったなギプス取れて。あんたは丈夫な体してるって先生も言ってた」

「ご心配をお掛けしました。これ、先日お借りしたものです。クリーニングしてあります。お店の方がよかったですか？」

紙袋に衣類が入っていた。

「おっ、そうだな。急ぐこともないし、悪いがそうしてもらおうか、店に来る理由ができていいじゃないか。このために俺に会いに来た訳じゃないだろ」

「はい。ではそうします」

美和の緊張は変わらない。

「で、話は？」

信司は促した。

「あの、信司さんて呼んでいいですか」

「おう、いいよ」

信司は美和の緊張をほぐすように軽く受けた。

「信司さんは、心水会の人ですか？」

これが訊きたかったのだ、それも本人に直接。

「違う。心水会は知っているが、俺はそこの人間ではない」

信司は即答した。

それを聞いた美和の表情が少し和んで見えた。

信司は一呼吸してから、ゆっくりと言った。

「何かヤバイことを言われたのか？　心水会に入れとか、違法なことをやれとか」

「いえ、そうは言われてません。でも心水会って……」

「ああ、大きな組織だ。榊原由美に首根っこを押さえられて、身動きができなくなった？」

「はい」

「そうか」

　信司は一息ついた。

「まあ、知ってしまった、というか、知らされたのだろうけれど、それは運命と思って受け入れるしかないな。あんたがこれまでやってきたこともあるし。

　とにかく、政府の中枢機関にハッキングして、サイバー攻撃みたいなことまでやって捕まったあんたの個人データを、心水会は手を回して抹消し、担当官が持っていたそのコピーまでも奪って破棄した。

　その上、あんたを拉致して監禁し、追い回してた奴らをも東京へ追い払った。そんなことは普通はできない。心水会だからこそできた。

　おかげであんたはもう自由の身だ。しかも、住むところまで世話して貰って、それまでの費用はチャラ。万々歳じゃないか。後ろに心水会が付いてるんだ。怖いものはない。

　それでも不満があるのか？　あの日、俺が榊原さんの店に連れて行ったことを恨んでいるのか？　それを俺に言いに来た？　今住んでいるマンションを出て、裸同然で監禁されるようなところに戻りたいのか」

「いいえ。それはありません。信司さんに恨みなど全然ありません。ですけど……、あの頃、私、どうかしていたんです。世の中のこと何も知らないのに、なんでもできるって思っていたんです。

警察には黙って通しましたが、大学ではゼミの仲間は皆やっていて、ごく当たり前のことという感覚でした。卒業後も、新しいところにハッキングできると『やったー』って互いに連絡し合って……。ゲーム感覚でした」

信司は分かる気がした。東京にいた頃、自分もそうだった。ハッカーではないが完璧な仕事をし終わった時の快感は今も心にある。

「逮捕されて何日も拘留され、厳しい取り調べを受けて、やっと目が覚めました。自分はとんでもないことをしていたのだと思い知りました。

でも、今になってみてというか、あんなことがあったからこそというか、そのこと以上に驚いたのは、榊原さん、由美さんのお兄さんの方ですけど、その方の力です。

あそこにあった私の個人データの抹消なんて、考えられませんでした。そんなことができるなんて、今も信じられない思いです。そんなことのできる力を持った組織が、現実に存在することが……」

信司は美和の目を正面から見つめた。

表情は少し和んだが、繁みの中にうずくまっていた時の、人を射るような力はなかった。小動物のように怯えた目だ。

「榊原由美が怖いか？」

「はい」

信司は思った。〝本当は心水会と言いたいのだろう〟

「由美さんはすごい力を持っています。お金だけでなく、いろいろな力です。逆らえません。

松枝という男の人を知っていますか？」

「いや、知らない。どこにいる男だ？」

「コレクションUの経理を担当していると聞かされましたが、店にはほとんど出てきません。

顔を見せる時はいつもオーダーメイドのスーツにネクタイで、私と同じマンションに住んでいると言っていますが、マンションで顔を見たことはありませんし、もちろん部屋も知りません。ですが、仕事はそこでしているのだと思います。

店には車が二台あります。由美さん個人用のビートルと業務用のアルファードですが、由美さんがアルファードで出掛ける時は、運転手をしています」

「そいつがあんたに何か言ったのか？　何かしたか？」

「いいえ、何も。静かな人です。体も大きくはありません。スリムです。でも私分かるんです。

歩き方や動作、身のこなしが普通ではありません。気がつくとすぐ後ろにいる感じです。私、そういうこと少し分かるんです。

そしてとても怖い目をしています。心の中まで見られている気がします」

「あんたの言いたいのは武術、例えば空手とか拳法とか、そういう強さのことか？　暴れているところを見たか？」

「いえ、見てはいません。でも体全体の雰囲気が不気味です。私分かるんです」

美和が「分かるんです」を繰り返した。ということは、美和も拳法をやるのだ。信司の頭に水原エンタープライズの駐車場が蘇った。あの小柄な男に違いない。

「分かった。今度行った時、顔を拝んでおくよ。あんたに何もしないのなら、知らないふりをしてればいい。何かあったら由美さんに言えば大丈夫だろ」

信司はわざと気軽さを装った。

「はい、そうします。あ、それと、データのコピーを奪うために、信司さんが東京まで行ったというのは本当ですか？」

美和が思い出したように話題を変えた。

「聞かされたのなら言うけど、本当だ。だがな、よく聞け。俺が東京へ行ったのは、榊原さんから命令されたからではない。銭のためでもない。それであんたが自由になれるのなら手を貸そうと思ったからだ。

つまり、俺と榊原さん、これは心水会と言い換えてもいいが、協力関係にある。互いに信頼関係で繋がっている。繋がっていると言っても、相談したりして決めた事ではないし、書面で契約した訳でもない。これまでの付き合いがあって、自然にそうなっただけだ。

さっき言ったように、俺は心水会の組員ではない。榊原さんと盃を交わしたりしてはいない。つまりヤクザではない。

ただ俺がこの前言ったように、嘘をついたり裏切ったり、信頼を損なうことをすれば、生きてはいけない。

これは、世間の大企業でも同じだ。最近、車の走行性能を改竄したメーカーが他社に買収された。クビになった社員もいる。一般人でも法律を犯せば刑務所行きだ。

あんたも同じように考えたらどうだ？　ここへ来ることだって自由だろ？　由美さんを裏切るようなことをしない限り、マンションに住んで自由な生活ができる。

世の中は学生の遊びとは違う。ギブアンドテイクだ。みんな自分の生活をかけ、利になるように動いている。あの時、桐林さんが車で俺達を迎えに来てくれたのだって、趣味や道楽でやってる訳じゃない。金城というドクターもだ。解るだろ？

あんたは才能を見込まれ、スカウトされたんだ。特技を活かして、由美さんの協力者になればいいじゃないか。信頼を裏切ったら相手にされないのは、どんな世界でも同じだよ。

怖がることはない。刃物をちらつかせ、裸同然にして監禁するようなことはしないはずだ。

一つ訊くが、あんたはどうして浜松へ連れてこられた？」

「それは……多分、私の情報処理能力を利用しようと……」

「それなら穏やかに話して、報酬額とかも示して、あんたの了解を取ればいい。要するにあんたと雇用契約を結ぶのが、普通の会社のやり方だろう」

「はい。そう思います」

「それが？……」

「街中で突然声を掛けられ、名前を訊かれ答えるとすぐ、両脇から刃物を突きつけられて車に乗せられました。抵抗できませんでした。咄嗟のことで大声も出せませんでした……」

「そのまま浜松まで来たって訳だな。何故そうしたか。普通の会社ではなかったからだ。俺の推測だが、あんたはここの牧野組というヤクザに売られたんだ。暴力を当たり前と考えてる奴らだ。だからあんたにあんなことをした。

俺や由美さんに逢わなければ、今よりひどい目に遭ってたと思う。暴力で縛り付けられることを考えれば、どっちがいいか考えるまでもないだろ。

しかも心水会はあんたにヤクザになれって言ってる訳でもない。何度も言うが由美さんの指示に従っている限り行動は自由だ。

ただ、どう聞かされているか知らないが、心水会という言葉は、軽くそこら辺で出さない方がいい。由美さんだって店に来る客にそんなこと一言も言わないだろう。それは自身の体に危険が迫った時、最後の切札だ」

美和はおとなしく聞いていた。

信司は内心〝しゃべりすぎだ〟と思ったが、美和の目つきが次第に和らぎ、緊張が解けていくのを感じていた。

「分かりました。私は信司さんに何をすればいいですか」

「俺は見返りを期待してない」

「それでは私の気持ちが収まりません」

美和が大人びた口をきいた。

「俺のこと、由美さんから何か聞いたのか？」

「何の仕事かは聞いていませんが、いい腕だって聞きました。あの時、睨まれて私も思いました。普通の人じゃないって。でも、松枝さんとは全く違います」

「ギブアンドテイクと言っただろ。由美さんが生きている世界は特にそれが強い。昔風に言えば仁義かな。義理と言ってもいいか。借りは返すもの。そして、裏切ったら命はない。

あの世界は法律なんか通用しない。だから反社会的勢力と呼ばれる。法律より暴力が支配している。だから暴力団なんだ。人間は暴力に弱い。体の痛みに弱い。その体が勝負の、強い掟で結ばれた世界だ。だから結束も固いが、約束事を破ったら体は無事では済まない」

「解ります。ですから……」

「俺はそういう世界で生きようとは思わない。特に人に暴力をふるって悪事を働く事はしない。俺には俺の流儀がある。だから心水会には入らない」

「教えて下さい。信司さんは義理では動かないのですね」

「強いて言うなら、義理ではなくて、義だ。それが人間としてまっとうな生き方かどうかだ。目の前を幼い子供がおぼれて流されていく。その子の親が誰だろうと、飛び込んで助けようとするのが人間というものだと俺は思う。

　みんなが義理や掟に縛られたり、欲や銭や打算だけで生きる世の中になったら終わりだ。金城先生も同じ考え方の人だ。表面的にはやさしくも親切でもないが、まっとうな医者だ」

　言いながら信司はまた思った。〝しゃべりすぎだ。人に説教をする柄か〟

「あの谷底の道で私を助けてくれたこともですか」

「そうさ」

「もしかしたら自分の身体（からだ）が危険になるかもしれないのに？　何の得もないのに？」

「ああ、そうだ。ただ俺も自分の流儀で生きるためには、法律を犯すことはある」

　信司は言葉を切った。

「まあ、そう思い詰めた顔をするな。少しリラックスしよう。コーヒーを飲もう」

　信司は運ばれてきたブレンドコーヒーを先に口にし、美和にも勧めた。

　ミーティングラウンジはワンドリンクサービス付きだ。

　信司はコーヒーを飲み終えると口を開いた。

「くどいようだが俺は義理という言葉は好きじゃない。互いに縛り合う感覚が強い。だが、あんたが俺に恩義を感じてくれていることはありがたい。それはさっき言った、人間としてまっとうな感情だと思う。

だからこうしよう。俺とあんたとの間だけの協力関係を結ぼう。俺が困った時、あんたに電話する。あんたはあんたのできる範囲で俺に協力する。情報提供もあれば、他のこともあるかもしれない。

大事な事は、協力するしないはあんたの意志だということだ。断ったからといって傷付けたり、ましてや殺すようなことはない。だが、リスクを冒して協力しても賞状や賞金は出ない。

そしてもうひとつ大事なことは、俺達のこの関係をいちいち他人にしゃべらない。訊かれてもな。もちろん由美さんにもいちいち報告しない。

当然その逆もありだ。あんたが困った時、俺はできるだけのことをする。そうしてあんたが望めば、俺は女房にもそれを言わない。どうだ?」

美和の目が輝きを放った。

「ありがとうございます。是非お願いします。会って頂いてよかったです」

「じゃ、その記念というわけでもないが、しるしに、今日からあんたのことを二人だけの時は美和と呼ぶ」

「はい。メール送っていいですか」

「そりゃ、当然だな。困った時だけじゃなくて、何か相談事でもいい」

二人は互いの携帯番号やメルアドを交換した。

「くどいが、俺達は仲間だ。義理や掟に縛られない、自由な間柄のな。だが今言ったように、他人にそれを吹聴するようなことはしない。解るよな。

大学時代の友達に、心水会や俺のことをしゃべるのも、当然のことだがNGだ。美和はもう学生の遊びは卒業したんだ。バーチャルではない現実の大人の世界に生きている。

俺は金物屋の店主で研師だ。だが、それなりに過去はある。美和だってあるだろう。現実の社会ではいろいろなことが起こる。つい先日も店におかしな客が来た。いざという時に信頼できる、心の許せる協力者は必要だよ」

信司はまた思った。〝一ヶ月半前に初めて逢った娘相手に、俺はいつまでも何を言っている〟だがそう思う心とはうらはらな言葉が口をついて出た。

「実は俺とマリーの桐林さんもそういう間柄だ。桐林さんも心水会の人間ではない。だから由美さんとの関係とは少し違う。ここは微妙だが重要だ。覚えておいてくれ。

まあ、美和はなんていうかな。俺には女房がいる。だから、もちろん愛人でも恋人でもない。友人でもないな。仲間、いや、同志、そうだ俺と美和は義に生きる同志だ。どうだ？」

美和が笑った。初めて見せた笑顔だった。

「私……。嬉しいです」

「じゃ、そういうことで、今日はここまでだ。いいか」

信司は話を切り上げた。

「とにかく、当分は足のリハビリをしっかりやって大事にしろ」

二人はホテルの玄関まで並んで、またゆっくりと歩いた。

タクシーが寄ってきた。別れ際、美和が改まった顔つきで言った。

「あの……」

「何だ」

「私、信司さんを命の恩人だと思ってます。今日お会いしてお話しして頂いて、尚更思いました。そう思ってますから」

十二　信司の今

帰り道、信司は頭を巡らせた。美和はともかく、由美の話に出てきた牧野組、先日の栗畑、そして何と言っても、黒澤と名乗る男のことが気になったからだ。

店の近くまで来ていたが、想いや考えを整理しておくため、浜松城公園内のベンチに腰を下ろすと香奈に定時連絡の電話を入れた。外出の用件をいちいち言わない代わりの約束事だ。

浜松城公園は幼い頃からの遊び場で、信司にとっては我が家の庭の感覚だ。師走下旬の黄昏時はブルゾンを着ていても風が冷たい。

考えてどうなるとは思うが〝ピン〟の信司にとって自分の身が安全かどうかは常に客観的に把握している必要があると思っている。

想いはどうしても四年前の事件に遡る。

あの事件は単にその時だけの事ではなく、正確に言えば、東京の大学を出て大手建設会社に就職した時から、もっと言えば高校の剣道部に在籍した時から始まったと言える。

それが運命ともいえるプロセスを経て一応の決着をみたということだが、その一件は信司の人生と心に大きなインパクトを与えた。

事件でメチャメチャに荒らされた店内は修復した。それに伴い内装も変え、表と裏の出入り口には精度の高い監視カメラを付け、セキュリティも向上させた。

昔の金物屋のイメージから現代の工具店として、扱う品目も変えた。ターゲットはホームセンターでは満足できないプロ職人だ。研ぎの作業場も拡げた。

仕入れ先もできる限りメーカーと直結した。リニューアルから一、二年すると口コミで伝わり、顧客層も変化してきている。本物志向の客はいるのだ。研ぎの客も増えた。

元々工作が大好きだった香奈は商品知識の飲み込みが早く、信司の意向をよく理解し、最近では仕入れやプロの顧客の対応まで任せられるようになった。

今、信司の店を警察が監視している気配は無い。心水会をはじめとする組織からの直接的な圧力も無い。

総じて店の経営にこれという問題は無い。だが、事件は信司の心に大きな変革をもたらせた。信司の過去は法律に照らせば正当とは言えない。それは信司自身が十分承知をしている。正当化する気も無い。だからといって今更自首して罪を償う気は無い。

一連の事件では、信頼するかけがえのない複数の人間が理不尽に殺害された。警察は何の役にも立たなかった。司法も法律も信司からすれば無力だった。その中には事件とは何の関係もない高校生もいた。

信司は一人熟考した。理不尽に命を絶たれたことに対し法律が無力ならば、自らが自らの手で裁くしかない。それが人間としての道だ。これが行き着いた結論だった。そして、実行した。それを契機に、信司はそれまで踏み込むことのなかった、そして後戻りのできない領域へ跳梁（ちょうりょう）した。世間を見る目も変わった。

あれから信司は二人のヤクザを手に掛けた。何故そんなことをしたのか。

先日亡くなった本家の杉山賢二郎から四年程前に聞かされた、父信一郎の裏の仕事。だから、父親の後を継いだ。違う。そんなことではない。

後を継いだのは表の家業、金物屋だけだ。父親が裏の仕事に使っていた地下室もとうに埋めた。信司の目指す道は明確だ。金物店をやりながら研師としての名を上げることだ。

信司は決めている。自分の行為は単なる復讐ではない。この世にあってはならない、しかも警察の力も法律も及ばない悪を、法律に頼らず排除することにある。

そのために必要なら、かつて東京で天職とさえ思っていた、何よりも誰よりも得意な掏りもやる。だが、信司自身の腹を肥やすためだけに、他人の物や銭を掏るようなまねはしないと決めた。したがって、先日の御茶ノ水駅のような仕事は、今となっては滅多に無いことだ。代わって、同じように気配を消してターゲットに近づき、かつてのように掏り取るのではなく、逆に刺すのだ。そしてその後はまた、かつてのように、周りに気付かれることなく、素早くその場から去るのだ。

信司の矜持を支えているのは、ターゲットが、誰が見ても明らかな悪、それも、警察が手を出さず、よって法律も無力な相手であること。特定の組織に偏重、加担しないこと。そして、さらに重要なのは、被害者や関係者から、一円の報酬も受け取らないことだ。

賢二郎は生前、見舞いに行った信司に言った。

「銭を貰って人殺しをするなら、それは性根の腐った、ただの殺し屋だ。どんな事情があろうと、家族を殺すと脅されようと、表で立派な仕事をしようとも、そんなものはゲスの言い訳に過ぎん。義だ。義に生きろ」

信司は、この「銭ではなく義に生きる」ことを実践しようとしているのだ。

ただし、信司の歩む道は現実論として考えると、とてつもなく険しい。事の善悪など立場でも時の流れの中でも、どのようにも変わる。世の中は利害で動いている。何が正義かは風の吹きようで変化する。

　二人の人間が争う時、片方だけが全て正しいとは限らない。アフリカや中東では戦争が絶えない。そこでは命令で敵の兵士を倒すことは職務であり賞賛される。だが、一旦戦争が終結すれば、同じ行為が犯罪として処罰されるのだ。

　銭で殺人を請け負う、いわゆる「殺し屋」は日本にもいると聞いた。だがその多くは裏に暴力団が付いているという。もちろんすぐにそれと知れるほど単純な構造関係ではあり得ない。

　ターゲットが暴力団関係者だった場合、所属する組織が分かれば抗争に繋がるか、敵対する組織から命を狙われ、下手をすれば所属する組織からも排除される。組織が組織を守るために、警察に差し出されるのだ。

　そして今や、その後や、家族を保障してくれる組織など無くなった。今のヤクザにそんな余裕も人情もないのだ。任侠とか侠客とかは完全に死語になった。

　的を始末した後の身の置き所の確保は重要だ。それができなければプロとして生き抜くことは難しい。したがって一番安全な裏社会の組織に与する選択肢を選ぶのだが、それはとりもなおさず、その組織にとって都合の良い、持ち駒として使われることに他ならない。

　どこかの組織の世話になれば、まっとうな義に生きることなど不可能なのだ。だから信司は心水会の盃は受けない。心水会の榊原も強要しない。由美もだ。だが彼らの理由は、単にその方が便利だから、ただそれだけのことだ。

同時に警察の追及からも逃れなければならない。捕まればどんな理屈をこねようが、それで終わりなのだ。金物屋や研師どころの話ではない。

こんなリスクだらけの仕事を無報酬でやるなど、およそ現実的ではない。巷で話したら十人中十人が鼻で笑い、話題にすらならないことを信司は承知している。それでも、承知の上で決心したのだ。

信司は依頼人という存在を端から考えていない。依頼されて仕事をこなし、報酬を得るという図式を捨てている。そもそも報酬なしと決めた時から、依頼を受ける、という概念はない。仕事は、関わる人間が少ないほどリスクは減ると信司は考えている。依頼人だの取次人だのは要らない。情報さえ入手できれば、単独での行動の方が決行後の秘密保持の点からも、はるかにリスクは少ない。

いつまでとか、どのように、という縛りもない。単独であるが故の自由だ。香奈にも必要な事しか話をしないし、裏の仕事で相談することもない。

信司は若い頃から物事を深く考えるタイプではない。あくせくしない。これまでも時々「信司は肝心なところが抜けている。疎い」と榊原に指摘されてきた。自覚もしている。

だがそれが一人の仕事に向いているのだと信司は自分を肯定している。ただ、そうは思っていても、ストレスは溜まる。それを発散、解消できるのが、女とのセックスだ。独身の時もそうだった。今はベッドで香奈と交わる時、全てを忘れることができる。

一回り以上若い香奈の体に身を委ねる時、緊張も不安も怒りも消える。そこには束の間ではあるが、体全体が溶けていくような安らぎと開放感がある。

この文字通りの一体感は、その都度相手を変え、金銭で解決していた独身時代とは明らかに違う。その頃は欲望のはけ口ではあっても、全てを委ねられる安心感はなかった。

体を合わせた後「あなた本当は何してる人？」と聞かれて情欲に負け、事実を告げてしまったら、翌日生きてはいられないかもしれないのだ。

香奈にも疑問や不満、そして不安はあると思う。信司への心配もだ。だが、今のところ香奈はそれを口にしない。香奈もまた、ひとつ違う領域に踏み込んだのだと信司は思っている。

暴対法が施行されて久しい。近年その締め付けは暴力団に対してひどく厳しくなっている。暴力排除条例による取り締まりも厳しくなった。

反社会的勢力と呼ばれ、表面的には金融機関で口座も開けないし、ホテルでの宴会や儀式もボイコットされる。昔は当たり前だった、地方の神社の祭典への参加や出店も難しくなった。

ではヤクザがいなくなったかと言えばそうではない。表の看板を外し、まっとうな会社を装っているが、その実態は何も変わってはいない。暴対法の網を潜(くぐ)り、手口はより巧妙になった。むしろ危ない人間かどうか、昔よりも判断が難しくなったという声が多い。

ソフトで丁寧な物言い、いかにも堅実でまともな会社の社員という態度に騙され、全くそれと知らずに付き合い、気付いた時は身ぐるみ剥がされるというケースは増加している。

仕事は単独で、は信司の流儀だが、それは一方で情報不足という大きなリスクを生む。状況把握を怠れば、的確な洞察力や判断力を低下させることになる。必要な情報の収集は不可欠だ。信司がどこでそれらの情報を得るかと言えば、ホームセンター連絡会という、昔の金物商組合や、防犯協会に属するキーロック協議会などでの会合の席が多い。

信司は情報収集のため、これらの組織に加入し会合に出るようにしている。会合の席では黙って末席に座り、会員同士の噂話に耳を傾ける。

連絡会や協議会のメンバーは街の動きに敏感だ。いつ何が起き、どこで誰がどうなったという話は、新聞よりもテレビよりも詳しく、意外と正確だ。

個人の商店主もホームセンターの担当者も、どこで蛇が狙っているか常にアンテナを伸ばし、センサーの感度を上げ、互いに連絡を取り合い連携している。特に鍵と刃物を扱う業者はそれが犯罪に結びつく可能性が高い。それ故に敏感だ。

昔から生き残ってきた個人商店主は、街中のヤクザに詳しい。時には利口に、時には狡く、現実を受け入れるが、ただ流れに身を任せるのではなく、自己のポリシーを貫く心意気を持つことが、街というサバンナを生き抜く、賢い小動物のような知恵なのだ。

暴力追放を掲げた警察や新聞、テレビなどのキャンペーンがいかにまやかしで建前だけのきれいごとか、彼らは知っている。そんな場所で本音など語らない。野暮は言わないがゲスなヤクザに魂までは売らない、というのが彼らの矜持でもある。

それには警察よりも高いアンテナを張り、素人には難しいセンサーを身に付け、常に情報を収集しておくことが鉄則と言っていい。生き残りを懸けた真剣勝負なのだ。

金物問屋の西田とは商売柄、今も付き合いがある。西田は今、浜松支店長だ。一時、信司の方から付き合いを絶っていたが、支店長になってまた付き合いが始まった。

定着率が悪く、ころころ変わる新人は業務知識に乏しく、信頼できない。西田とは親の代から知った仲なのだ。

その西田も管理職になったが、会合にはよく顔を出す。西田は言う。

「ヤクザの強いところは、ひとつは、警察へ連行されることを何とも思ってないところですよね。私ら一般の人間は警察沙汰は避けたいと思う。

何もしていなくても手錠掛けられたり、パトカーへ乗せられたら、業務上も社会人としてもいいことは何もないですからね。すぐ噂は広がるし、会社のイメージってものもありますから。奴らにゃ端っからそんな意識はない。『警察？　おう呼べよ』で、何とも思ってないですからね。その後『この先てめえがどうなってもいいならな』と凄まれれば、やっぱり負けますよ。

もうひとつは、奴らと喧嘩したら、たとえこっちの腕っぷしが強くて一度叩きのめしても、腕一本でも残っていたなら、その腕で相手を刺し殺すまでやるっていう、根性というか執念深さでしょうね。

そういう奴に怖いものなしでやりたい放題やられたら、やっぱり我々カタギの人間は負けます。家庭ってものがありますからね。

で、またそういう時、警察は何のアテにもならないですからね。だから私らは水関係じゃないけど、客を見る目を持っていないとね。特に最近は昔のように見分けがつきませんから」

西田の言うことは一理あると信司は思っている。そもそも彼らは世間の常識という範疇(はんちゅう)には収まらない人間の集団だ。真面目なヤクザなどいるわけがないのだ。

西田は、古くからの得意先なので信司の店にも時々顔を出す。

商売柄、街中の業者の素性には精通している。新規に開店した飲み屋のバックに、どこの誰が付いているかなどの情報はお手のもので、信司は信頼というより西田情報を利用している。

もちろん、信司の裏の仕事を西田は知らない。

ヤクザに詳しいという点では、医者の金城もいる。金城は一般人もヤクザも分け隔てなく診る。患者には職業などお構いなしでズケズケものを言うが、腕は確かで余計な詮索をしない。

払うものさえ払えばいちいち警察に通報したりしないのも、ヤクザにとっては好都合だ。

もちろん、金城が信司にヤクザの組や個人的な内情を告げ口することはない。信司の店やロッケンで会って刀剣談義をする中で、何気に話が出るだけだ。

ヤクザに長寿はいないと言われている。「当たり前だ。体中に墨入れて肌痛めて、あんなもの体にいい訳がない。この間もどこそこの組の頭(かしら)に、いい年こいていい加減に足洗えって言ってやったよ」などと言う話に信司は耳を傾ける。金城は自称「ヤクザの産業医」なのだ。

街の人達、特に個人商店主の心情として、警察という組織への不信感がある。警察は事件が起きなくては動かない。ストーカー行為で事前に何度も警察へ訴えたのに無視された挙げ句、殺された例はいくらでもある。

殺されるほどの被害を受けて初めて警察は事件として扱い、動くのだ。そんな役所のような組織を信頼はできない。殺されてからニュースになっても始まらないのだ。

信司が手に掛けたヤクザも、これら街中の人達の情報が基だった。もちろん噂話をそのまま真に受けたりはしない。信司自身が直接調べた上での決行だった。

二人はそれぞれ何の関連もなく、手に掛けた時期も離れている。共通しているのは、どうしようもないクズということだ。

一人は複数の高齢者からオレオレまがいの詐欺で計一億円以上の金を巻き上げ、警察へ通報した高齢者の一人を自殺に見せかけ殺した。

信司はその被害者の妻に会い、かつて会社で世話になった者だと名乗り、事実を聞き取った。警察は被害者が自殺したのは病気を苦にしたことが原因と断定し、捜査を打ち切った。

妻はヤクザに呼び出され「警察へ通報したら子供や孫全員を殺す」と脅され、警察の聴取にも「何も知らない」と答えたのだ。

「決して他人には言いません」という信司の言葉を信じて、その妻は涙ながらに真実を告げた。

「誰かに聞いて貰いたかった。話してしまいたかった。そうしなければ悔しくて恐ろしくて眠れません。死んでも死にきれません」と言って泣いた。

もう一人は悪徳不動産屋だった。夫を亡くして独り住まいとなった八十五歳の老婆に、不動産の登記変更話を持ちかけ、権利証と実印、通帳に銀行印まで預かり、千坪もあった土地を勝手に売り払ってその代金をせしめた。

気付いた当の高齢者は警察に訴えたが、委任状等、法的には全て適正に処理されているということで結局泣き寝入りとなった。

本人は住む家さえ無くし、市内で暮らす娘夫婦のもとへ身を寄せた。しかし、老婆はあまりのショックに痴呆症状となり、娘は介護認定を受けさせ、要介護四の認知症と判定された。娘夫婦はやむなく特養へ入れた。信司は六十歳を過ぎた娘に何度も会い、真実を知った。

調べてみるとその不動産屋は免許も資格も持ってはいるが、看板は名ばかりのヤクザで、被害者は他にもいた。その娘は、幾度も警察に掛け合ったが、決定済み事項として全く相手にされなかった。

それらはともかく、四年前の事件も含めて、これまで信司が実行してきた裏の仕事を由美の実兄の榊原は全て知っている。

そもそも大学を卒業したばかりの信司を、直接手取り足取りして指導し、一人前の掏りにしたのは他ならぬ榊原なのだ。信司を犯罪者にした張本人でもある。

四年前の事は別にして、榊原が関係していない件までさりげなく榊原の耳に入れてきたのは狙ったターゲットがヤクザがらみだったからだ。

それは一種の保険のつもりだった。ターゲット二人はそれぞれ属する組は違うが、一人は盃をもらった組員、もう一人は半グレと呼ばれる悪徳組織の構成員だった。

それらの組織が、殺ったのは信司だと突き止めた時、バックに心水会がいると知ることで報復への抑止力が働くと見たためだ。

自分の身の安全を図るために組織に与することはしないというのがポリシーではなかったのかと咎めるもう一人の自分がいる。そんなものをアテにしているのかと嗤う自分もいる。しかし、四角四面のきれいごとだけでこの世界を泳いでいくには限界があることを信司は学んだ。

利用できるものは利用する。与するのではない、利用するのだ。肝心な根っこの部分まで妥協して樹木全体を腐らせてしまうことはしない。

榊原に詳しい話など通してはいないし、もちろん二人の決め事も無い。いちいち了解を取るようなこともしていない。

ただ浜松で二人が死んだ事と所属する組織の名を、由美に知らせただけだ。保険が効いたかどうかも確かめてはない。

言えることとは、現実としてこれまで信司の身に何も起きていない。香奈にもだ。警察は形通りの捜査をしたようだが、未解決のまま現在に至っている。

何の利も無い、リスクばかりの危ない橋を渡る信司を見る榊原の目が冷ややかなのは承知している。もし信司が直接榊原に泣きつくようなことを一言でも言えば、「甘ったれるな」と一喝して鼻で笑うだろう。

「その程度の覚悟もなしに正義面してものを言うな」と以後、ゴミ扱いされるのは目に見えている。確かに手前勝手な都合の良い、実際には気休めにもならない「保険」だった。

ただ言えることは、信司の心の中に榊原への畏敬の念が少なからずあることだ。大学を出てまともな会社と信じて入社した後、配属された職場で信司は掏りの修行をさせられた。

もちろん逃げようとしたができなかった。逃げることは不可能だと思わざるを得なかった。今思えば逃げることはできた。だがその術を当時の信司は知らなかった。

逃げる事を止め、次第に掏りの世界にのめり込んでいったのは、榊原の厳しいが熱心な指導があったからだ。後に邂逅した刀工の義国や、研ぎの大島と一脈通じる師弟関係にあったのだ。

何よりも、当時何の目的も生きがいも見いだせず、無気力な生活に流されていた信司に、掏りという、天職とも思える生きがいを植え付けてくれたのが榊原だった。

そして榊原も信司の持つ能力に対する評価の他に、ある種の情を持ってくれていると、信司は思っている。

冷徹な榊原が信司を好きに泳がせているのは、持って生まれた信司の才能を見出した、かの重松の意を受け、掏りのエキスパートに育てたのは自分だと、自負しているからだ。

榊原は信司のことを、言わば自分が作り上げた作品のように思っているはずだ。

もちろん榊原が自らそんなことを口にしたことはない。そして、榊原が情に流されるような男でないことも、骨身に染みて承知している。

鋭利な刃物のような榊原の頭脳は、いざとなれば信司の命など容赦なく切り捨てるだろう。ただの使い捨ての消耗品として終わるか、組織の垣根を越えた、榊原の同盟者として生きることができるかは、これからの対応次第だ。

いずれにしろ賢く生き、上手に泳ぐしかないと、信司は肚を括っている。

今や榊原は単に一暴力団の若頭ではない。政財界とリンクする広域財団法人「全国キーロック協議会」と、不動産事業を手広く展開する「水原エンタープライズ」を裏で仕切っている。両方とも合法組織であり、心水会が裏にいることは、業界に精通しているごく一部の関係者以外は知らない。心水会が表舞台に出ることは一切ない。しかも、かつての信司のボス、重松が仕切っていた、関東地域の掏り集団をも統括している。

榊原が直接手を下さなくとも、今は解散したかつての下部組織、流星会の生き残りに一声掛ければ、浜松まですっ飛んでくる組員は何人もいるはずだ。黒岩の女将は生きている。

榊原がそれをしないのは、信司に使い道があることだ。御茶ノ水駅でのことなど信司にとって仕事と言うほどのことではない。その信司の腕は榊原が一番よく知っている。

軽い身のこなしと短距離ダッシュのスピード、動体視力と反射神経の良さ、しなやかな指先と素早い手首の動き、これらが自分の持ち味だと信司は自覚している。

だが、それよりも、修行時代に榊原から評価されたのが、ターゲットやその周りの人間の発する気配を察知する鋭敏な神経と、それとは真逆の、自分自身の感情や気配を表情や身体(からだ)から発しないで消す能力だった。

「努力すればだれでもできるというものではない。お前が生まれ持った才能なのだ。もっと集中しろ。才能を生かせ」榊原から何度も言われたことだ。

あの頃、電車の中で、どの人間が自分にとって危険か、その嗅(か)ぎ分けができていたと思う。肌を刺すような危険な気配を放つターゲットに近づき、獲物をゲットできたのは、気配を断つことができたからだ。

物事を深く考えず、世間に疎い自分が今、生きていられるのは、これらのおかげであり、自分の最大の武器だと信司は自覚していた。

だがその一方、致命的な弱点があった。喧嘩の腕っぷしは全くダメなことだ。重松に見いだされるきっかけとなった剣道も、一応高校で二段を取り、手首の動きを生かした小手が得意だが、県大会にすら出場できなかった。

それでも、勢いというものは怖いと思う。あの頃、ヒリヒリとした感覚はあったが、恐怖心を感じたことはなかった。メンバーと連携して仕事を遂行する時、絶対的な自信があった。

いつか榊原が言ったことがある。「人は活かして使うものだ」と。榊原の力を骨の髄まで染み込むほど知り尽くしている信司が、自分に刃向かったり、警察にたれ込むようなバカはしないと、榊原は考えているはずだ。少なくとも信司を危険な人間とは見ていない。

であるならば、榊原は心水会にとって不都合な事は、盃も交わしていない信司にやらせれば心水会に何のキズもつかない。

榊原は榊原なりのビジョンで東京進出を目論んでいる。

榊原が信司を心水会へ入れようとしないのは、盃だのなんだのと古くさいしがらみに関係のない位置へ、信司を置いておくことが都合がよいと考えるからだと、信司は思っている。失敗したり警察に捕まっても痛くも痒くもない。そのために信司を好きに泳がせているのだと。

信司もまた心水会の世話になる気はない。信司が目指すのは研師だ。いずれは金物屋ではなく、研師一本で食べていくのか信司の肚なのだ。榊原から何を言われても盃を貰う気はない。

もうひとつ。自身の保身のための抑止力として考えれば、実の妹の由美が浜松にいることが挙げられる。信司は四年前に賭けをした。榊原の了解を取り付けるため、由美を人質にしたのだ。信司が心水会には一切手を出さないという条件で交渉は成立した。

以来、口に出すようなマネはしないが、「その気になったら、いつでも由美の命はとる覚悟はある」という信号を、信司は暗に発信し続けている。格闘技や銃などは不要だ。

保険としてはこっちの方が大きいと思っている。

信司は思う。榊原と妹由美との絆は近年かなり強まっている。カーセールスの頃の由美は、京都とは縁を切ったと信司にははっきり言っていた。

それが繁華街にブティックを出店し、クラブのオーナーに変身したことは、由美が心水会により近い位置に身を置いたことに他ならない。結局はそういうことなのだ。

この辺りのバランス取りは、信司の命運を左右する、まさに処世の重要な要素だ。そして、保険を保険として成り立たせるためには、由美の行動チェックは常に必須だった。

十三　信司と茉莉子

信司の黙考は続く。

幸い、信司は茉莉子という協力者を見つけることができた。マリーのオープンの時、由美から誘われて行った。そこで茉莉子がママだと紹介されたのだ。

茉莉子は横浜で掏りをしていた頃の信司の顔を覚えていた。もちろん信司の仕事が掏りだと知ってはいなかったはずだ。

由美がいない時を狙って信司は何回かマリーへ足を運び、茉莉子と話をした。そしてザックリとだが、茉莉子の生い立ちや由美との関係を知った。茉莉子が由美との間に少し距離を置いていることも知った。

茉莉子は、由美から誘われた、というより体よく取り込まれた形で浜松へ来たが、全く抵抗がなかったわけではないと信司に告げた。もちろん茉莉子は由美がどんな境遇にあり、立場にいる人間かは熟知している。

「断ろうと思えば断れないことはなかったのよ」

茉莉子は言った。

「私、こう見えても、これまで挫折を何回か味わって、こんなことが現実にあるのかと思う不幸も体験したわ。歩いてきた道が突然なくなって、この先どうしたらいいのか分からなくて立ち尽くすようなね」

茉莉子は裕福な家庭に生まれ育った。海外生活も経験しているし、外国語も堪能で知識も教養もある。だが、人生を達観したような雰囲気を信司は感じていた。

「結局、私身軽でしょ。家族いないし。実家とももう切れてるし、それに好きなのね、こういうことが。それと、横浜も長くなってね。違う風に吹かれてみるのもいいかもって思ったの」

それで由美の話に乗ったのだという。

「昨日一日、浜名湖周辺をドライブしたわ。浜名大橋を渡って。モーターボートにも乗せてもらって。奥浜名湖の舘山寺温泉にも行ってね。初めてなの」

「どうでした」

「ソウビューティフルだわ。新幹線で通る時、そうは見えないけど結構広いのね。他の湖を知らないわけじゃないけど、浜名湖は違う。独特だわ。

汽水湖だから当然でしょうけど、船に乗っていると潮の匂いがするわ。弁天島に近いところでは流れが速いのね。モーターボートがエンジンを止めたらどんどん流されていく。海だわ。こんな湖ないって思った。それに、獲れるものが、あさりとか海苔とか牡蠣でしょ。それでいて、奥浜名湖には入り江があって、また違った風情があるのね。舘山寺が観月の名所ってのもわかるわ。素敵ね。もっと観光開発されてもいいのにと思ったわ」

「確かに」

地元で育った信司にとっては当たり前の感覚で、特に考えたこともなかったが、言われてみればその通りだった。

そして気付いたことは、自分は生まれ育ったこの浜松という土地を意外と知らない、という思いだった。平成の大合併で今や浜松市の面積は、全国の市町村第二位を誇る。

高校まで自宅から徒歩で通学し、大学は東京、就職後しばらくしてからは岐阜で過ごした。浜松の地理は一応分かるが、車で走り回ったことなどないのだ。

金物屋という商売とは別に、市内の道路や地形を頭に叩き込む必要性を痛感した。以来、仕事で外出する時は時間の許す限り、建物も含めて道路や町並みを見て回ることにしている。

「それに、国一とそのバイパス、新幹線と東海道本線、こんな大動脈が湖上を通っている湖って他にないでしょう。しかも、東名高速までも。湖のイメージをはるかに超えているわ。ここは湖ではないわ。入り組んだベイね。湖上を渡るロープウェイまであるものね。

それに浜松市には新東名高速も通っているわよね。南に遠州灘、西に浜名湖、東に天竜川、北は山で大きなダムがあって。市街地には航空自衛隊の基地があって、公営のオートレース場もあるのよね。それで、売りは音楽と出世城でしょ。ダイナミックだわ」

何度目かに会った時、こんな会話の後、茉莉子が訊いた。

「信司さんて、本当のお仕事は何？」

「親の代からの金物屋ですよ。刀剣の研師が夢ですけどね。なんなら店に来てみます？」

茉莉子は実際に信司の店に来た。香奈にも会った。

「私、浜松初めてなの。浜松のこと、地理もお店も、全然分からないの。たまたま信司さんとお知り合いになってね、お言葉に甘えて道案内をお願いしてるの。よろしくお願いしますね」

「あ、こちらこそ」

二人はごく自然に話ができた。香奈も大きな不幸を体験したばかりで、何か通じるものがあったのかもしれないと信司は感じた。

茉莉子には作業場も見せた。研ぎ作業中の刀もだ。理由は特にない。茉莉子に信司が知る他の知人にはない知性を感じたからかもしれない。

見せてもいい、というより見て貰いたいと思ったのだ。こんな感覚はそれまで無かった。

研ぎ上がっていた刀を手にしながら茉莉子が言った。

「美しいわ。これは備前ものかしら？　刃文の互の目（ぐめ）と丁字（ちょうじ）がとても華やかね。信司さん、指先の感覚が繊細でしなやかなのね」

刀剣を鑑賞する際のスムーズな所作、パッと見て作刀地を言い当てた女性との出逢いは初めてだった。

以来、茉莉子とは時折、刀剣談義を交わしている。マリーへは金城も行くらしい。

「先生とは刀のお話をするわ。テナーサックスもお上手ね。大学で同好会に入ってたそうね。性格的に欠点もあるけど、大先生ぶってないところが人間的でいいわ」と茉莉子は言っている。

男っぽい感じもするが、色香が無いわけではない。横浜時代もママ目当ての客は多かったはずだ。「あの眼だな。ハスに構えてさ、上目遣いに顔を見つめられるとゾクッとくるんだよ」

当時、信司達のリーダーだったあの伊東もそう言っていた。

凛とした上品な立ち居振る舞いが横浜にマッチしていた。外国人客もいたが茉莉子の英語は日本語と同じだ。だが、知識をひけらかすことや高慢さがなかった。

当時から酒場のママだが、今も水商売という崩れた言葉が似合わない気品を感じる。それでいて取り澄ました近寄りがたさもない。今も茉莉子の前では何故か皆、心を開くのだ。

茉莉子の心に金銭的な邪心や嫉妬心、卑しさがないからかもしれないと信司は思っている。水商売を知ってはいるが、心が純なのだ。横浜にいた頃、信司も一目で気に入り、仕事がオフの時は連日入り浸った。

今の茉莉子にはバックに由美がおり、普通にママをやっている限り、クラブの経営にも苦労することはない。一通りのことは横浜で経験している。それに、不都合なことさえ起こさなければという条件付きだが、ママとしての仕事や経営に、由美は一切干渉しないのだという。

由美は信司に告げた。

「私、浜松に住んでみて、持つなら東京や関西からビジネスで来る、エグゼクティブに満足してもらえる店と決めていたの。浜松にもそれなりの店があるんだと納得して頂けるようなね。それに中心部の歓楽街から高園は少し離れているでしょ。そこまで足を運んで貰うには茉莉子が必要なの。茉莉子なら幅広い客層を十分満足させられる。英語もフランス語も韓国語も堪能だし、女の子達を使う術も心得ている」

確かに中心部の居酒屋チェーン店やホテルのラウンジでは満足できない「非日常のひととき」を求める客層で、マリーは繁盛していると聞いた。

昼間も開けていて、夜、ホステスが十人以上いる店は浜松に類を見ない規模、格式と言える。

茉莉子は笑いながら言う。

「強いて不満を挙げるなら、横浜と比べると浜松はがさつで全てが田舎ね。客層、話題、ファッション、どれも洗練されてなくて垢抜けないのよ。所詮地方都市、庶民の街ってとこかしら。今の言葉で言えばダサイのよね。買い物もデパートでなくて、大手スーパーでいいのね」

ただ、由美がついているとは言っても、何も知らない土地での生活にはやはり不便さがつきまとうらしい。勝手知った横浜とは違うのだ。戸惑うことも多いという。

そこに信司がいた。二人は男と女という関係とは少し異なった、強いて言えば〝友情〟に近い協力関係にあると言える。

茉莉子にとって由美は身内なのだが、少なくともべったりと寄り添う間柄ではない。茉莉子には茉莉子なりの目があり、生き方もある。もちろん、今では信司がただの金物屋の主でないことは承知をしている。榊原兄妹とは微妙な関係にあることもだ。

それらを踏まえた上での信頼関係が二人の間には成り立っていた。茉莉子にしても由美に踏み込まれたくない領域はある。その部分の話ができ、時にはヘルプを頼めるのが信司なのだ。

信司の店にはその後も何回か出入りし、調理道具の購入もしている。

信司は由美には心の隅にいつも警戒心を持っているが、茉莉子には同志のような信頼感を抱いている。数少ない信司のサポーターだった。

何の保証もアテもあるわけではないが、保険を活かすためには欠かせない、由美についての情報は、茉莉子を通じて信司のもとに届いていた。

〝とりあえずは大丈夫だ、だが黒澤がまた店に来る可能性はある。奴に関する情報は必要だ〟

信司は腰を上げげた。

十四　久保と米山

「おうヨネ、稽古やってるか？」

久保が声を掛けた。

本署三階、捜査課のある喫煙コーナーだ。廊下の角にある。他に署員はいない。

「稽古？」

「空手だよ。未だお前が真剣に暴れてるとこ見たことないもんな。一度見ておきたいもんだ。肝心な時、腰抜かされたり、逃げ出されちゃたまらんからな」

「あれ？　久保さん。それなら、今から一緒に道場行ってもいいっすよ」

「それそれ。柔道場の着任稽古でお前、いいように転がされたっていうじゃないか。その時、今度来た若い奴、警察よりホストクラブの方が向いてるって噂、聞いたぜ。髪も長いし」

着任稽古は、本署に転入してきた署員を歓迎する名目で、大勢の署員の前で行われる柔道稽古だ。直接触れ合って汗を流し、本署署員としての自覚や連帯感を高めるための伝統行事だが、身体能力や力量を測る目的もある。

だが若い警察官の場合は、先輩達の手荒い洗礼を受けるのが倣いだ。

「へっ、言わせておけばいいんですよ。あんなものお嬢様柔道っすよ。中学生じゃあるまいし、街中でですね、正々堂々と向かってくる奴なんていませんぜ。

俺、交番にいた頃、やけくそでナイフ振り回す奴、何人か捕まえましたけど、警棒の方が役に立ちますすよ」

「確かにな。赤井さんもいつも言ってた。大会用の柔道と警官の実務は違うってな。ま、お前のことは赤井さんから聞いてはいた。堀北高校の先輩なんだってな。お前が顔面有りで、寸止め無しの空手やってることは聞いてるよ」

「あの人が死んだなんて、俺は今も信じられない思いっすよ。人生観変わりましたもん」

「俺も未だに悔いが残ってる。直前までパトカーで横にくっついてたからな」

赤井刑事は四年前の事件で、九ミリ拳銃弾を四発浴びて殉職した。

「ところで、最近、どうだ？　街は」

「なんか静かですね。リーマンショック以来、活気がないっていうか。コンビニへナイフ持って入ってそのまま逃げたり。年寄りが万引きして捕まったり。パラサイトの息子が年取った親をバットで殺したり、事件もしょぼいのばっかり」

「そうだな。長い不況で、店もシャッター下ろすのが多いしな」

「そういや、もう三年近くになるか、高園にあるマンションの最上階に、クラブが開店して結構賑わってるようですよ。クラブっつっても昔のナイトクラブみたいなとこらしいすけど」

「それがどうした？」

「高園って、下町の繁華街じゃないでしょ。珍しいと思ったんです。しかも会員制の高級クラブだっていうんですよ」

「そうか。まあ今の時代、居酒屋ばっかりでさ、昭和の五十年代から平成に掛けて、バブルの頃、街で遊んでいた年代のじいさん達が、落ち着いて飲める場所ってのがなくなったからな。

それで？　経営者は？」

「さあ」

「さあってお前、気になったら調べるのが仕事ってもんだろ、刑事の」

「誰かもよくそんなこと言ってましたね。足使うのがデカだって。顔が浮かんできますよ」

「俺はな、潰れた店の跡地が次々にコインパーキングになっていくのが目について、気になってた。それらの全部って訳じゃないが、『パーキングM』ってのが多い。

経営しているのは、『水原エンタープライズ』という不動産屋だ。地元資本ではない。浜松には小さな営業所があるだけだ。その場所が高園だ」

「ほう、そうなんだ」

「それでな、辿っていくと本社は東京だ。社長は西園寺という男でさ。政界重鎮の西園寺一（はじめ）の親族だよ」

「つまり、まっとうな会社？」

「そうとも言えん。知ってるか、西園寺一には腹違いの子供が二人いる。上が男で、榊原剛志、京都に本部を置く、広域指定心水会の若頭だ」

「あっ、四年前の事件で捕まって、すぐ保釈された奴」

「そうだ。同時に逮捕された関西は彦根の、流星会会長黒岩佳彦（くろいわよしひこ）もすぐ保釈された。だが、こっちは一ヶ月もしないうちに殺された」

「下も極道っすか？」

「いや、女だ。カタギと聞いたが、ちょっと前の情報だからな。今は分からん。もちろんこのことはタブーになっていて、メディアは一切取り上げない。相手は国会議員だからな。こっちも簡単には手を出せない。

　お前さんももう交番の巡査じゃない。気になったら足使って調べてみろよ」

　タバコをもみ消して久保が去った。


「久保さん、たばこ吸いたい。付き合いませんか」

　二日後、米山が久保のデスクへ来て言った。

　本署三階には久保が所属する捜査一課と捜査二課、米山が所属する生活安全課があり、三つの課はいくつかの係に分かれ、ワンフロア全部を使っている。久保と米山は同じ課ではないが、二人は互いに殉職した赤井刑事を通じての仲で、課の同僚よりも濃い付き合いなのだ。

フロアは課ごとにキャスター付きのパーテーションで仕切られており、大きな事件の合同捜査会議の時はパーテーションは取り払われ、フロア全体が会議室になる。

縦割り組織の本署の中で、別の課の刑事と親しくすることは通常は少ない。そんな中で久保の優れた能力のひとつは、言わば調整力にある。捜査上の嗅覚とか洞察力もさることながら、他部署との連携、県警内外との繋ぎのうまさは定評がある。

一見とっつきにくい風貌だが、気さくで誠実、気配りと遠州地方で言うところの「まめったい」性格は信頼されていた。

久保は職務で面識を得た人間にはその数日後、必ず電話を入れる。それは疎ましく思われがちだが、そのタイミングの取り方がうまいのだ。そして会った後の結果を報告して礼を忘れない。時には直接顔を出し、自分の持ち情報も提供する。

やっかみ半分で、世渡り上手とか八方美人とか言う同僚もいるが、久保は気に掛けない。ややこしい話も久保が出ていけば収まることを上司も知っている。

したがって、久保の人脈はますます広くなり、米山との付き合いにも課長は口を挟まない。

二人は喫煙コーナーに立った。

「何か分かったか」

「榊原剛志の妹は由美って名前ですね。調べてみるもんすね。驚きましたよ。

例の高園のクラブとマンションのオーナーですよ。マンションが建つ前までは、池上町にあるイケガミオートって車屋で、セールスしてたらしいっすね。

知りませんでしたよ。そんな曰く付きの女が、この浜松の本署のすぐ近くにいたなんてね」

「会ったのか」

「いえ、聞き込みです。イケガミオートには裏とりましたけどね。

それとですね、榊原由美は繁華街の西魚町でブティックも経営してます。『コレクションU』っていう店なんですがね、開店したのが二年前ですよ」

「あのクラブと一年違いってわけか。年はいくつだ」

「確認してないですが、四十代前半だと思いますね」

「このご時世に羽振りがいいな」

「そうなんですよ。イケガミオートの従業員は、宝くじにでも当たったんじゃないですかって言ってましたけど」

「どこからか、資金が出ていると考えられるな、そりゃ」

「妹と心水会は繋がってないですか」

「分からん。水原エンタープライズは駐車場以外に、トランクルームや貸倉庫もやってる。俺も調べて驚いたが、郊外の遊休農地、今では耕作放棄地って言うらしいが、最近、ソーラー発電のパネルが多い。

年間の日照時間が日本一長いという浜松だから当然とも思っていたが、この多くが水原エンタープライズの設置で、管理もしている。

もちろん合法だが、この三、四年で、郊外の日当たりのいい畑や雑木林を買収して、一気にシェアを拡大している。その妹と歩調を合わせるかのようだな。

まだある。最近は産業廃棄物の不法投棄が後を絶たない。中にゃ郊外の山あいに高いフェンスで囲って操業してる産廃業者もいる。中で何やってるか分からんが、何も起きてないのに捜索するわけにもいかん。

調べてみたら、それぞれが個人営業のような小さな会社だが、水原エンタープライズと契約したり、提携子会社になっているところが結構ある」

「ああ、ありますよね。俺もバイク転がしていてよく見ます。浜松って街は北へ三十分も走れば山ばっかりですもんね。あの囲いの中へ連れ込まれたらお手上げですね。

そうですか。産廃業者まで傘下にというわけですか。かなり強引ですね。そう聞くと尚更、俺は繋がってると思うんですがね。実の兄と妹でしょ」

「高園一帯は昔、浜松の官庁街だった。国有地もあった。それが都市計画でほとんど移転して、しばらく手つかずの空き地だった。公告して民間に払い下げた時の斡旋業者は、地元の不動産屋だったはずだが、いつからか水原エンタープライズに替わった。

詳しく調べないと分からないが、多分、妹が土地を取得したのもその頃だ。妹、由美ってのか、本人名義の土地に本人名義のマンションを建て、管理を水原エンタープライズに委託しているって形だな、多分。

ただな、水原エンタープライズを辿ると、東京の西園寺一族へ行き着く。心水会との繋がりは一切出てこない。そこはきっぱりとけじめ付けてる。

訊けば全く関係ないと突っぱねるだろう、戸籍も違うしな。何も容疑がないのにうかつには動けない。下手に動けば西園寺一が出てくる。

西園寺は関西の名門で派閥の領袖だ。今度の総選挙には御曹司が出馬するらしい。

ちょっと気になるのは、水原というネーミングだ。会社のこれまでの経営陣に水原という名はない。心水会の水と榊原の原をくっつけたと見えなくもない」

「仮にですよ。繋がってたら、久保さんどう見ます？」

「ヨネの考えてることは分かるよ。俺も同じだ。心水会の関東進出の布石だな。名古屋は同業が煩いし、元々が大阪・神戸辺りと繋がってて入り込む隙はない。そんなところで喧嘩してるより、東京に近い浜松に出城を築く。そういう作戦だろう」

「ですよね。いくら合法ったって、裏に心水会が付いてるとなりゃカタギの会社はいいなりでしょうからね。水と原ですか、そっちの業界知ってる人間には十分効く脅しじゃないですか。

でも、そうなりゃ、指をくわえて見てる奴らばっかりじゃない。この浜松はそんなに穏やかな土地じゃないですもんね。ぼちぼち遠州名物の空っ風どころか、嵐が吹くかも……」

「昔っから浜名湖が、三河と遠州の境界だった。西の奴らも東も、浜名湖を越えて砦を築くってのは喧嘩売るようなものだ」

「榊原由美のブティックは三階建ての小さなビルですが、浜松一の繁華街大通りですからね」

「慎重に動けよ、米。まだ何も起きちゃいない。知らぬ顔をして様子を見て、材料揃えてここぞという時に叩くのが定石だ」

「久保さん。そんなこと、何を今更ですよ。いつまでもガキ扱いしてると、付き合い方変えますよ、ほんとに」

二人は課へ戻った。

十五　赤井と久保

久保に面会希望の電話が入った。四年前の事件で殉職した赤井刑事の家族だという。久保はOKした。

面談室に入ってきた男を一目見て久保は思った。

〝体格は似ているが顔はそれほどではない〟

「赤井圭一といいます。死んだ赤井の兄です」

声も言われなければ似てはいないと感じた。

「久保です」

久保は名刺を出しながら観察した。

背は久保も百八十センチあるが、それ以上ある。ポロシャツにジャケット姿だが、肩幅が広く筋肉質だ。首も太い。柔道をやる体型ではないが、武術、格闘技に長けた体に見えた。

「赤井刑事には捜査のイロハから教わり、お世話になりました。お悔やみ申し上げます。失礼ですがご職業は？　同業ではないですよね」

「渡米してから軍に長くいました。今はツアーガイドをしています」

「そうですか、道理で立派な体格をされてますね。で、今日は弟さんの件で？」

「そうです。ずっとアメリカ、ヨーロッパにいたもので、弟の死亡は最近になって知りました。射殺されたと聞き、気になりましたが、詳しいいきさつを知る者は私の周りにおりません。

日本の知人からこちら、本署の久保さんに訊くのが一番早くて確かだと聞きました。

どんな事件だったのか、直接的には誰にどのようにして殺されたのか、知っておきたいと思いまして日本に戻りました。

知ったからといって、今からどうこうしようという気はありませんし、久保さんにご迷惑はかけません。教えて頂けますか」

赤井圭一の落ち着いた話し方と態度に、久保は少し圧倒される思いだった。

軍人だったとは言え、ただの男ではない。相当な訓練を受けたか、戦場に身を置いて実戦を経験したかのような雰囲気を感じさせた。

亡くなった赤井刑事には未だに恩義も感じている。いい加減な対応はできない。久保は一通り、事件の顛末を話した。

赤井はひとつひとつに頷きながら黙って聞いていたが、聞き終わるとすぐに口を開いた。

「分かりました。ひとつふたつ聞かせて下さい。

ダンプカーの事故現場から逃げたと思われる男二人、いや三人かな、を追って、あなたと弟は杉山という男の店、金物店ですか、そこへ向かった訳ですが、その理由はなんですか？」

「杉山が事件に関係している。もしかしたら逃げた一人かもしれないと考えたからです」

「そう考えた根拠はなんですか？」

赤井はたたみ掛けた。

「ダンプカーの事故が発生する前から、弟さんは杉山をマークしていました。本庁からの依頼事項でしたので単独での行動でしたが」

「弟は杉山と面識があった？」

「はい、杉山の店に行って会っています。赤井刑事は杉山について私よりも詳しい情報を掴んでいたと思います。

事故現場からどこへ行くかという話になった時、即座に杉山の店と断定したのは赤井刑事でした。もう少し詳しく事情を聞いていればと悔やまれます」

「そこであなたは弟を杉山の店に一人置いて、他の場所へ向かいましたね。その理由は？」

「逃走に使われた車が発見されたという通報が入ったからです。事件関係者が乗っていたと考えられました。早急に確認する必要がありました」

「重要な容疑者がいる可能性が高い店に同僚一人を残してですか？　応援を呼ぶとかのお考えはなかった？」

久保は尋問でもされている気分になった。しかもこの指摘は久保にとって一番痛い点だった。当時、捜査課長からもきつく咎められた部分だ。

「当時の私ども二人の目的は、事故現場から逃走したと思われる男、多分二組三人だと思われますが、その追跡でした。逃走に使われた車二台のうちの一台が発見されたのですから、その現場へ急行するのは当然です。一刻を争う状況でした。赤井刑事も同意見でした。

それに場所は目と鼻の先でした。赤井刑事は沈着冷静で優秀な刑事でした。状況により必要と考えれば自分で応援を呼んだでしょう。面パトを運転していた私がそのまま行くべきだと判断しました」

杉山の店には自分も一緒に踏み込むと言ったのに、「俺一人でいい」と言い張ったのは先輩の赤井刑事だった、という言葉を久保は辛うじて飲み込んだ。

「あなたは弟を射殺したのは、ダンプ事故の現場から逃走した一人、田代というヤクザだと断定しました。

その根拠は弟が被弾した拳銃弾が、田代が所持していた拳銃から発射された弾痕と一致したとのことですが、先に待ち構えていた杉山が田代を殺して、そこへ踏み込んだ弟を、田代が持っていた拳銃で杉山が射殺した、という線も考えられると思いますが、いかがですか？」

それはあり得る考えだった。

「杉山と、そこに一緒にいた義国という刀工に硝煙反応は出ませんでした。それが根拠となりました」

警察が杉山と義国を釈放する決め手となった理由を久保はそのまま告げた。

「田代の死因はなんでしたっけ」

「背中から心臓に達した剣鉈と、両手首を刃物で斬られた出血によるものと考えられます」

「銃ではなく、刃物ということですね。現場には義国という刀工がいて、日本刀を所持していた。杉山は金物屋で、刃物も扱っている」

くどいようですが、その刀工と杉山が田代を殺したと考える方が自然だと思いますが……。

その後、弟に踏み込まれ、現場を押さえられて、田代が持っていた拳銃でどちらかが弟を射殺した。

短い時間の中で起きた事件の前後関係を、硝煙反応だけで決めつけるのは、いささか無理があると思いませんか」

「現場にはもう一人、栗畑という男がいました」

「そうでしたね。しかしあなた方は、その男を取り逃がした」

久保は少し苛立った。世話になった赤井刑事の兄と思えばこそ丁寧な説明をしているつもりだった。今頃、四年前に決着した事件を、他人に咎められるような言い方をされたくはない。

「私が訊くのもなんですが、弟は腕っぷしといいますか、格闘技はどうでしたか。

実は若い頃から別々に暮らしてましてね、高校で柔道をやってたことぐらいしか知らないのですよ。拳銃の扱いなども」

久保の気持ちを察したか、赤井が話題を変えた。

大きく一呼吸して、久保も冷静さを取り戻した。ここまできて、話をする間とか、イントネーションが、あの赤井刑事に似ているのを久保は感じた。

「それは、三十代まで柔道全日本選手権の常連でしたし、『街へ出ればルールも反則もない』というのが持論でしたから、私などはとても及びませんでした。拳銃の腕も本署一でした」

答えて久保はまた一息ついた。

「あの事件は麻取が追っていました。私は二十分そこそこで現場に戻りましたが、張っていた麻取に制止され踏み込めませんでした。本署も承知の上の指示です。

栗畑を逃がしたのは、小山という麻取の女性取締官です。私どもが榊原や黒岩と共に、杉山と義国の身柄を拘束できたのは、麻取が重要参考人で取り調べた後のことです。

それに、田代の死体も、赤井刑事も、発見されたのは杉山の店内ではありませんでした。先ほど説明しましたが、ポンプ小屋と呼ばれる建屋と、その近くに放置された車の中です。二人は店の外で争い、田代が赤井刑事を射殺したことは間違いないと考えます」

「弟に不手際があったとは思います。ですが、失礼ながら、それは言い訳にしか聞こえません」

〝あんたに言われる筋合いではない〟そう言いたい気持ちを抑え、久保はまた大きく息を吸った。そして思った。〝ここへ来る前にこの赤井はかなり調べている〟

「私は弟が射殺された状況、もっと言えば射殺した相手を知りたいのですよ。麻薬がらみと言われましたが、それも含めて、杉山が何らかの理由で、流星会とかいうヤクザを恨んでいた。もしくは追われていた。そこには殺さなければ殺される程の切羽詰まった理由があった。

それで何かをエサに浜松へ呼びつけ、ダンプカーをぶつけて殺し、生き残った田代も殺った。そこへ踏み込んできた弟に、その現場を見られ射殺した。もしかして直接的にはその栗畑とかいう奴かもしれませんが、全てを仕組んだのは杉山。そう考えれば納得がいくんですがね。

現場は杉山の店ではないかもしれないが、近くであることは確かでしょう。ダンプ事故はともかく、その後、関係者全員が杉山の店に向かってますよね。

それはあなたも弟も、杉山が怪しいと考えたからに他ならない。違いますか？」

それは確かにそうなのだ。久保も当時同じように考え、取り調べでは杉山を執拗に叩いた。

しかし決定的な確証は掴めなかったのだ。

「あなたが言われることは、当然私も考えました。杉山は、私が拘留期限を延長して尋問しました。しかし、私が話したことが浜松本署の結論なのです。

もちろん、麻取へは警察として厳重に抗議しました。そのことで小山取締官は北陸へ転勤になりました。そして交通事故で亡くなりました。

逮捕した流星会の会長らが保釈された翌日のことです。

それと、関心はないと思いますが、杉山の妻は名前を香奈と言います。彼女は麻薬取締官だった小山の娘です」

久保をずっと見つめていた赤井の視線が宙を見るように束の間それた。

「その交通事故の相手は？」

「轢き逃げで、犯人は不明と聞いております」

「刀工もいましたね。住まいはどこですか」

「岐阜県の関市です。刀工は名を義国と言いますが、義国も後日交通事故で死亡しています」

「それも轢き逃げで、犯人は挙がっていない？」

「はい。もちろん所轄の警察は捜査しました。あの事件はいろいろな要素が絡み合っていました。赤井刑事は本庁からの依頼で、それをずっと調べていました。残念です。

私も杉山については、今もマークしています。何かあれば連絡致します。連絡先は？」

久保は話を切り上げ、この赤井の身元を調べようと考えた。

「住所はアメリカになってますし、しばらくぶりの日本で、あちこち行ってみたいと思っていますので……。

お忙しいところをお邪魔しました。よく解りました。私の出自は隠すようなことは何もありません。警察が調べればすぐに分かると思います」

赤井は久保の心を見透かしたように告げ、腰を上げた。

時として人には思い込みというものが生じる。久保は四年前の事件の前から、本署管内で赤井刑事と一番親しいのは、ペアを組む自分だと自負し、情報も共有していると信じていた。

だが、赤井刑事が当時まだ交番にいた米山とも親しく、米山にミステイクという掏り集団の件を話したり、米山の情報提供で信司の店へ行き、直接聞き込んだ詳しい内容などは知らない。

当時赤井は、警視庁からの聞き込み依頼などは本署直轄の案件ではなく、久保と二人がかりでするほどのことではないとして、単独で調べていたのだ。

一方米山は、赤井が自分に話した内容などは当然、久保が聞いて知っているものと思い込んでいる。したがって米山は、交番当時に赤井から聞いた内容を、異なる課の久保にいちいち報告はしていない。

嘘のような話だが、四年前に久保がミステイクの話を赤井から詳しく聞いていれば、そして米山が、赤井との話を全て久保に告げていれば、信司を拘束した際、当然久保は別な取り調べ方をしたし、警視庁へも連絡し、結果として全く違った展開になっていたはずなのだ。

情報の共有化は捜査の鉄則であることを、刑事は皆充分知っている。だが、同じ捜査一課にいながら、久保は当時の赤井から、ミステイクのことはほとんど聞いていない。またその頃の米山は交番勤務で、久保とは特に親しくもなく、今も課は異なり、話題にもならない。

ミステイクの全容解明は、関係者の死亡、逃亡と赤井刑事の死により、事実上棚上げとなり、結果として、信司を助けた形となった。

人脈や情報収集量は本署内随一と自負する久保にも盲点はあるのだ。

十六　久保と米山　2

久保と米山がまた話をしていた。赤井が署に来て数日が経っている。場所は高園町にある古く小さな喫茶店。クラブ「マリー」のあるマンションとは二百メートル程の距離だ。

「あれからな、死んだ赤井さんの兄という男が俺に面会を求めてきた」

「聞きましたよ。なかなかいい体格で鋭い目をしていたとか。あまり似てなかったそうですね」

「早いな、誰から聞いた。そうだよ。だが話をしているうちにな、ものの言い方がやっぱり血は争えないと思った。そう思ったらおかしなものでさ、顔まで似ていると思い始めたよ」

「で、用件は赤井さんの死因ですか」

「そうだ。俺の方が厳しく尋問されてる気がしたよ」

「身元は調べました？」

「調べた。赤井さんからは存在すら聞いていなかったが、元警察庁のエリートだ。要人警護に就いていた。

　民間人を誤射して死亡させ、懲戒免職になり、アメリカに渡った。射撃、特にライフルが得意で軍にスカウトされた。それからのことはアメリカ軍の機密事項で分からん。

　数年前に除隊し、今はツアーガイドをしているとのことだ。

　除隊してから弟が殉職したことを知り、その真相を知りたくて日本に来た。昔のツテがあったのだろうな。四年前の事件の詳細を知りたいと言って俺のところへ来た。

　弟の死因を確認したかったのだろう。

　調べて分かったことだが、あの事件で北陸へ飛ばされた、小山という麻取の取締官がいたよな。その女の元の亭主だった。アメリカに渡る直前に離婚しているから、もう二十年以上前になる。だが、実弟が殺されたのと同じ事件だからな、元妻の死因にも関心があるようだ」

「……ということは、信司の女房である、香奈ちゃんの父親ってこと？」

「そうなるな。俺は言ってやった。もう全て決着した事件だとな。だが奴は杉山にかなり関心を持ってる。あの事件の主犯は杉山じゃないかと俺にツッコミを入れてきた。

杉山が義国と共謀し、田代を殺して、そこへ踏み込んだ赤井刑事を田代が持っていた拳銃で射殺したという考えだ」

「信司が仕組んで本署の刑事までも射殺した？　それはちょっと考えにくいっすね。俺は交番にいた頃からあいつをずっと見ているし、あの日も、午前中に自分の車の盗難届を出しに来てるんですよ。しょぼくれた顔して、俺がいた交番へ。

釈放されて本署から自分の店に帰された時も見に行きましたが、荒らされた店を見てうつむいて肩落として、声掛けられませんでした。あれがジェスチャーとはとても思えないっすよ。

現に硝煙反応も拳銃の指紋もシロだったすよね」

「ああ、それも言ってやった。したら、それだけで決めつけるのは無理があるとかぬかすんだよ。ゴム手やレインコート着てりゃ、反応は鈍いってことを言いたいようだったな」

「なんか久保さん、そいつにいい印象持ってないみたいっすね」

「キャリアのエリートが好きって言う叩き上げはいないよ。態度はでかいしな。なんて言ったかな、そうだ栗畑、奴を俺が逃がしたとか、何故弟を一人で踏み込ませたとか、こっちの痛いところを突いてくるんだよ。元妻の死因も、あの事件がらみということは確かだしな。

それに、俺に会う前に、どこかでかなり詳しく事件を調べている。その確証というか、ウラをとるために俺のところへ来たようだ」

二人はコーヒーカップを口に運んだ。

「本人が直接信司の店に行って実力で何かするってこともありですね」

「かもな」

二人はたばこに火をつけた。古い、常連相手の店で、喫煙ＯＫなのだ。

米山は少し考え込んでから言った。

「久保さん。そいつの来日目的はそれだけですか？」

「ヨネ、お前もなかなか鋭くなったな。実は俺も奴が帰ってから、ふと思ったんだが、それだけじゃないって気がするんだよ。

赤井さんが亡くなったのは四年も前だ。離婚しているが小山もだ。アメリカにいたとはいえ、何の連絡も無かったとは考えにくい。それが何故今なのだと思うよ」

「ですよね。そいつ、また来ますかね」

「分からん。赤井さんのことはともかく、前妻と言ったって二十年も前に離婚してるんだ。しかも、四年前に決着した事件を、今は民間人になった人間が突っついたって、どうなるものでもない。そんなことは承知のはずだ。

だが、他に別な用件があれば、また話は違う」

「電話は？　教えっこないか。でも、個人の観光ガイドでしょ、仕事」

「ああ、それはウラをとった。コロラド州デンバーの保安官に直接照会した。日本の大手旅行社ＪＴＡも民放テレビ局も知っていた。ＨＰもある」

「軍を除隊して就く職業にしちゃ、ちょっと違和感がありますね。久保さんも思ったんでしょ、引退したロートルじゃないって。洗ってみますか」

「俺もそうしようと思った。したら、すぐ見透かしたように言ったよ。自分の経歴は警察が調べればすぐに解る。隠すことは何もないってよ」

「で、香奈ちゃんは知ってるんでしょうかね。互いの間柄を」

「それはどうかな。もし娘が知っているとなれば、杉山も知っているだろう。夫婦の間のことだからな。だが口振りからはそれは感じられなかった」

知っているなら直接娘に訊けば済むことだ。母親のこともな。もっと言えば杉山に直接聞くことだってできる。俺のところに来る意味は薄い」

「確かに。でも、噂や関係者ではなくて、警察の担当者から、直接ちゃんと聞きたかったんでしょうね。信司が怪しいと思っているなら、尚更本人には訊けないかも」

それはそれとして、何か、街の空気が動く気配を感じます。水原エンプラも含めて、マークする価値はありますね」

二人は窓の外を見た。通りを隔てて小さな看板を掲げた水原エンタープライズの営業所が見える。三階建てのビルだ。

「挨拶に行ってくるか。社員の顔を覚えるのも仕事だ」

二人は腰を上げた。

十七　松枝

「本署の刑事さんがどういうご用件でしょうか」

営業所に入ると商談室と書かれた部屋に通され、アポなしだったが営業所長が出てきて対応した。

一階フロアはアパートやマンションの物件のチラシがベタベタと貼ってあるような、一頃(ひところ)のいかにも不動産屋という感じではない。

玄関脇の受付で用件を言うと、客はずらりと並ぶ商談ブースに案内される。企業や団体向けには商談室が用意されている。駐車場には五台の車が停まっていた。皆ブースの中らしい。

受付とブースの間には順番待ちのソファが置かれ、備え付けのパソコンで客が自由に物件探しができるようになっている。待っている間に希望条件を順次選択してクリックしていけば、好みの物件を画像付きで紹介してくれるシステムらしい。

店内は天井が高く、明るく、大型のテレビや幼児が遊ぶコーナーもあるが、ブースは仕切られており、従業員が見渡せるスタイルではない。

「特に用件というほどのことではありません。お忙しいところお邪魔します」

久保が応え、米山も名乗った。

縦組織の中で、異なる課の刑事が公務で一緒に捜査に当たる場合は、双方の課長の了解が要る。こういう場合の立ち回りの上手さも久保の得意技だ。

尤も公務かどうかの判断は刑事という職業にとって実際は難しい。例えば、オフに家族とレストランで食事をしていて、目の前に指名手配中の男が座れば、当然知らない顔はできない。

営業所長の隣にもう一人の男が座った。

「松枝と申します」

差し出した名刺には、営業所長代理の肩書きがある。

久保も米山もこの松枝という男に興味を持った。営業所長はいかにも如才のない営業マンといった物腰だが松枝は違った。

警察官としてそれなりのキャリアを経た二人には、第一印象で人の匂いを嗅ぎ分ける猟犬のような能力が備わっている。

二人は松枝と名乗った所長代理に普通の営業マンとは異質の、剣呑なオーラを感じ取った。中肉中背でヘアスタイルもヤクザのようなパンチパーマとか五分刈りの坊主頭ではない。キチンとしたスーツ姿で特に崩れた感じはしない。問題は表情、特に眼だった。これは隠せない。

「この高園界隈は最近変わりましたねえ。マンションは何棟も建つ、新しい会社は進出する、コンビニも何軒か出店してますよね。こちらも出店されて……四年でしたか」

「三年と十ヶ月になります」

　営業所長が答えた。

「すぐ近くのマンションも確かお宅の……」

「はい、手前どもが初めて浜松で、用地から建設まで手がけたマンションでして、シャトー高園といいます」

「そうでしたか。最近はコンビニ強盗事件もちょくちょくありましてね。警察はコトが起きてからでないと動かないとか、市民の皆さんからの指摘も頂きましてね。交番だけでは十分ではないということで、私どももできるだけ外に出て、防犯に努めようと廻っているわけです。

　こちらは、本社は東京でしたね。なかなか手広く事業を展開されているとか」

「はい、東京の八重洲にあります」

「そうですか。浜松でも着々と事業を拡げておられるようで結構ですな。私らは不動産業界には疎いもので、初歩的なことを伺いますが、会社は創業から何年ぐらいになりますか」

「創業と申しましても、現在の社名では、まだ十年ちょっとです。

　元々は水島建設という会社と、原口不動産という会社が合併して現在の社名になりました。その時に現社長に替わりまして、不動産業や建設業にとどまらず、幅広い分野にチャレンジしようという趣旨で……」

「水原エンタープライズというわけですね」

久保が言葉を受けた。

「こちらの営業所は何名ぐらいの陣容ですか」

「三十名ってとこです。ほとんどが二十代、三十代です」

答えるのはいつも所長だ。二人は松枝の発する言葉が聞きたかった。

「松枝さんはもう長いんですか？」

初めて米山が松枝の顔を見ながら尋ねた。

「私は元々水島で、ずっと京都支店におりまして、ここの開店と同時に来ました」

やっと松枝が口を開いた。話し方は普通だが何の感情もない言い方だ。表情も固い。

米山を見る目は冷たく鋭かった。三十代の後半か、スーツの下は、鍛えられた筋肉質で、俊敏な動きを連想させた。

〝ボクサーくずれ〟米山は直感した。

二人は面談を切り上げ、営業所を出た。


「どうだ？」

営業所が見えるコンビニの駐車場に止めた公用車の中で久保が訊いた。

「他の社員も顔見てみたかったですね。まさかあんなのばっかりじゃないでしょうが」

「松枝か？」

「よく出てきましたね。俺等の前へ。あの面、あれは営業マンではないでしょう。元ボクサーってとこですね」

「警察と聞いて所長が指名したかもな」

「それか、俺等の仕事との付き合いに慣れているあいつが、所長に余計なことをしゃべらせないために出てきたか。どっちにしろ、俺達の前へ顔をさらしたのは奴らのミスですよね。まあ顔は覚えましたよ。二人だけですが」

「水原はとんだ見当違い、だったかな」

「ダメですよ久保さん、憶測や先入観でもの言っちゃ。まあでも、足使って外を歩いてみなけりゃ分からないってのは正解、鉄則ですね。

俺達が本署の中で聞く情報は知れてます。なんか知らないうちに街は動いてる。水原エンタープライズの勢いみたいなものを感じましたよ。

コンビニで小便してきます。あのおっさん、今頃何か考えてますかね。俺達が来た訳とか」

米山が一人でコンビニへ入っていった。

「一応、京都府警に連絡して心水会の内情と動向を調べてみるよ」

車に戻った米山に久保が言った。

「例のクラブもすぐそこですよ。ちょっとそそられますね。風営法か条例使って入ってみますか？　榊原由美って女にも会ってみたいっすよ」

「客か、それとも雇ってほしいって面接に行ったらどうだ？　お前ならＯＫかもしれないぜ」

「よく言いますねえ久保さんも。まあ考えときますよ。でもボラれそうだな」

米山が車を出した。

十八　栗畑からの招き

朝、九時過ぎ、店のシャッターを上げた直後、スマホのバイブが振動した。

「信さん？　張です。ご無沙汰しました」

「おう、栗畑。久しぶり」

信司は応えたが賢二郎の葬儀の事があり、以前のときめくような感覚は湧いてはこない。むしろ違和感を覚えた。

それでも訊いた。

「今どこだ。日本か？」

「はい、浜松に来ています。突然で申し訳ありませんが、今日の昼、時間空いてますか。会って頂きたいのですが。実は紹介したい人がいるんです」

信司は不躾な電話に内心戸惑ったが、取り繕って答えた。

「ほう、いきなりだな。いいよ。俺も顔見たかった。店へ来るか？」

「いえ、それが、今日はちょっと都合がありまして、勝手を言ってすみませんが、十二時にホテルコンチェルトの一階ロビーでいかがでしょうか。よければ昼食も、ということで……」

やはり「喜んで」という気にはならない。信司は大きく一呼吸した。

「手回しがいいな。わかった。久しぶりだ、行くよ。で誰だ、その紹介したい人というのは」

「はい、以前お話しした、俺の父親代わりの杉山拓郎です」

想像した通りだった。だが、やはり違和感が強い。

「奥さんもお元気ですか」

栗畑は信司の思惑などおかまいなしで続けた。

「ああ、元気だよ。だけど店があるからな、俺一人で行くよ」

信司は電話を切った。

栗畑の言葉にも言い方にも特に変わったところはない。だが、何か、どこかで信司の心に引っ掛かるものがあった。突き詰めれば、〝何故今頃、急に〟なのだ。

どう考えてもただ逢いたいからではなく、別の目的があってのことと考えざるを得なかった。

コンチェルトは信司の店から近い。徒歩で五分、単独では市内で最高層のホテルだ。

信司は香奈に外出を告げると、ジャケットに着替え、中もカラーシャツにネクタイを締めた。

コンチェルトは市内では高級で、メインの相手は社長だ。

ジャケットはグレー地にバーガンディのチェックが入っている。香奈が選んだ。香奈は赤系統が好きだ。

歩き慣れた路地を通り、約束した十分前に着いた。四年前の事件で爆破された一階ラウンジにもうその面影は無い。

正面玄関ではない入り口から入ると、ロビーが見下ろせる二階に階段で上がった。ロビーの天井は二階まで吹き抜けになっている。

中央には大きなクリスマスツリーが飾られ、騒がしくない程度にピアノ曲が流れていた。まだロビーに栗畑の姿はない。

五分前、栗畑が現れた。葬儀で見た拓郎と二人だった。二人ともビジネススーツ姿だ。それを上から確認してから信司は階段を降り、二人に近づいた。

「信さん、忙しいところ呼び出してすみません。こちらが以前話した杉山拓郎さん、韓国では張という名前を使っています。社長、杉山信司さんです」

「初めまして」

信司は拓郎と型どおりの挨拶を交わした。

拓郎が栗畑にそっと囁(ささや)くと、栗畑が信司に訊いた。

「信さん、昼食もご一緒にいいですか」

「ああ、いいよ、そのつもりで来た」

三人はそのままロビーを抜け、ラウンジ奥に位置する料亭へ移動した。

「信さん、詳しいことはまたゆっくり話すけど、実はね、社長はしばらく前から浜松に住んでるんですよ。常々、一度信さんにお礼を言いたいって言ってましてね」

案内されたテーブル席に座るとすぐ、栗畑が話を切り出した。

「それで、突然で申し訳なかったけど出てきて貰ったんです。今日は社長の奢りということで信さん、好きなコース頼んで下さい、どうぞ。どうぞ遠慮無く」

栗畑から渡されたメニューの冊子を開くことなく、信司は言った。

「では折角なので、お言葉に甘えて、そちらと同じものを」

聞いて栗畑が席を立った。

信司はやはり違和感を覚えた。プチ整形をしたと聞いている顔はともかく、話しぶりからして以前とは明らかに違う。どこかによそよそしさがあり、拓郎の秘書というわりにはそわそわと落ち着きがなく、卑屈な感じさえした。

この違和感、変貌ぶりは何なのか。韓国で何があったのか。

「信司さんのことは栄二から聞いております。その節は娘のことで大変お世話になり、ありがとうございました」

信司の想いを断ち切るように、正面に座った拓郎が初めてゆっくりと口を開き頭を下げた。

「本来であればもっと早くに、お礼を申し上げなければならないのに、心ならずもえらく遅れてしまいました。今日は突然で失礼かとは思いましたが、勝手を言わせてもらいました」

謙虚で丁寧なものの言い方だが、どこかに尊大さが見え隠れする。そこが父親の賢二郎に似ていると信司は感じた。

「私は金物屋です。娘さんの件というのは何のことか理解しかねますし、お礼を言われるようなこともしてはいないと思いますが、今日はお招き頂きましてありがとうございます」

「信司さんとは親戚なのに、こうして会うのは初めてですな。親父からは時折、聞いていました。お父さんの信一郎さんのこともね。

娘のことは知らないとおっしゃるのなら、それはそれで結構です。ただ、私が心から感謝していることだけは直接伝えておきたかった。それだけはどうか受け止めておいて下さい」

信司に対し拓郎が本当に感謝の気持ちを抱いていることは理解できない訳ではない。しかし、そのことで招いたとは、今の信司には信じられなかった。

賢二郎の葬儀は一ヶ月近く前だ。それ以前から日本に帰国していることは葬儀参列者から漏れ聞いている。なのに何故、この押し迫った年の瀬に呼びつけたのか、しかも突然に、という疑問がどうしても頭から離れない。

栗畑が席に戻るとすぐビールが運ばれてきた。

「では、乾杯を」

栗畑がグラスを上げ、拓郎も信司とグラスを合わせた。

この季節、昼間のビールはひどく冷たく感じた。栗畑と久しぶりに会ったという歓びも湧いてはこない。

「乾杯してすぐに口にする話題でもないですが、賢二郎さんのこと、お悔やみ申し上げます」

「あ、いや、その節はご丁重な香典をありがとう」

拓郎が、その話はもういいと制するように右手を少しだけあげ、軽く頭を下げた。

〝自分が香典をついたことを知っていて覚えている〟信司は少し驚いていた。

会席料理が一品ずつ運ばれてきた。

「どうぞ」

拓郎が信司のグラスにビールを注ぎながら、自ら話し始めた。

「いきさつについては賢二郎から聞いていると思うので、隠さずに話しますが、私はね信司さん、しばらく韓国に行っておりました」

もう父親賢二郎のことはなかったことのように、拓郎は話題を変えた。

「だが、もう一度、どうしても日本で仕事がしたいという想いがありましてね。もう執念ですな。やっと念願がかなって、またこの浜松へ戻って会社を立ち上げました。言い訳をするようだがそのゴタゴタで、なかなか時間が作れませんでした。

やはり日本がいい。外国に住んでみると特にそう思う。だが、そうは言っても長引く不況で会社の経営はなかなか難しい。特に楽器はね。

だから今度は昔のような楽器だけではなく、時勢に合ったやり方、つまり、多角経営を目指している。過去は過去、いつまでも引きずることなく、未来志向でね。

経営理念が一致して協力できる会社や企業とは連携をしてね。お互いの得意な部門や利点を活かし、また補い合ってね、共存共栄を図っていきたい。そういうことを積極的にやっていきたい、そう思っているのですよ。

この栄二がかつて信司さんにお世話になったことは聞いています。知っての通り、パソコンに明るい。有能な秘書です。そして私と信司さんは親戚だ。元々縁はある。

今日を機に、また何かとよろしくお願いしますよ。もちろん、私にできることがあれば協力します。連絡は栄二に言って下さい」

拓郎がとうとうと演説のように語った。

「そういうことでね、結局、社長が日本へ戻って来てしまったものだから俺もね、社長付ってことで日本へ来たって訳。社長と同じマンション住まいでね」

栗畑が慌てて言い訳じみた言葉で口を挟んだ。

「そうでしたか、いや、私の方こそよろしくお願いします。拓郎さんのような実業界に顔が広い方が親戚で、心強いですよ」

信司は話を合わせるように拓郎の方を見て言った。

三人はしばらくの間、会席料理を味わった。

メインは浜名湖の高級食材どうまん蟹だ。信司は浜松で生まれ育ったが初めて食べる。仲居から説明されなければ分からなかった。そもそも水揚げ量が少ないし、庶民が気軽に口にできる値段ではないのだ。

「久しぶりだなこの味は。栄二分かるか、これがどうまんだ」

拓郎が栗畑に話し掛けた。

「はい。いえ、よく分かりません。俺、あ、私は初めて食べます」

やはり落ち着きがない。こんな男ではなかったはずなのだ。

人間の手の指をも切ると言われる獰猛(どうもう)なハサミを持つ、甲羅幅二十センチ以上のどうまん蟹が、一尾まるまる茹でられ、三人の前のそれぞれの皿に載っている。

甲羅をあげると、既に身はほぐして程よく蟹みそと混ぜてあり、そのまま食べられる。

「そうかお前、初めてだったか。濃厚だろうこの味。他の渡り蟹とは大きさも味も違う、見ろこのハサミ、もちろん、ズワイやタラバとは全然違う味だ」

信司も確かにその通りだと思いながら黙って口に運んだ。二人の会話には父親代わりの間柄と栗畑が以前から言っていた親密な雰囲気があった。

拓郎の口からそれ以上具体的な話題は出なかった。今日は信司に礼を言うという名目もあったとは思えたが、しっかりと顔を確認し、人間を見る事が第一の目的だったのだろう。もちろん拓郎にとって都合のいい人間かどうかだ。

拓郎は信司の過去も裏の仕事も知っている。だからこそ、娘の礼を言ったのだ。かってそういう仕事を一緒にした仲の栗畑から、全てを聞かされているに違いない。

次に会う時は何を言い出すか、信司の心にこれまで以上の警戒感が広がった。

同時に、賢二郎の葬儀の日に思った栗畑への不信感は、ますます高まっていくのを自覚していた。今の栗畑は拓郎のボディガードにすぎない。そう感じた。

あの時点で、既に拓郎に付いて帰国していた栗畑の心には、もはや信司に電話一本入れようとする気すらなかったのだ。

「帰国したら何故すぐ俺に知らせない。どうして今なのだ？　あれから何があった」そう聞いてみたかった。四年という時間はこうも人の心を変えるのか、信司は人の世の儚さを痛感した。

ふと思った。〝栗畑と知り合ったのはいつだったろう〟

伊東が美橋と一緒にスカウトして連れてきたのだ。性格も好みも特技も異なる美橋と栗畑が何故一緒につるんでいたのか。当時どこに住んでいたのか、考えてみれば聞いていなかった。

生前、賢二郎から聞いた話では、栗畑は学生の頃から拓郎が生活面の面倒を見ていたという。

拓郎が父親賢二郎の会社で半導体部門を任せられていた頃だ。

日本が半導体で世界的にシェアを拡げていたのは二十年以上も前だ。そして拓郎は社長になり、やがて会社は倒産、拓郎はヨーロッパへと移住し、その後韓国へ移った。

栗畑は高校卒業後、拓郎の会社へは入らず、ＪＲへ就職した。そして数年で退社したと聞いた。知り合った頃、信司は栗畑のことを東京の出身とばかり思っていた。

一緒に仕事をしていた頃、片時も気を抜くことを許されない張り詰めた緊張感の中、どちらかといえばおとなしく控えめな性格で、行動力のあるやんちゃな美橋の陰に隠れた存在だった。少なくとも他人を押しのけて前へ出るタイプではなかった。

美橋でさえ「あいつがよ、拳法やるってよ。笑っちゃうよな」と言ったほどだ。それが四年前の事件では、かつていとも簡単に信司を叩きのめしたことのある榊原を、素手で叩き伏せ、あばら骨を折ったばかりか、拳銃を手にした黒岩をも倒したのだ。

信司も実際に見るまでは半信半疑だったが、目の前で見せられたその強さに驚嘆した。信司も義国も香奈も、栗畑に助けられたのだ。

だが、知らなかっただけで、栗畑にはまだ信司が知らない一面があるのだ。栗畑のことは全て知っていると思い込んでいた信司がうかつだったのだ。

拓郎一家のことにしても、父親の葬儀で賢二郎と知り合ってから聞いて知ったのだ。家族とも逢ったことはないし、何も知らない。確か栗畑が兄弟同然のように育ったという息子二人がいるはずだ。だが今どこで何をしているのかも信司は知らない。それほど疎遠な親戚だ。

「だからお前は世間に疎いと言うのだ。人間をよく見て付き合え。もっと大きなアンテナを張れ」榊原に言われそうな気がした。自分は栗畑に対して全く考え違いをしていたのかもしれない。そういう男に勝手に思い入れをし、親友のような信頼感を抱いていたのかも。

「どうぞ、信さん」

不信感と共に沈み込んでいく信司の心など知らぬげに、ビールを勧める栗畑の顔が間近にあった。黙ってグラスを向けながら信司は改めて栗畑の顔を見つめた。

栗畑は四年前の事件で、当時韓国に居た拓郎のもとへ逃げた。拳法の道場でインストラクターをしていると聞いていた。顔も名前も変えた。信司には言えない苦労をしたかもしれない。

だが当時、栗畑は全国指名手配されており、あのまま日本に居れば今の自由はなかったのだ。

「やれよ、栗畑」

そう言って信司もビールを勧めた。

「あ、すみません。ありがとうございます」

栗畑が信司を見て小さく何度も頭を下げた。

「浜松に来ていたのならもっと早く連絡してくれればよかったのに」そう言おうとしたが言葉が出なかった。間近に見る栗畑の他人行儀な作り笑顔はますます卑屈に見え、その気が失せたのだ。

あの時。「もし自分の身に何かあった時は香奈のことを頼む」と心から言い切れた、男としての熱い思いは今、全く消え失せていた。

二人だけだったなら「どうしたお前、何があったのだ」と訊いたかもしれない。拓郎の会社が今どんなか、お前の立場はどうなのか、拓郎の息子達の動向はどうなのか、そんなことも訊いたかもしれない。だが、拓郎の前でそれはできなかった。

栗畑の変貌ぶりに、信司には冷えたビールがさらに冷たく苦く感じた。折角のどうまんをじっくり味わう気分ではなかった。

拓郎は一人黙々と料理を口に運んでいる。それほど饒舌ではない。信司に新たな話題を振る気配もなかった。「もう今日の用件は済んだ」そう言わんばかりの態度だった。

その後、次々に料理がきて三十分程で食後のデザートになった。

「そうだ、記念に写真撮らせて下さい」

信司は思いつき、通りかかった仲居にスマホを持たせ、二人の後ろに回って腰を屈めた。

栗畑が拓郎に会釈し、レジへ向かった。

「では信司さん、これを機に、これからよろしくお願いしますよ」

別れ際、正面玄関で拓郎が力強く言った。その目には精気を感じた。

その目を見て、信司は初めてはっきりと感じた。父親の賢二郎と似ている。同じ目だと。だが、それは親戚としての親しみを込めた目ではない。

この次会うのはいつか。そう遠い日ではない。そして信司にとって都合の良い用件ではない。そういう予感がした。

今日の会食は信司に協力を要請するためのステップ。もっと言えば利用するための布石。考えはどうしてもそういう方向へ行く。栗畑の落ち着きの無さはそのせいと思えた。

車で送るという栗畑を振り切り、信司は歩いてホテルを後にした。

二人だけならばともかく、拓郎が同乗している車で二人だけの話はできない。そして思った。

〝後日改めて二人だけで会うか？　その意味があるか？　無い〟これ以上二人で会ったからといって心が元に戻るという感覚は湧いてはこなかった。

路地を木枯らしが吹き抜けていく。心に虚しさだけが残った。

十九　倉田法律調査事務所　3

また倉田の事務所に赤井が来ていた。

「あんたが調べてくれた資料はよくできていた。さすがだな。警察本署へ行ってきたよ」

「久保という刑事に会いましたか」

「ああ、直接話を聞いた」

「どうでした？」

「日本の警察はもう少しクレバーだと思っていたがそうでもない。田舎の警察のやることだろうが、ザルだ。

事件の中心にいたのはどう見ても杉山だな。おそらく久保もそれを分かっていて追及したかったのだろう。しかし、ここの警察としては一件落着とした。

だからまあ、あの久保にしてみれば組織上やりたくてもできないって部分はあったのだろう。それが分からない訳ではない。

俺はますます金物屋に興味が湧いたよ。あんたが最初に言ったことも解る気がする。

料金は倍払ってもいい。あんたに金沢と岐阜へ行って貰いたい。目的は元麻取の小山という女の取締官と、義国という刀工の死因の究明だ。

それと心水会の動向、若頭榊原の動きだ。こっちは相手が極道だ、無理なら俺が直接調べてもいい」

「分かりました。やってみます。杉山拓郎の件は？」

「うん、あの資料もよくできていた。なかなか大変だろう。一口に調査と言っても人間相手にあれこれ調べるのは」

事務所の中を見回しながら赤井が言った。

「まあ一人だけの事務所ですからね。上に阿（おもね）るとか、ご機嫌伺うとか、気を遣うことはなくて自由ですがね。

警察のように組織で守られたり、武器を持つことはできないですし、躓（つまず）いても転んでも助けてくれる人間いないですしね。怒鳴られたり蹴っ飛ばされたりで、そうかと言っておとなしくしていては情報は取れませんからね。因果な商売ですよ」

「それは分かるな……。うん、あと欲を言えば杉山拓郎の会社の取引先、というより提携先、もっと言えば資金の提供者だな。いるはずなんだ。そうでなければ新会社の設立は無理だったろう。それが知りたい。とにかくあんたは信用できるよ」

「恐れ入ります。では、とりあえず明日中には発ちます。まず岐阜へ行き、その足で金沢へ回りますよ。

ところで、黒澤さん、そろそろほんとの名前教えてくれませんかね。できれば携帯番号も。その方が調査もやりやすいんですよ。連絡もすぐできた方が調査効率が上がります。

それと、クライアントがどのようなお立場にあるのかを知っておくことは、調査のやり方を左右する重要な要素です。もっと言えば力の入れ具合にも影響しますんで
料金頂く以上、他人に漏らすようなことはしません。ご存じのように、クライアントとの信頼関係は私らの仕事の要です」

「そうだな、言ってることは解るよ。俺が日本で使っている名刺だ。本名だ」

黒澤が渡した名刺を見て倉田が訊いた。

「ひょっとして、あの事件で亡くなられた赤井刑事の……」

「実の兄だ」

「そうでしたか、それはどうも……。よかったですよ教えて貰って。調査活動をする上で下手

なミスを犯さずにすみます」

倉田が軽く頭を下げながら丁寧に名刺をしまった。

「画像も含めて、連絡はその携帯ナンバーとアドレスへくれ。念を押すまでもないとは思うが、俺の名はそこいらで出さないでほしい」

「承知しました。調査で名前を人に伝える場合は、ご本人の了解を得てからと決めています」

「あんたの調査は東京で聞いたとおりだったよ。さっきも言ったが、信頼できると思ったから俺は名刺を渡した。だが、俺の素性は調べたりしない方があんたのためだ。それも承知しておいてくれ」

カレンダーの寒椿の絵を指ではじいて赤井は出て行った。

二十　クラブマリー　2

ボーイの制止を振り切って男三人が入ってきた。

「すみません。何度も申し上げておりますが、ここは会員制でして……」

ボーイが三人の前へ回り込んで言った。

「だからよ、今日から会員になるって言ってんだろ。何回言わせるんだよ。おぉ、このバカ」

一人がボーイのボウタイを掴んで引きちぎると、右の頬へストレートを放った。ボーイはカウンターのイスを倒しながら尻餅をつき、顔を押さえてうずくまった。

客が一斉に見た。立ち上がった客もいる。

「何見てんだ、お前ら」

別な一人が叫ぶと、花が飾ってあった直径三十センチほどの花瓶を、床に払い落とした。花瓶の砕け散る音が響き渡り、店内は静まりかえった。

その日入っていた生バンドも演奏を止めた。

ママの茉莉子が出てきて三人の前に立った。

「ここの責任者です。こういうことをしてもらっては困ります。今、警察へ通報しました。店のシステムはボーイが説明したはずです。

五分で警察が来ます。不法侵入、恫喝、暴行傷害、器物破損で現行犯逮捕されます」

捜査員のような口調で三人に告げた。ひるんでも怯えてもいない。

「何だと、このぉ……」

茉莉子の腕を掴もうと伸ばした一人の腕を横から別な手が押しとどめた。

松枝だった。

ダークスーツにレジメンタルタイというスタイルだ。

「静かに店を出て下さい。これ以上バカやってると罪が重くなりますよ」

三人の顔を順に見ながら小さく言った。

「何だ？　てめえは……」

ボーイを殴った男が毒づいた。

「店の者です。すぐ警察が来ます。騒がしくならないうちにこちらへ。どうぞ。ささ、どうぞ」

松枝に気圧され、押されるように三人は入り口へ向かって歩いた。フロアの隅を曲がるとクロークとレジがあり、その先に入り口ドアがある。ドアはエレベーターホールへと続く廊下から三メートルほど店側へ入り込んでいる。

そのドアを出たところで立ち止まると松枝が訊いた。

「どこのもんだ？」

「おっさん。人に訊く時にゃまず自分から名乗るのが、ジョーシキってもんじゃないのかい？」

長身の一人が、さして大きくはない体の松枝の顔を、のぞき込むようにして言った。

その瞬間だった。男の懐に一歩踏み込むようにして放った腰の入った松枝の右フックが、左脇腹深くに突き刺さった。その一撃で体をくの字に折り曲げた男の顎に、続けて左アッパーがきまった。男は声も上げずに崩れ落ちた。

松枝の攻撃は止まらなかった。目をむいて立っている一人の顔に左右のワンツーを打つと、棒立ちの腹へ前蹴りを決めた。男は尻餅をつきながら三メートルのフロアを滑り、廊下の壁に後頭部をぶつけて昏倒した。

もう一人はなすすべも無く立ちすくんでいた。松枝は左手で襟を掴むと足払いを掛け、男を倒して馬乗りになった。同時にその顔を左手で四、五回、パンチを突き刺すように殴りつけた。鼻血が飛び散った。さらに両目にパンチを打ち込んだ。

「助けてくれ」

男が小さく叫んだ。

「どこのもんだ？」

掴んだ襟を絞め上げながら、また松枝が訊いた。

「ただの客だよ。助けてくれ。警察が来たら訴えるぞ」

松枝がまた右手で顔面を殴った。今度は口だ。

「警察は来ない。このまま黙ってると明日朝、三人とも馬込川に浮くぞ」

馬込川は市内を流れる小さな川だ。男が咳き込むと、血にまみれた口から折れた歯がいくつか飛んだ。

「死にたくないなら言え」

松枝が腰のベルトに差したナイフポーチからフォールディングナイフを抜き出すと、片手で刃を起こし、男の頸動脈へ当てた。ナイフを僅かに引く。

男の体がピクンと反応した。

エマーソンのミニコマンダー、ブレードは六センチほどだが、ナイフを知る者なら切れ味は知っている。

　男が目を無理矢理見開いた。

「マ、マキノ……」

「マキノ？　牧野組だな」

　男は頷くとまた小さく「助けてくれ」と松枝の目を見て言った。

「頭(かしら)の志田に伝えろ。話があるなら聞くってな。俺は松枝って者だ」

　いつの間にか、周りに二人の男が立っていた。

「どうします？　こいつら」

「何か持ってたら取り上げて、エレベーターで下へ下ろせ。道端へ転がしておけばいい」

　松枝は店に戻っていった。

　これらの一部始終をバンドのメンバーに加わっていた米山は見た。松枝達が出て行った後を追って、ドアの内側の陰から見ていたのだ。

　もちろんスーツ姿ではない。黒い柄入りのバンダナに薄いサングラス、黒いフェイクレザーの上下だった。夜の暗がりではその気にならないと顔は見えない。

二十一　久保と米山　3

十二月から廊下の喫煙コーナーは廃止され、トイレの洗面所脇に変わった。すぐ上に換気扇が回っている。久保と米山が会っていた。

「寒いな。全廃よりましか」

久保がぼやいた。

「牧野組ってのは浜松に昔からあるテキ屋系のヤクザですね。志田誠治というのが若頭です。構成員は三十人足らずの小さな組織ですが、昔から名前は通っています。

今時、シノギは大変でしょうね。産廃のトラックは時々見ますよ。さすがに今時、組って文字は目立ちますから、カタカナでマキノ、正式名はマキノ産業株式会社となってます。調べたら今は志田がそこの社長ですね。

近年の水原エンプラの動きは目障りでしょうね。派手にやってますから。業種も不動産、土建、産廃で全部かぶりますからね。でも、志田ってのはやり手だそうですよ」

「俺も知ってる。組長は牧野耕蔵だ。今はマキノ産業の会長かな。もういい年だな。そっちは捜査二課、暴対の池田が詳しい。訊いてみよう。それでお前、それだけのコトが起きたのに出て行かなかったのか？」

「そりゃ一般客が被害に遭えば出て行きますよ。だけどあのママ、慣れたものでしたよ。チンピラの一人や二人、どうってことないって感じで落ち着いてました。まあ、松枝が傍にいたこともあるでしょうがね」

「その松枝の暴れるとこも見たってわけだ」

「あれはボクシングじゃなくてムエタイかもしれません。前蹴り一発で一人が廊下まで吹っ飛びましたからね。パンチも速くてあいつら見えなかったと思います」

「それもお前は黙って見てた」

「奴がナイフで刺したら出るつもりでしたよ。だけどその気なら初めからナイフ使ってる。松枝もその辺は心得てると思いましたね。大したダメージは与えていない。

　誰の指図か分かればいいって感じで。志田への警告みたいなもんでしょうね。今頃志田と話をつけてるところでしょう。『警察へは通報しなかった。ママが言った不法侵入、暴行傷害、器物破損でパクられるところを助けてやった』とか言ってんじゃないですか。

　ちょっかい出したのは志田の方ですからね」

「ところでお前、まだバンドやってたのか。上が煩いだろう、そういうことに」

「俺はね久保さん、余暇を利用したボランティア。慈善福祉事業。報酬を得れば服務規程違反でしょうけど、アマチュアバンドのヘルプで、銭は一円も貰っちゃいません。

バイク乗るのも、ギター弾くのも個人の趣味です。今回たまたま、ベースが休んだんで来てくれないかって話で、『場所どこ？』って訊いたらあのクラブだったという訳ですよ。まあ、潜入捜査という言い方もできますがね」

「何言ってる。そんなものは上の特別な許可が要ることは知ってるだろ。第一何の捜査だよ」

「俺の目的は榊原由美の顔を拝むことだったのですが、そっちはこの次です。まあおかげで、松枝の本性をチラ見できましたんでね」

「気付かれてないか？」

「松枝にっすか？　まあそれはないでしょ。格好変えてるし、後ろのベースですよ」

「手強いか？」

「そんなもんやってみなきゃ分かりませんね。でも何度か修羅場を踏んでる感じはありますよ。この間面会した時も、いかにも極道ってオーラがあったじゃないすか。つら構えも」

「分かったよ。牧野組のバックは？　水原エンプラの後ろにゃ、心水会が付いていることを、志田は知ってんだろう？　そうでなきゃ、マリーへちょっかい出すようなことしないだろ。知らずにやったとなりゃ、トラの尻尾を踏んでしまったようなもんだ」

「それが手を出した」

「そういう相手と知っていて単独でちょっかい出すようなことは、普通のというか、まともな頭ならやらないだろう。踏みつぶされることが分かってる。それをやった。威勢がいいな。

松枝の好きなようにはさせないという意思表示だろうが、度胸だけじゃできん。ということは、バックは小さな組織ではないな」

「水原エンプラにあからさまに喧嘩売った訳ですもんね。関西だと思いますが、問題は資金源ですよね。三十人そこその組に肩入れする大手がいますかね。今時。相手は心水会ですよ」

「思いますじゃなくてさ、志田が大手のどことつるんでいるか、誰に盃もらっているのか、確実にツメてほしいな。大昔から静岡県の東にゃ箱根がある。西は浜名湖だ。

水原エンプラの動きは関東だって目障りだろう。二課の池田にも言うよ。下手するとまた極道の抗争が起きる。この浜松がやつらの戦場になる」

「久保さん」

「ああ、俺も調べるよ。課長にも報告しておく。何かあったら言うよ」

二人はコーナーを離れた。

二十二　美和からの情報

年の瀬も押し詰まり、何となく慌ただしい気分の昼下がり、信司のスマホが振動した。美和だった。

「年末に突然ですけど、少しお話聞いて頂く時間ありますか」

香奈は奥で仕事をしていた。尤も香奈は信司の電話にいちいち干渉はしない。

「大事なことか。店より外の方がいいのか」

「すみません、そういうことも私にはまだよくわからなくて……。でも、今年の内に信司さんの耳に入れておいた方がいいかなと思ったものですから……」

「分かった。西沢町にロッケンという喫茶店がある。三十分後にそこで会おう。足がなければ迎えに行く」

「実は車買いました。由美さんの紹介で。ナビ付きです。ロッケンですね。行きます」

信司はやりかけの作業を一旦しまうと香奈に「出掛けてくる。一時間程度で済む」と声を掛け裏口から出た。珍しいことではない。

信司が道路に沿った駐車場にレヴォーグを停めるとすぐ、横に深紅のマツダ・ロードスターが停まった。運転席から女が降りた。美和だった。チャコールグレーのパンツスーツ姿だ。

「これ買っちゃいました。引いちゃいます？」

信司を見るとすぐ、車の前に立って少しはにかみながら美和が言った。

「いや、合ってるよ。でもいかにも由美さん好みだな。刺激的だよ。イケガミオートか。俺の車もそこだよ」

信司は美和の後に付いて店に入った。美和はもう普通の歩き方のように見えた。

店内にはエレアコのギターが鳴っているが、信司の知らない曲だった。

「美和は歌は？」

「ジャズやロック、ブルースも好きですけど、聴くだけで、音痴です」

「俺も音痴で歌はダメだ」

二人は笑いながら席に着いた。

「どうだ？　その後」

「はい。この前、信司さんに言われて少し度胸がつきました。確かに黙って仕事している限りは怖いことはありません。店に心水の人や、その他の筋の人が来ることはありませんし、由美さんにもよくして貰っています。

それに松枝さんは最近コレクションUの方にはほとんど姿を見せません」

「それはいい。何か危ないとか感じたことは？」

「それもありません。穏やかです。

それと、信司さんだから言いますけど、店は飾りのようなものです。私の仕事もブティックとは直接関係のないようなことばかりです」

「不動産の水原エンタープライズ関係とか？」

「はい。時々私、どこの仕事をしてるのだろうって思ったりします。普通の不動産関係の会社員のような気持ちになります」

美和は落ち着いて穏やかな顔つきをしていた。

「でも」

「でも？」

「嵐の前の静けさでしょうか、本当の私の仕事はこれからって気がします。もうしばらくしたらドカッと来そうな気がします」

「高園のマリーへはよく行くのか？」

「はい、由美さんのお供で」

確かに美和の表情は柔和になり、余裕が感じられた。

頼んだコーヒーが来て美和が信司のカップに砂糖を入れた。

「足は？　さっき店に入る時見たところでは良さそうだけど……」

「あ、もう平気です。金城先生からは無理するなって言われてますけど、車買いましたし

「……」

「よかったな。じゃ、話聞こうか。ここへ来ることは由美さんは？」

信司が切り出した。

「内緒です」

「大丈夫か？」

「多分。私が由美さんに逆らうことなどあり得ないと、由美さん思ってますから。

先達て、松枝さんのこと少し言いましたよね。最近少し様子が変わりました」

「ほう、どんなふうに」

「動きが激しくなりました。松枝さんの浜松での表面的な役職は、水原エンタープライズの浜松支店長代理です。水原エンターは合法的な、つまりカタギの不動産会社です。どこをつついても心水会とは関係ない形になっています。

でも警察は捜査に入り、浜松本署は松枝さんの経歴が元心水会傘下、松枝組の組長だったことを突き止めました。

履歴としては、十年以上前に松枝組を破門になり、足を洗って、水原エンターの前身の水島建設に入社し、水原エンターとなってから、京都支店勤務となり、浜松支店の開設と同時に浜松に来て、三年前から現在の役職に就いたとなっています」

「つまり、松枝は既に足を洗ったカタギのまっとうな人間で、ヤクザではない、という訳だ」

「はい、松枝さんは榊原本部長の幼なじみで、当時の会長とは、将来然るべき地位に就けるという密約があったようです。

でも、元々松枝組は心水会傘下では武闘派で知られた組で、松枝さんは組長でした。組員は全員心水会本部の会長預かりとなっていましたが、今の心水会の方針について行けない人もいて、関西の他の組と通じている組員もいるようです。

それで松枝さんは最近、その調整で奔走しているようです。だから、店の方は……」

「分かった。心水会も一枚岩ではないということかな。分かったけど、美和はそれが俺とどう関係してくると思う?」

「私の考え過ぎ、思い違いかもしれませんが、今、水原エンターは同じ不動産のマキノ産業と競っています。敵対していると言ってもいいと思います。マキノの社長は志田といいますが、その元は地元の牧野組です。

表面的には不動産会社ですが、やり方はヤクザそのものです。マリーへも牧野組の組員三人が嫌がらせに来ました。それを松枝さんが追い払いましたが、多分マキノは松枝さんをマークしていると思います。何かが起きるかもしれません。

由美さんからも志田には用心しなさいって言われてます。もし、信司さんや香奈さんにもとばっちりがきたらと思い、早くお知らせしておいた方がいいと思って……」

信司は話の内容はともかく、美和自身に感心し、驚いてもいた。短い間にすっかり心水会寄り、というより心水会そのものになった。

「なるほどな。美和、よく知らせてくれた。俺がコレクションUやマリーへ頻繁に出入りすれば、そしてそれがマキノに知られたらどうなるか、美和は心配してくれてるんだ。感謝するよ。今の世の中は情報が溢れているようだけど、正確で本当に知りたい肝心な事はなかなか入手できないものな。

美和自身に対してはどうだ？　大丈夫か。会からの締め付けはないか？　あるいは他の組関係からの嫌がらせとかは」

「何も変わりません。由美さんも厳しくはありません。私が従順にしている限り、大丈夫だと思います。先ほども言いましたが、一般の会社のＯＬさんや店員さんと変わりません。

ただ、以前からそうなのかもしれませんが、由美さんは京都と頻繁に連絡を取り合っていますし、京都へはよく行っています。時々苛ついた表情をしています。最近忙しくなったのは事実だと思います。でも私は店番が主で、京都へはUの店員として挨拶に行った程度です」

「そうか、俺は紹介した手前、美和が無事で元気なことが一番嬉しいよ」

そう言いながら信司は思っていた。

〝暴対法や暴排条例など心水会を取り巻く環境は厳しくなった。大所帯を切り盛りしていくには痛みも伴う。浜松は言わば前線基地だ。牧野組もいる。他の組からも目障りだろう。水面下では抗争が始まっているのかもしれない。もしかしたら内部でも。

それに水原エンタープライズがどれだけ正業をアピールしても、知っている人間はいる。まして由美は前線基地の司令塔だ。ガードを固めざるを得ないだろう。

松枝にしても経歴を警察に知られた。表だった行動は控えざるを得ない。

年が明けたら、俺への誘いや圧力があるかもしれない。由美は牧野組の志田を警戒している。

会ったことは無いが、これからは知らぬ顔はできないかもしれない。

またそれは、拓郎からもあり得ることだ。今度栗畑から何と言って来るか。そして今一つ、心に引っかかる事、あの黒澤という男だ〟

次々に想いは深まっていく。

「最近、リハビリを兼ねて、ジムへ通うことにしました」

信司に話して気が楽になったか美和が話題を変えた。信司は我に返った。

「ほう、そういえば初めて美和を見た時、骨格がしっかりしていてアスリートのように見えたっけ。空手？」

「似てますけど中国の拳法です。以前少しやってたもので、どうせなら何かの時、役に立つものがいいかなって……」

「そりゃ勇ましいな。美和の場合、実際に必要になるかもしれないし、由美さんにしても心強いだろう。そういえば、美和の身の上話って聞いてないな。アメリカに行ってたんだよな。拳法もやってた。興味あるよ。イヤなことや言いたくないことだったら聞かないけど……」

「あ、聞いて下さい。信司さんになら話せます」

美和が話し始めた。

「私、いい子ではありません。父は安サラリーマンで小さな時から自立をいわれてました。でも英語が好きで中二の時、母に泣きついて、ニューヨークにホームステイしたんです。

とても良い人達で、卒業したらまた来なさい、お金は出してやるからって言われて、高校生になってまた行ったんです。

向こうの人達は同じでしたが、中学の時とは違った家で、しばらくして騙されたことに気付きました。女が騙されたと言えば決まってますよね。お客をとらされたんです。そんな子がアパートの部屋にたくさんいました。

ニューヨークで女、特に白人以外の女が生きていくってこういうことなのだと知りました。毎日泣いてぶたれてまた泣いて。逃げられませんでした。それで、体は汚れきって、もうどうせ日本に帰れないのなら、お金稼いでやろうって開き直ったんです。ほんとに悪い娘です。

でもイヤな人は本当にイヤでした。それで、力ずくで乱暴されないように、男のように筋力付けようと思って、中国人のカンフー道場に通いました。スキンヘッドにして男物の服着て。

筋トレも毎日やって二年間通いました。骨太に育ったことは幸いしました。それだけは親に感謝です。八王子へ住む前は漁師町で、小魚ばかり食べて育ちましたから。

カンフー道場では男の弱点ばかり教わりました。二度とレイプされたくないからと言って。

そういうのって道場では反則技で禁止されてましたから、街へ出て試しました。自分から男をビルの陰に誘い込んだりして。だから私の拳法って、競技としてのルールは無視です。急所や目や股間を狙ってますから」

信司はあの時、雑木の中から信司を睨んだ、野性的な尖った目つきを思い出した。

「大変だったな、苦労したんだ。イヤなこと訊いてしまったな、もういいよ、美和」

「大丈夫です。信司さんだから。

それで偶然、日本から単身で来ている大学教授とめぐり逢いました。私、通訳も兼ねて身の回りのことなど、一生懸命尽くしました。やさしくて純で、ほんとにいい人でした。生活費は全部その教授が出してくれました。

その上、ボスと話つけて、日本流に言えば、私を身請けしてくれたんです。お金出してくれて。一年して教授は日本に帰国することになりました。私も教授を追って帰国しました。もう英語も普通に話せましたから。

それで、教授の大学へ押しかけたんです。入れてくれなければ全部奥さんに話すって言って、あんないい人脅して。

とんがって突っ張って、ひねくれて、ほんとに無茶やってきました。大学でもハッカーとかやりましたし。やっぱり悪い女です」

「そんな美和の腕ならあの時も三人ぐらい平気だったろう」

「いえ、あの時はやっと警察から釈放されたばかりで、落ち込んでましたし、あの三人は結構腕が立ちました。男三人に押さえ込まれたら、女の力では抵抗できません。

しかもすぐに服脱がされ裸同然にされましたし、ナイフも突きつけられましたから。どうしようもありませんでした。おまけに拳銃も持ってましたし。信司さんのおかげで助かったんです。本当に感謝しています。

それと……。ついでだから思ってること言っちゃいますが、大勢の男とセックスしたこと、汚れた体とか軽蔑されると思いますが、おかげで男って生き物や人の心が、少しは解ったり読めたりできるようになった気がします。

言い訳や負け惜しみのようですが、女と男は肌を触れあってこそ解ることっていうか、ただ上辺のお付き合いでは分からないところって、確かにあると思います。

それと、ほんとに人間がきれいか汚れているかは、やはり心だと思います。純粋に愛しているか、心から好きか、だと思います。お金のためだったり、遊びだったり、嘘だったり、心で裏切ってたり、人の心を弄（もてあそ）んだり、そういうのこそ、本当に汚れて腐った人だと……」

ここまで一気に話して、美和が言葉を詰まらせた。感情が込み上げて来たのだ。

「美和、もういい。よく分かった……」

言いかけた信司の言葉を遮るように、美和が続けた。

「あ、でも日本に帰国してからそういうことは一切していませんし、教授ともきれいに別れましたから」

　言い終わると美和は目頭を拭い、腕時計に目をやった。

「ついでだから訊くけど、今、実家は？」

「あ、もう父は死んで、母は老人施設。兄夫婦がいますけど、私のハッカー事件で取り調べを受けて、近所に噂も立って、『二度とここへ来るな』って言われて……もう他人です」

「そうか、あれこれ訊いて悪かった。美和、ありがとう。助かったよ。また何かあったら頼む。俺にも過去はある。機会があれば聞いて貰うよ」

「いえ、私の方こそです。ダメ女のグチを聞いて頂いて、なんかすっきりしました。今からスーパーへ寄って、今夜の夕食は由美さんのおうちで、お鍋です」

　美和が笑顔を見せた。

二十三　香奈と由美

「前から知っていたけど二人だけでちゃんと会うの初めてよね」

「はい。よろしくお願いします」

「こちらこそ。で、奥さん。ああ、違うな。香奈さん。まだ違う。しっくりこないわ。あなたを見ていると、可愛いから、やっぱり香奈ちゃんだわ。いい？」

「はい。榊原さんは由美さんでいいですか」

「いいわ」

香奈は由美が二人だけで会いたいと電話をしてきた理由が分からなかった。「たまにはいらっしゃいよ」と言われたことは何度もあるが。

前日に由美から電話があり、信司も「折角だ。たまにゃいいじゃないか、行ってくれれば」と言ってくれたのだ。

「今年も、もうすぐ終わっちゃうわね。どう？　お店の方。たばこ吸っても構わない？」

「はい、どうぞ」

由美の年は知らない。信司と同じぐらいか、少し上か、バッグからたばこを取り出し、ライターで火をつける仕草は慣れて落ち着いていて、香奈は大人の雰囲気を感じた。その指先は長くしなやかで優雅だった。

「何にする？　今日はあたしの奢りね。いつも香奈ちゃんのお店でおいしいお茶、ごちそうになっているから」

由美は訊きながらテーブル脇のタブレットを手にした。

「では、由美さんと同じものを……。あ、すみません。折角だから、お紅茶いいですか」

「もちろんいいわよ。お好みがあるの？」

「ダージリンを」

「あたしもそうするわ。ケーキは？」

「由美さんと同じものを」

由美がタブレット画面をタッチした。

香奈は改めて店内を見回した。年末のウィークデーの昼下がり、窓のカーテンを開けた店内は外の光が差し込み明るい。客はまばらだった。

入り口を一歩入っただけで、壁や床などの材質、それに調度品の豪華さが分かる、こんな店が浜松の、しかも自分の店からそれほど遠くない場所にあることを、香奈は初めて知った。

「私、こんな豪華なお店が近くにあること、全然知りませんでした。すごいですね。由美さんてここの経営者ですよね。由美さんの暮らしている世界ってすごいと思います。もうさっきから圧倒されてドキドキしてます」

夜、照明の下で見るこの手の店はとても豪華に見えるが、昼間の光の中で見る店内はそれほどではないことを、香奈も多少は知っている。しかし、ここは違う。床の絨毯やソファの質感もこれまで香奈が触れたことのない感覚だった。本物なのだ。

香奈はなおも物珍しそうに天井や照明やフロアを見回した。

「そう。気に入ってもらえたら嬉しいわ」

由美はにこやかにそんな香奈を見ていたが、香奈が落ち着いた頃合いを見て、たばこを置くと口を開いた。

「それで香奈ちゃん、ご主人……。ああ、これもしっくりこない。信司さんでいいわよね。二人は夫婦だから、改めて訊くのもヤボってものかもしれないけど、あなたは信司さんのことは全て知っている、と思っていいのね」

切れ長の目が自分の顔と目をしっかり見据えていることを、香奈は強く感じた。目を合わせたら射すくめられそうに感じ、香奈は視線を外して逡巡した。

ウェイトレスがきてダージリンのポットとカップのセットをテーブルに置いた。

「いらっしゃいませ、香奈さん」

続いて茉莉子がにこやかに現れ、モンブランを二つ置くと、「どうぞ、ごゆっくり」と言って下がった。

「お砂糖は?」

和んだ声で由美が訊いた。

「二個、あ、私入れます」

「いいわ、入れてあげる」

「すみません」

言いながら香奈はどう答えればよいか、まだ考えていた。

「私が主人……。あ、年が離れているせいか、私もこの言い方なじめません。信司さんにします。信司さんと知り合ってからのことは、全部知っているつもりですけど、それ以前のことは知らないことあるかもしれません。あの人は昔のことはほとんど話しませんし。それに私、高校三年の時、アルバイトで店に入って、そのままずっときただけなので、何も知らない世間知らずなんです」

正直な気持ちだった。

「どうぞ」

由美は勧めると、自身もカップを口に運んだ。

「そう。では、もうひとつ訊くけど、四年前に黒岩佳彦っていうヤクザが殺されているんだけど、誰に殺されたのか、あなたは知ってる？　知ってるかどうかだけ教えてくれればいいわ」

香奈は初めて由美の目を見ながら答えた。

「知っています」

「そう。立ち入ったこと訊くようだけど、あなたはそれも全て承知の上で、信司さんと結婚したのね？」

「はい。私には父親も兄弟もいません。母親も四年前の事件の後、金沢で亡くなり、私も殺されそうになりました。警察は何もしてくれませんでした。信頼できませんでした。

私、一人になって、どうやって生きていけばよいのか分かりませんでした。

あの時、信司さんは一人で金沢まで私を助けに来てくれました。私、金沢へ行った時からずっと信司さんのこと想ってました。警察より法律より、信司さんを信頼すると決めたのです。信司さんはあれからずっと変わらず、私の傍にいて私のことを考えていてくれます。私の知らない過去に、信司さんはいろんなことしてきたのだと思います。

でもそんなこと、私にとってどうでもいいことです。知らなくてもいいと思っています。ずっと今のままの信司さんでいてくれれば、それでいいのです」

これも正直な気持ちだった。しっかりと伝えることができたと思った。

「よく分かったわ。ごめんなさいね。イヤなこと聞いて。これから、あなたのお店へ行っても、あなたと信司さんは一心同体と思ってお話をするわね」

由美は穏やかな表情に戻っていた。

「あの、今日はこのことのために？」

「そうよ。信司さんに訊いてもいいのだけど、あなたに直接確かめたかったの。だって大事なことでしょこれ。あなたと二人でお話もしたかったし。

私のことは何か聞いてる？」

少し言葉が親しげになったと香奈は感じた。

「以前は車のセールスのお仕事、今はコレクションUと、このクラブのオーナーということしか聞いていません。あの人は必要なことしか話してくれませんから」

由美がまた、手でどうぞというジェスチャーをして紅茶を勧めた。

香奈はやっとダージリンを口にした。

母親の小山静香と暮らしていた頃、たまに昼間二人揃って家にいる日には、午後の三時に一緒にダージリンを飲むのが習慣だった。それが親子の絆だったと想う。

信司と暮らすようになってからは、コーヒーに変えた。過去と決別するためだ。

香奈は久しぶりにダージリンの香りを味わったと思えた。だがそのことでもう心に変化は起きなかった。

由美が宙を見つめるように穏やかな口調で言った。

「香奈ちゃんの言うの分かるわ。信司さんはそうね。普段無駄口たたかないし、あたしと話す時も感情を表さないいし。でも、大事なことはちゃんと話すでしょ。心は温かいし誠実だわ。奥さんの香奈ちゃんに、あたしが言うことではないかもしれないけど、信司さんてどこか放っておけないところがあるのよね。時々ハラハラさせられることもあるし。でもあたしも信頼しているわ。そう言っておいてね」

「はい、伝えます」

「香奈ちゃん見ていると、真っ白でまぶしいわ。あたしにもこんな頃があったんだって、さっき思った。でもここ何年か、香奈ちゃんもいろいろ経験したわよね。どう？　今の生活」

由美がカップを手にしながら訊いた。

ちょっと考えて香奈は答えた。

「さっきも言いましたけど、私、世間や他のこと、知らないのでよくわかりません。由美さんのような生活、私には想像もつかないですし。

でも、これでいいのかなって……思います。全てを委ねられる信頼感ていうか、絶対的な安心感を得られる存在が傍にいてくれますから……。やっぱり、これでいいって思います」

「そうよね。あなたにはいつも信司さんがいるものね。大丈夫だわ」

「あの……」

「何？」

「由美さんは、ご結婚は？」

由美が声を出して笑った。

「香奈ちゃんからそこにツッコミを入れられるとは思わなかったわ」

「あっ、失礼しました。すみません」

「いいえ。香奈ちゃんは正直な人だからＯＫだわよ。そうね。私は生まれも育ちもややこしいのよ。だから、正直なところ、もう一人にしておいてって感じなのね。特に今は忙しいから」

「すみません、立ち入ったことお聞きしてしまって……」

香奈は恐縮した。本当は相手がどういう立場にいる人間か、全く知らない訳ではないのだ。

「ところであなた、車の免許証はあるの？」

由美が話題を変えた。

香奈は内心ほっとしながら、持っていないと答えた。

「取れば？　何かと便利よ。私が以前勤めていたカーショップの近くに自動車学校があるわ。これでも少しは顔なの。気が向いたら電話頂戴。紹介するわ」

それから二人は、店内の装飾やカップ類など、香奈が興味を持ったことを話題にしながら、ゆっくりとダージリンを味わい、モンブランを口にした。

香奈は、由美が自分に気を遣ってくれていることを感じていた。わざとらしくなく、香奈に話を合わせてくれるのだ。香奈も店では店頭で接客をしているから分かるのだ。車のセールスをしていたという由美のセンスに、納得と畏敬の念を抱いた。

ひとしきり話をしてから由美が言った。

「あたしから呼び出しておいて、ごめんなさいね。香奈ちゃん楽しいから、もっと話していたいけど、仕事でね、これで失礼するけど、折角だから、よかったらゆっくりしていって。さっき出てきたママの茉莉子さんも知っているわよね。言っておくから。それじゃ、まだちょっと早いかもしれないけど、よいお年をね。信司さんによろしく」

由美が席を立った。

一人になるとやはり香奈は何となく落ち着かなかった。席を立ち、カーテンを開けた窓辺へ歩いた。眼下に市街地が広がり、そのはるか先に遠州灘が光って見える。マリーならではの眺望だった。

〝やっぱり、自分の店、家がいい〟茉莉子がイヤというわけでは全くないのだが、香奈はそう思った。五分程眺め終えると店を出、エレベーターに乗った。

香奈には未だに由美から招かれた本当の理由が分からなかった。


夜、香奈から報告を聞いた信司は思った。

〝由美は自分達夫婦をより心水会寄りに取り込み、脇を固めようとしている。この前の美和の話が何よりの証拠だ。何が起きてもいいように肚を括っておかねばならない。要注意だ〟

二十四　倉田法律調査事務所　4

新年になり、既に松飾りも取れたが、雑居ビルに華やいだ雰囲気は無い。外は浜松の冬の名物、遠州のからっ風が吹いて寒い。

応接テーブルに一階の喫茶店から届けさせたコーヒーが二つ置かれていた。

赤井に向かい、倉田が話し始めた。

「早速ですが、心水会を調べました。

若頭、会では本部長と呼ばせていますが、榊原剛志は政界重鎮、西園寺一の腹違いの子供です。西園寺が京都の芸子に生ませた子で、京都で生まれ育ちましたが、ま、生まれが生まれですから高校は中退で、手の付けられない不良だったそうです。十代から四条界隈で暴れて何度か警察の厄介になり、少年院送りにもなっています」

「それが何故心水会に？」

赤井がコーヒーを口に運んだ。

「どうしようもないガキで、持て余した母親が面識のあった当時の親分に泣きついたようです。頭の方は結構賢かったらしくて、親分が直接下働きに使ったそうです。そこら辺は何かあったのでしょうね。西園寺の地元ですしね。本人も親分の言うことは聞いたようです。で、しばらくして、東京の重松建設という会社へ行儀見習いという名目で出されています。重松建設会長の重松って男は顔が広く野心家で、裏では関東の掏りを束ねていました。そこで掏りや裏の業界の修行をしたようです。

やがて、重松の仲介で西園寺と親子の名乗りを交わしています。もちろん、重松は表だっては出てはいませんが、西園寺と心水会とのコネは、重松にとっても大きかったでしょうね。

その後、重松建設の業績も上昇しています。そこら辺りから奴が変わるというか、いわゆる化けるんですね。重松の右腕として、裏でも表でも暗躍しています。

もちろんそうは言っても、奴は心水会の人間として動いています。四年前にこの浜松で起きた事件は、ホテルのラウンジ爆破に始まるんですが、その爆発で重松は死亡しています」

「早い話、榊原は重松に入り込み、取り入った挙げ句に裏切ってシマを乗っ取った？」

「直接的には流星会という下部組織を使ってですがね。あの事件は、殺された重松側の生き残りが、実行犯の流星会幹部を浜松へおびき出してリベンジした、という図式でしょうね」

「そのシナリオを書いたのが、あの金物屋ではないかと俺は思ってるが、裏には榊原がいたってわけか。金物屋は心水会とつるんではいないよな。榊原とはどう絡んでるんだ？」

「それがよく分からないのですよ。二人が東京で重松建設にいたことは確認できていますが。先に報告しました通り、杉山が関わったとすれば、重松側ですからね。普通なら榊原がそのまま放っておくはずがないと思います。

しかし、杉山と榊原の間にはかなり親密な関係があるようにも見えます。

それと、杉山が東京を離れたのは事件の何年か前です。それが浜松へ舞い戻って親の店を継いでます。理由は分かりません。

交通事故で死亡した刀工の義国と知り合ったのはこの間の数年間、つまり、浜松へ戻る前までだと思います。もしかしたら、何か事情があって義国が杉山を匿ったのかもしれません。

既に関市には義国の親族はいません。交通事故は轢き逃げですが、その犯人は挙がっていません。麻取の小山さんも交通事故で、こっちも犯人は挙がっていません」

「金物屋はその娘と結婚した。これは？」

「まだ分かりません。杉山と親しくしている人間が見当たらないのです」

「商売してるんだ。出入りの業者とか、なじみの客とかいるんじゃないのかい」

「引き続き調べてみます。いずれにしても、弟さんは事件の前から杉山をマークして洗っていました。理由は分かりませんが、やはり何かを掴んで追っていたのでしょうね。

で、事件が起きた。関係する者は、かの重松はじめ、流星会も榊原も、主犯とされる美橋も、浜松の人間ではありません。それが爆発もダンプ事故も浜松で起きた。

とどめは杉山の店です。弟さんも杉山の店ですよね。事件の鍵は唯一土地カンのある杉山」

「だから俺は、事件の絵図を描いたのは金物屋だと言ってるんだよ。あんたは言ったよな。金物屋の店がメチャメチャに荒らされたって。

奴は関係する奴らをおびき寄せるブツを持っていた。だから皆奴の店に吸い寄せられた。バックにいたのが榊原とすりゃ全て辻褄が合うじゃないか。

警察の久保もそう考えて未(いま)だに金物屋をマークしてるそうだ。確かに金物屋はうまく立ち回ってるな。あんたが最初に言ったことは的を得ている。

普段はカタギの一市民の顔して、ヤクザとの付き合いなど全く知らぬ顔で、いざとなった時に榊原の名を出す。ただの知り合いだと言ってな。それで十分だ。

互いに利用し合う間柄だ。普通のヤクザの付き合いではないな。よほどの信頼関係がなければそうはならない」

「おっしゃる通りですが、まだ私としては調べ足りないことがあります。先ほど赤井さんが言われた件の続きですが、もし麻取の小山さんを殺ったのも杉山だとすれば、母親を手に掛けておいて、その娘と結婚したってことですからね。

たとえ娘が知らない事だったにせよ、普通の神経じゃ考えられません。

義国も杉山にとっては力強い味方だった、と言いますか、恩義があったと考えられます。とすれば、口封じに殺すというのはあまりにも節操がない、というか、まともじゃありません。

そんな奴は極道だって相手にしませんよ。これまで調べた限りでは、杉山に義国を殺す動機がありません」

「それは言える。再度調べてくれ、銭は払う」

「で、榊原に戻りますが、奴はキーロック協議会という、全国組織の事務局を実質的に束ねています。これの会費は西園寺と地元議員山岡の資金源になっています。

重松が仕切っていた関東の掏り組織連合も手中にしましたしね。

西園寺の一族が経営する水原エンタープライズを使って、自分は一切手出しせず、不動産に積極的に乗り出したのがその頃からで、それらの実績を手土産に京都の本部へ戻ると、若頭に就任しています。

調べてみるまで私は全く知りませんでしたが、心水会の強みは、寺社に影響力を持っているところですね。

京都と言えば寺で、その世界も宗派間のトラブルは昔から絶えないようですが、いざと言う時、寺社に兵隊はいないわけで、実行力はない。そこで、裏へ回って実力で話をつけるのはヤクザ、というところらしいのですが、心水会に話を持って行けば収まるということらしいです。さすがに今はないようですが、昭和五十年代あたりまでは、『心水はんとこの人』って言葉が関係者の日常会話で使われていたそうですよ。

元々が右翼団体で、政界とのコネが強かったのが、西園寺、榊原ラインが加わりましたからね。府も税務署も、寺社にはなかなか手を焼いてきたと聞きますが、銭はあるわけですよ。大きな資金源でしょうね。

確かに榊原は、表裏をうまく使いこなし、どちらかといえば、古い体質にとらわれていた心水会を現代的な企業に変えつつあります。

私も京都へ行って見てきましたが、ヤクザの事務所という雰囲気は全くありません。ただ心水会という看板は外していません。『結社の自由』を主張しています。

会ってはいませんが、写真で見る限り、極道って顔じゃありません。実業家ですよ。しかも、キーロック協議会には検察、警察のＯＢが名を連ねています。直接的な犯罪を犯さない限り、警察も動けないようです」

「親分は先見の明があったという訳だ。浜松は関東進出の砦ってとこか」

「そうですね。他の組が関西や関東で、縄張りやシノギがどうのと言っている間に、激戦地で、煩わしい名古屋を飛び越し、より東京に近い浜松に出城を築き、勢力を拡げています。

当然でしょうが、突っついても表面的には水原エンタープライズと心水会の繋がりは全く出てきません。

他の組が、カタギの会社に今時変に手を出したら警察が動きます。もちろん榊原は浜松には顔を出しません」

「そうは言っても繋ぎ役はいるだろう？」

「榊原が若い頃からつるんでいたという、松枝という男が京都から出向という形で浜松に来ているようです。支店長代理という肩書きが付いています。いわゆる懐刀というやつで、実質的には松枝が浜松での司令塔と見ていいでしょうね」

「金物屋のバックは心水会だな。間違いない。あんたが最初に言った、どこの組も金物屋に手を出さないのはそう考えりゃ納得がいく。

四年前の事件の流星会つぶしも、あらかじめ榊原の了解を得ていたとなれば分かるし、麻薬取締官も刀工殺しもとりあえずこれで全部説明が付くじゃないか。

俺の弟も麻取の小山も金物屋を調べていた。奴にとって致命傷になるような都合の悪いことを掴んでいた。生かしておいては自分の身が危ない。だから事件のどさくさに絡めて殺った。

あんたの調べじゃ弟以外はどれも犯人は挙がっていない。弟を殺したとされるヤクザも死んでいる。心水会にとってはどいつも、マイナスにはならない人間だ。

金物屋は心水会に相当貢献している。榊原は濡れ手に粟だ」

「しつこいようですが、私にはどうも未だに腑に落ちないところがあるのですがね」

「おう、さっきあんたが言った、麻取の小山と、刀匠の義国のことだな」

「そうです。もう少し時間を下さい。

ま、それはそれとして。もうひとつ、心水会というか榊原がらみで、これも先に報告しました、クラブマリーとコレクションU関連ですが……。

クラブのママ、桐林茉莉子は西園寺の実の娘です。イギリスに留学してそのまま向こうでの生活が長かったようです。

財閥系自動車メーカー創業家の御曹司と結婚しています。将来は社長夫人だったでしょうが、夫が海外出張中に飛行機事故で死亡しましてね、その保険やら遺産やらで一生食うには困らない生活のようです。

桐林の家は出ていますが、それを恩義に感じたか、ずっと夫の姓をそのまま名乗っていますね。夫の死亡は結婚して二年目のことで、子供はいません。横浜で酒場をやっていましたが、マリーの開店と同時に浜松へ来ました。

オーナーの榊原由美は、榊原の実の妹です。

母親や兄を見て育ち、京都を嫌って家を出、この浜松で車のセールスをしていたのですが、水原エンタープライズの進出を機に、ブティック経営に乗り出しています。やはり血ですかね。

その榊原由美が桐林茉莉子を是非にと引っ張ったようです。私には異母姉妹の心情的な機微は分かりかねますが。でも、うまくいっているんでしょうね。

榊原由美が店は全て任せているようですしね。店の名前からしてそのまんまですし」

「妹の方はある意味、心水会のマスコットガールだな。ブティックは街の真ん中っていうじゃないか。浜松に心水会の紋章入りの旗を立てたわけだ。

そこへ飛んでくる虫はその何とか言ったな、松枝か？　そいつが叩き落とす」

「そういうことになりますかね。少しはお役に立ちましたか」

「よく調べてくれた。大変だったろう。あんた、大したものだ。おかげていろいろ見えてきたよ。四年前の事件についてもだ」

赤井がテーブルに銀行で使う封筒を置いた。一センチ以上の厚さだ。

「とりあえずの支払いだ。不足していたら言ってくれ」

「すみませんね。今領収書を……」

「まだちょくちょく来る。この次でいい」

立ち上がり、自分のデスクへ行きかけた倉田を手で制して赤井が続けた。

「それより、お前さんの腕を見込んでもう一件というか、追加調査を頼みたい」

倉田が座り直した。

「どういう……」

「うん、杉山拓郎についてはあんたの調べで大方分かった。マキノ産業という提携先もだ。

その関連だが、マキノ産業の志田という男、それと調査資料にある、楊と張という男についてもう少し詳しく知りたい。

楊と張は韓国人か中国人と思うが、日本人かもしれない。その二人と志田、杉山拓郎との関係が知りたい。三人の現況もだ。

俺の知るところでは、楊はおそらく韓国のソウルに住んでいる。張は杉山拓郎と親しい間柄だ。かつては楊と同じソウルに住んでいたが、今はこの浜松かもしれない。

水原エンタープライズや心水会とも繋がっているかもしれないが、逆に敵対している可能性が高い。そこら辺りの関係と資金の流れなどを知りたい。あんたに韓国まで行ってくれとは言わない。ここで分かる範囲で結構だ。

俺の推測だが、あの金物屋とこれら四人も、無関係とは思えない。だがその繋がりが見えてこない」

「お急ぎで？」

「うん。可及的速やかにってやつだな」

「かしこまりました」

倉田はメモした名前の文字を見せて確認すると、茶封筒と一緒に自分のデスクへしまった。

「すぐ取りかかります。それと先ほど出た話で、もう一度金沢へ行かせて貰えますか。納得できるまで調べたいんです。その関連で必要になったら岐阜の関市へも……」

「ああ、いいよ。あんたの納得がいくまでやってくれ」

「恐れ入ります。ところで……。多少信頼はして頂けたかと思いますので、もうひとつ教えて頂ければありがたいのですが……」

「俺の仕事かね？」

「はい。先日の名刺には確か、ツアーガイドとありましたが……」

「アメリカのコロラドでフリーのツアーガイドをしている。事務所と家はデンバーだ、間違いないよ。日本人の観光客も多い」

「グランドキャニオンに近いところですね」

「まあ、地図で見ればそうだが、日本とはスケールが違うからな、近いといってもかなりの距離だよ。日本人の客は大半が車での移動に飽いて、まだかまだかと騒がしい。

　尤も、俺の客は観光客だけじゃないがね。頼まれればいろんな分野のプロのガイドもする。プロカメラマンやジャーナリストからも頼まれるな。

　それとテレビ局かな、多いのは。普通の観光客が立ち入ることのない場所への取材同行依頼が多い」

「それはガイドだけでなく、ボディガードも兼ねている、ということですか？」

「察しがいいな。その通りだ。行く先は安全な場所とは限らない。何故？」

「いえ、何となく、身のこなしと言いますか、体格や雰囲気が……。となると、武器というか、ナイフとか銃とかも扱う訳ですか、向こうでは」

「そうさ、当然だよ。向こうは考え方が日本とは違うんだよ。とにかく広いからな。山へ入れば猛獣もいる。俺は軍にいたんだ。アメリカ軍は世界中へ行く。中東辺りへ行けば人間だって過激派とかＩＳとか、いろいろいる。

襲われて大声で助けてくれって叫んだって誰も来ない。警察とか保安官とかに頼ってはいられない。自分の身は自分で守るのが当たり前なんだ。銃は必携だよ。

そんな場所へ行くっていうのに、日本人は考えが甘い。現実を知らないんだ。銃なんか持ったこともないテレビクルーばっかりだよ」

「なるほど。赤井さんにとっては当然なんですね。それで納得がいきましたよ。最初にここに見えた時、普通の日本人には見えなかったですからね」

「なかなか鋭いな。そういうあんたは元は検察か？　俺にあんたを紹介した奴も口が堅くてね、あんたの出自は一切教えないんだよ。

ま、お互いの身元調査はそこら辺にしておこう。必要なのは正確な情報だ」

赤井は踵（きびす）を返した。

出入り口のカレンダーの絵は水仙に変わっていた。

二十五　赤井と小山

弟と元妻の死、娘の香奈の今、赤井は事実関係を大方理解できたと思った。

赤井の頭にあるのは、何といっても杉山信司だった。よくできた倉田の調査資料から推せば、細かな疑問点は残るが、四年前、爆破事件後にそのリベンジのシナリオを書いたのは杉山に相違ない。

弟の追及を躱し、ヤクザを手玉にとって何人も殺り、警察や麻取の捜査を翻弄し、邪魔者の口を殺して塞ぎ、自身は無罪放免。その上、あろうことか、香奈を誑かして結婚し、心水会をバックに悠々と工具店を経営し、警察本署の久保にも手を出させない。

奴の店に行き〝気〟を放った時も、表情一つ変えずに受け流した。最初に事務所で倉田が言ったことも十分納得がいく。裏で殺しをやっているという話にも違和感は無い。

〝こいつは到底許せない〟赤井は改めて頭を巡らせた。

〝さて、どうしたものか、何から手を付けるか〟赤井は泊まっている駅南のビジネスホテル「浜風イン」の最上階、十二階の窓から晴れた冬空を見上げた。

〝あの日も晴れた空だった〟脳裏にはるかな過去が蘇った。

赤井が元妻の小山と知り合ったのは浜名湖に近いゴルフ場だった。

ラウンドメンバーはアメリカ駐日大使、外務省アジア局長の二人だ。赤井は駐日大使の身辺警護で東京からずっと同行しており、当然、コースにも出ていた。

さすがにネクタイは外し、シューズも替えているが、他の必要装備は全て身につけていた。

大使には東京から大使館員のアメリカ人も含め、赤井の他に七人の護衛が付いているが、コース上には赤井だけだ。

外務省のアジア局長にも二人の護衛が付いて来ているが、コース上には出ていない。大使が嫌ったためだ。赤井にも、できるだけ離れていることという条件が出されていた。

それに公式行事は何もない。メディアも地元のテレビ局が一社、クラブハウスで待機しているのみだ。

しかし、物好きな人間はどこにもいるもので、アメリカ駐日大使が来ることを何で知ったか、コースには百人近くのギャラリーが詰め掛けていた。

大使も友好的態度をアピールするため、スタートのティーグランドでは「ミナサン、ドウゾ、ヨロシク」と両手を挙げて笑顔を振りまいていた。それらギャラリーに紛れて、計九人の護衛が配置に就いている。ゴルフ場が用意した会場整理員は別だ。

キャディは二人それぞれに一人ずつ付いていた。二人ともゴルフ場専属の女性で、当然身元は調査済だ。年は二十代後半に見えたがいかにも地方のお姉さん風で、美人とは言い難かった。

赤井は四人に付かず離れずの位置で歩きながら、駐日大使とそのキャディを注視していた。四ホール目を終えた頃、大使がトイレを告げた。林の中だがコースを繋ぐ通路から三十メートル程の距離だ。

トイレはギャラリーにも使用が許可されていた。当然赤井も動こうとした。だが大使は「ノー」と告げ、付いてこなくてよいと手で制した。

すると、キャディが「私も失礼します」と赤井に告げ、大使の後へ続いた。アジア局長は先へ歩き、赤井が立ち止まって二人を待つ形となった。トイレの近くにギャラリーはいない。大使が入り口に着く直前に、二人の男がトイレから出てきた。

赤井はこの二人が九人の護衛のメンバーだと見抜いていた。素早く中の安全を確認したのだ。まもなく大使とキャディが入り口に着き、中に入った。と、この時、大使の後を小走りに、ギャラリーと見られる中年の男が駆け込むように中に入った。

片や大使の後へ続いていたキャディは、入り口から中へ入るそぶりを見せながら、ちょっと辺りを窺(うかが)うと、中へ入らず男性用の裏側へ回った。

赤井はそれを見て、キャディを目で捜した。入り口はそれぞれ一カ所しかない。中へは入っていないのだ。
一、二分で大使は出てきた。続いて男も出、大使とは違う方向へ歩いて行った。そこへ例のキャディが現れ、大使の後を追うように、コースへと戻ってくる。キャディはトイレには入らなかったのだ。

赤井は彼女が何か小さな物を右手に持っていることに気付いた。赤井は胸のポケットに刺した太めのボールペンを取り出し、目に当てた。八倍率の単眼鏡になっている。

キャディは右手をすぐに上着のポケットに入れた。

赤井の目はその直前の一瞬、それが小型のカメラであることを捉えていた。

ゲームは再開され、その後滞りなく終わった。

大使は一時間の休憩を告げ、アメリカ人の護衛を連れ、クラブハウスに用意されたＶＩＰ用の個室に入った。バス・トイレ付きだ。

赤井はクラブ事務所へ向かった。一つだけ気に掛かっているのが例のキャディだった。

支配人にキャディが帰ったかを訊いた。身分は初めに明かしてある。「まだです」との返事に従業員用の通路で待った。

そのキャディは一人で出てきた。私服に着替え、髪を下ろしたその女は、コース上とはちょっと違って垢抜けて見えた。化粧も変わっていた。

「今日はお疲れ様でした」

赤井は笑顔で声を掛けた。

女は怪訝(けげん)な顔で赤井を見て足を止めた。

「あっ、どうも、お疲れ様でした。何か？」

「いや、よかったらそこのラウンジでお茶でもどうですか。お手間はとらせません」

「折角ですが、予定がありますので……」

女は歩き始めた。

赤井は並んで歩きながら言った。

「私がどんな立場の人間か聞いていますよね。本当言うと、今日、コース上のトイレで何をしたかを教えて頂きたいんですよ。三十分で結構です」

赤井は食い下がった。

「確かにトイレに行きましたけど、トイレですることは一つだけです。これ取り調べですか？」

女がまた立ち止まった。

少し見上げる姿勢の目には力があり、動揺した様子はない。

「いいえ、お話を伺うだけです。話して頂ければそれで終わりです。ですが、ダメって言われますと、このままでは済まないかもしれません」

赤井は穏やかな口調で言った。

女があきらめたように、無言でラウンジへ向かった。

「さ、どうぞ、三十分だけ、約束は守ります」

赤井は窓際に席をとり、コーヒーを注文した。

「早速ですが、あなたはあの時、駐日大使に付いてトイレに行きましたが、トイレは使わなかった。あなたは今日大使が誰かと接触すると推測し、キャディになりすましてそのチャンスを待った。

そして思惑通り、大使とトイレに入ったあの男との接触現場をカメラに撮った。

そうですね。あなたはこのゴルフ場のキャディではない。

写真に撮った訳と、本当の身分を教えてくれませんか。そうして頂ければ、全て終わりです。あなたから聞いたことを上司に報告はしません。私を信頼して下さい。私の名刺です」

赤井は女の目の前へ名刺を置いた。もちろん本物だ。

コーヒーが運ばれてきた。

女は落ち着いた動作で名刺を読むと、両手で少し持ち上げる仕草をしてバッグへしまった。

赤井は「どうぞ」と促すと、自ら砂糖二杯を入れ、ミルクも全部入れるとカップを口にした。いつもの癖だ。

女はその間無言でいたが、バッグから名刺入れを取り出し、中から一枚を「小山と申します」と言って差し出した。

厚生労働省麻薬取締部の所属だった。

「こんなことで手間を取りたくないので、赤井さんを信頼して話しますが、あの駐日大使は問題が多く、ワシントンとも連絡を取り、内偵を進めているところです。

私のしたことは絶対に内密にして下さい。もし漏れたら、国際問題になります。そしてそれは赤井さんが漏らしたことになります。お忘れなく」

小山はコーヒーカップに手を触れることもなく立ち上がると、足早にラウンジを出て行った。その歩きはキャディの時とは別人のように颯爽としていた。

赤井は翌日、本庁へ戻ると厚生労働省麻薬取締部の名簿を調べた。当時は今とは比較にならないほど、そういうことが容易くできたのだ。そして事実であることを確認したのだった。

その後、二ヶ月程でアメリカ駐日大使の交代が発表された。更迭されたのだ。

マスコミは着任した新任大使の顔写真入りのプロフィールを報道したが、本国へ戻った大使の報道は何も無かった。

赤井はその元大使が裁判で有罪になったことを後で知った。

次に赤井が小山を見たのは、駐日大使の交代から一ヶ月ほど経った後、南千住のハンバーガーショップだった。偶然だ。

仕事はオフで勤務上は有休扱いだが、赤井に暇な一日など無かった。ただ時間まで縛られてはいない。腹ごしらえをしようとして、外から混み具合を見るため、窓を覗いていて見つけたのだ。

小山は入り口から見て後ろ向きに一人で座っていた。赤井は小山から二つ斜め後ろの席に座り、しばらく観察した。小山はチャコールグレーのスーツ姿で、一見ＯＬ風の装いだ。テーブルにはハンバーガーとコーヒーカップが置かれている。

五分経って何も動きが無いと見た赤井は、トイレに立つふりをして小山に近づいた。ちょっと躓くような動作をして手をテーブルにつくと「あっ、すいません」と言いながら小山と視線を合わせた。小山は「いいえ」と言ったが、赤井の顔を認めるとちょっと目を見開く表情になった。

続けて赤井は「仕事ですか」と小声で訊いた。「はい」小山も小さく答えると目線を奥へ向けた。赤井はその方向にターゲットがいるのだろうと思い、小用を足すと席へ戻った。

十分ほどして、奥にいた二十代と見られる若者三人が店を出ると、小山も後を追うように出て行った。

偶然は重なった。それから約二ヶ月後、若手国会議員の結婚式の会場で、赤井はまた小山と会ったのだ。

赤井の警護は来賓として参列する与党の幹事長だった。会場となっているホテルの黒服を着て、ホテルの名が印刷された氏名札を付けていた。もちろん本名ではない。

その廊下でメイドの格好をした小山と遭遇したのだ。

顔を合わせると、さすがに二人とも苦笑せざるをえなかった。赤井が「ここ？」という身振りで式場を指さすと、小山も軽く頷いた。

幹事長の退席時を見計らい、赤井はホテルのコースターに自分の電話番号を書くと「四度目はプライベートで」と言いながら、小山に手渡した。

赤井は確率は五分五分かと思っていたが、心に強い期待感があった。小山からの電話がなければ自分から電話しようと思った。

意外に早く、その二日後に小山からの電話が鳴った。

こうして二人の交際は始まったのだ。偶然の出逢いは運命的な感覚になることがある。ましてや三回重なるとそれは増大する。

二人は多忙なスケジュールの合間を見つけ、デートを重ねた。


小山は父親が若くして亡くなり、母親と姉の三人暮らしだったが、少し前に姉は嫁いで、当時は母娘二人の生活だった。仕事柄不規則で、母親は鎌倉彫りやパッチワークなどの趣味で時間を埋めていた。

住まいは南新宿の公営アパートのような官舎だった。東中野駅から徒歩五分の距離だったが、周りもアパートのような建物が多い住宅街で、新宿というイメージからはほど遠い、閑静な一角だった。

職業柄、娘の仕事は国家公務員としか周りには言えず、隣近所のつきあいはないに等しかった。ひっそりとした生活感のない静かな暮らしだった。

姉は三人で暮らしている時から、母子三人の暮らしを嫌っていた。派手好きで、デパートに勤務していたが「こんな暗い家、イヤ、息がつまりそう」が口癖で、休みの日も外出が多く、横浜に住む商社マンと結婚してからは、ほとんど家には寄りつかなかった。

赤井も小山も仕事内容は家族にも言えない事柄が多い。同僚とて心を許せる人間は決して多くはない。というより、簡単に心を許したりしたら、たちまち足下をすくわれ、下手をすると生命の危険さえあるのだ。

自然にストレスは溜まる。これを民間のサラリーマンのように、酒やギャンブルで解消することも難しい。心を支えているのは強固な国家への忠誠心と使命感だった。

所属省庁は異なるが、仕事の性格には共通点があった。相手が民間人ならしゃべることのできない機密事項も、二人だけのベッドの中なら話せた。

誰よりも互いの心情を分かり合えることができると感じた。しかも、それが他に漏れることが無いという信頼感に裏打ちされた安心感は大きかった。

時には関わっている案件で、判断に迷うことがある。互いに意見を交わすことでより確信が深まり自信に繋がるメリットもあった。

赤井は小山との二人だけの時間を持つことで、ストレスから解放され、充実感と活力を得ることができたと感じていた。それは小山にとっても、言えることだった。

小山は一人暮らしの赤井をアパートへ呼んだ。

喜んだのは母親だった。笑顔さえ無かった部屋に、笑い声が出るようになったのだ。赤井は小山が留守の日も、時間ができると小山のアパートへ上がり込むようになった。

母親は趣味だった鎌倉彫りやパッチワークなどは全て押し入れにしまい込み、熱心に手料理にいそしむようになった。

知り合って一年後、二人は入籍した。式も披露宴も無しだ。職場へ届け出ると服務基準に則った調査が行われたが、問題なしと判定され、互いにパスした。住まいは小山のアパートだ。

「私はまだ五十代、大丈夫、私が面倒見るから子供作りなさい。楽しみだわ」

小山の母親は、職業柄躊躇（ちゅうちょ）する二人に対し、熱心に勧めた。

こうして結婚一年後、香奈が生まれたのだ。母親は言葉通り、娘そっちのけで嬉々として育児に専念した。

大都会東京の閑静なアパートに、赤ん坊の泣き声が聞こえるようになった。

そして、二年。事件は起きた。

二十六　誤射

赤井も小山も職業柄、出退勤は不規則なので、食事（ほとんど小山の母親の仕事になっていたが）のこともあり、帰宅する前には家に電話するのが決め事だった。

その日はたまたま早くに時間が空き、赤井は夕方五時前に東中野駅に降りた。アパートまでは徒歩約五分、途中に小さな公園がある。ブランコとベンチが一つずつあるだけだ。

六月の五時はまだ明るかった。

香奈はこの公園まで迎えに出るのが楽しみで、その日も小山の母親と一緒にベンチに座っていた。赤井がそれを見つけ、手を振ろうとした時だった。

突然物陰から男が飛び出してくると、赤井の前に立った。赤井は足を止めた。男は手に提げた紙袋の中から、新聞紙でくるんだ物を取り出し、新聞紙を捨てた。

それはリボルバーの拳銃だった。

男は両手で握るとそれを中腰で構え、赤井に向けて叫んだ。

「赤井、てめえのおかげで俺の人生はめちゃくちゃだ。ぶっ殺してやる！」

距離は約五メートル。赤井は落ち着いていた。こういう時の訓練は受けている。冷静に相手の拳銃を見た。

スミス&ウェッソンの中型拳銃、本物だ。

拳銃を見慣れている赤井は確信した。その根拠は、何よりも銃口の大きさだった。モデルガンに銃口はあいていない。エアガンの銃口はずっと小さい。

赤井は男に記憶があった。名前も覚えている。川上といった。五年以上前のことだが、確かに赤井が逮捕し、裁判で実刑となった。

出所したことも知っていたが、今どこにいるのか、何をしているのかは知らなかった。

「川上、バカなまねは止めろ。また刑務所だぞ」

赤井は諭すように言った。

「うるせえ。死ね」

拳銃を向けられた経験はあった。相手は素人で逆上している。逃れる隙はあった。

「川上、落ち着け。話は聞く。人が来る。早くそんな物はしまえ」

「馬鹿野郎。話なんかねえ。てめえを殺して俺も死ぬ」

川上がそのままの姿勢で一歩、二歩と前進した。

その時、

「パパーッ」

赤井を見つけた香奈がベンチから立ち上がり、赤井の方へ走り出した。

赤井は「はっ」となった。声を聞きつけた川上の視線が香奈に向けられたのだ。

「パパーッ」

走りながらまた香奈が叫んだ。

川上は、自分の横を走り抜けていく香奈の方へ構えた拳銃ごと向きを変えた。

「野郎、娘も一緒だ、死ねー！」

川上が叫んだ。

拳銃の撃鉄が起こされているのが赤井の目にしっかり確認できた。人差し指が引き金を引けば弾丸は発射される。川上から香奈までは二メートルしか離れていない。撃てば確実に当たる至近距離だった。

「止めろ、川上、撃つぞ！」

大声で叫びながら、赤井は瞬時に左脇のホルスターから小型の自動拳銃ＳＩＧＰ２３０を抜きスライドを引いて構えた。川上は引きつった顔で周りの声など聞いてはいなかった。

〝娘が撃たれる！〟

赤井はその時、警察官ではなく、父親だった。今撃たねば娘が死ぬ。躊躇している暇はなかった。

「川上！」

それでも赤井は川上の意識を自分の方へ向けようと再び大声で叫ぶと、自動拳銃の引き金を引いた。

轟音と共に、川上は拳銃を放り出すようにして倒れた。周りから女の悲鳴があがった。

赤井は川上に近寄ると川上の拳銃を蹴って遠ざけ、抱え起こした。赤井の拳銃弾は左胸に当たり、出血はしていたが脈はあった。すぐ最寄りの家の電話で救急車を呼んだ。

赤井は駆けつけてきた義母に香奈を預け、官舎へ戻っているよう促した。

この一連の光景を立ち止まって見ていた者が四人いた。通りかかった近所の主婦三名と、もう一人は帰宅途中のＯＬだ。

赤井は川上が持っていた拳銃を確保した。

拾い上げた拳銃は、スミス&ウェッソン三八口径を精巧に模したモデルガンだった。銃口はドリルで銃身の途中まで開けたもので、弾倉までは通じていなかった。弾倉には五発の実弾が装填されていたが、当然、発射することはできない。つまり、おもちゃだったのだ。

川上は搬送された病院で死亡した。もちろん死因は赤井の拳銃弾の被弾によるものだ。

赤井は拘束された。

現場にいた目撃者四人と小山の母親は事情聴取を受けた。

赤井の所属する警察庁警備局警護課は、事件の報道をできる限り抑えたが、当日のテレビと翌日の朝刊はこぞって取り上げた。

その内容は、弾の出ないモデルガンを構えただけの無抵抗な市民を、警察庁刑事が射殺した、というものだ。警察庁の計らいでニュースとしてはその日一日だったが、テレビのワイドショーは何日か続いた。

数日遅れで発売された週刊誌には、「警察庁エリート警察官、おもちゃと判別もできず、いきなり善良な市民を射殺」というセンセーショナルな記事が載った。

目撃した四人の一致した証言もあり、赤井に弁明の余地はなかった。赤井は即日懲戒免職となった。

幸いしたのは小山の母親の証言だった。庁内の懲罰審査委員会では、赤井と川上の因果関係から、事件の動機は、赤井に恨みを持つ川上の激情にかられた行動が原因で、犯行の時刻、距離、また状況から見て、川上の持つ拳銃が本物かどうかの識別判断は困難との意見も出された。

自分の娘の命を守るためという、情状酌量的意見もあった。しかし、射殺する必要はない、自分の娘が殺される、という緊迫した中での判断であったが、動揺はしても手や足を狙うべきだったとの意見が大勢を占めた。

警察庁は現場で命を賭して働く警察官の士気を考慮し、赤井の処遇を懲戒免職のみに留めた。

実際、逮捕した犯罪者から逆恨みでその家族まで危害を受けるケースは多い。国家のために身を挺して働き、その挙げ句に家族にまで被害が及ぶとなれば、刑事になど誰もなろうとは思わないし、家庭も持てない。

警察官の身に危害が加えられれば、警察は組織を挙げ全力でそれを阻止し、逮捕して処罰するという報復をする。これが担保されなければ、暴力団相手の捜査などできない。川上のその日までの行動も調べられたが、モデルガンの入手先や、川上が実弾は発射できないことを承知していたか否かは不明だった。

また、川上に家族がいなかったことは赤井に有利に作用したかもしれない。

赤井は拘束中に小山と面会し、離婚を告げた。そして処分が下されるとすぐ、体一つでアメリカへ飛んだ。警察庁はそれを黙認し、以後公式発表は一切せず、組織を守った。

この時、渡米費用を出したのが浜松にいた実弟だった。懲戒免職に退職金など出なかった。弟は高校を卒業してすぐ静岡県警に入った。仲が悪いわけではなかったが、成人してから会うことはほとんどなかった。小山との結婚時もその後も互いにスケジュールが合わず、「いつか必ず」と言いながら一度も顔を合わせたことはなかった。

しかし、そこは実の兄弟の絆だった。弟は事情を知り上京した。面会して話を聞くと「何かに役立ててくれ」と言って翌日、赤井の口座に百万円を振り込んだのだった。

以来、また兄弟は疎遠になっていた。

赤井はアメリカで、ネバダ州にある、オールアメリカンライフル協会事務局に、何のツテもなくアルバイトの職を得た。日本での職歴と大学時代に射撃部に在籍していたことで採用されたのだ。多少の英語はできた。

仕事は下働きの雑用係で賃金は安かったが、食っていければいいと肚を括った。日本での過去や事件を頭から払拭しようと、赤井は言われたことには従順に従い、黙々と働いた。

協会には多様な人物が出入りする。プロスポーツ選手やハリウッドスターも来た。彼らの車の駐車整理や荷物運びも赤井の仕事だった。

アメリカにはチップが習慣としてある。赤井は一応協会職員だが、プライベートな頼まれ事も多かった。これにはチップが付きものだ。時には賃金を上回る収入となった。

空いた時間は付属の広大な射撃場で各種の銃器を扱うことができた。アメリカは基本のマナーさえ守れば、おおらかな国だった。

射撃場のインストラクターは、赤井が日本の警察官だったことを知り、一度だけ傍に付いてルールの説明をしたが、あとはフリーだった。弾薬も豊富で、申告書さえ出せばほとんど自由に撃てた。

赤井は日本人にしては大きな方で、背も百八十センチ以上あったが、その体を鍛え直しながら過去を忘れようと、ライフル射撃に熱中した。

さすがに拳銃は気が乗らなかった。どうしても日本での事件を思い出すからだ。

赤井の腕はめきめき上達し、一年後には協会射撃スクールの教官クラスにまで上がった。言葉も不自由なくしゃべれるようになり、協会推薦で射撃大会へも出場できるようになった。

周りから、ミスター・アキと呼ばれるようになった赤井は、関係者の間で注目され知られる存在となった。

実力のある者には活躍の場が与えられる。アメリカの良いところだ。日本人のプロ野球選手が大リーグでファインプレーを見せれば、観客は惜しみなく拍手を送る。人種の多いアメリカでは表面的には人種による偏見も意外と少ない。あくまでも表面的にだが。

赤井は与えられたチャンスを確実にモノにしていった。その過程で、次第により実戦的な射撃に興味が湧いた。

日本では要人の警護が主で、当時一般的にはテロリストと呼ばれていた外国の工作員などから人を守るのが任務だった。自分が逆の立場になることなど考えたこともない。それが何故か人を狙撃する側の立場に心が躍るようになっていった。

理由は自分でも分からない。アメリカという国の風土かもしれない。とにかく銃というものに対する認識が日本とは違うのだ。競技としての射撃には次第に興味を失った。

目指したのはプロのスナイパーだ。選手としての名声よりも実利を選んだ。

二年後、アメリカという国と銃の世界になじんだ赤井は、その腕を見込まれ、フランスの民間軍事会社、一昔前には傭兵(ようへい)と呼ばれた部隊にスカウトされた。

少数で立てこもったゲリラの制圧、人質をとったテロリストの狙撃などが任務だった。その中で格闘技の修練を積み、爆発物の知識なども習得した。

赤井は中、長距離を得意とする狙撃手として、アフリカ、中東も含め、世界各地を回った。たちまち契約期間の三年が過ぎた。当時の赤井にイデオロギーは無いに等しかった。頭にあるのは軍の命令を忠実に実行することだけだった。

したがって、ターゲットの素性とも無縁だった。軍と契約し、与えられた条件の下で確実に獲物を倒すことだけだった。事前調査や日時の設定、また移動手段は軍が準備する。赤井は狙撃だけに集中して任務を遂行する。それだけだ。

ただひとつ、重要なのは狙撃した後の逃走だった。軍が用意したアジトまで、あらかじめ決められた手段で、かつ無傷で帰還して初めて任務完了となる。

当初はその経路や方法も軍に任せていた。しかし、それがどれほど危険なことか赤井は知った。特に民間軍事会社の兵士は、世界からの寄せ集め集団だ。軍への忠誠心は薄い。

任務を終え指定された時刻にその地点に立った時、逃走用の迎えが来ず、窮地に立ったことは何度もあった。そんな時のアドリブが利かない人間は生きていけない。代替はいくらでも居るのだ。

だからこそ、実戦経歴の長さはプロとしての評価に繋がり、報酬も高い。五体満足に生きていることが勲章なのだ。そんな実体験から赤井は以後、軍には内密の逃走経路や手段を自ら確保した上で任務に臨んできた。

次の契約更新で赤井は戦闘区域から離れ、一見平和な市街地での工作員などの狙撃を任務とするようになった。服装も戦闘服から一般人同様に変わり、単独での行動が多くなった。

軍の規律にもそれほど縛られることなく、動き回る自由が与えられた。しかも、国境を越えての任務には軍の身分証明がある。理由が整っていればフリーパスだ。

そうなると赤井の仕事は部隊に属する兵士というよりも、軍と契約を結ぶスナイパーに変わっていった。その延長が今の赤井を作っている。除隊した今、フリーランスのスナイパーとしてその世界では知られている。

そして二年前、生活拠点としていたヨーロッパからアメリカに戻った。傭兵として過ごした日々や、殺伐とした世界のしがらみを洗い流し、少し落ち着いた生活に戻りたかったのだ。

今の表の顔は主に日本人相手の観光ガイドだ。住所はコロラド州デンバーに置き、実際に防犯カメラの付いたログハウスの事務所兼住居も構えているが、普段はニューヨークのホテル住まいが多い。

事務所兼住居には「TRAVEL GUIDE・AKAI」の小さな看板も掲げているが、そこは実態としては武器の保管庫になっている。保管庫は、空調とセキュリティの備わった地下にあり、武器が必要になった時と、メンテナンス時のみ戻る。

自宅に掛かった電話やEメールは全て、携帯しているスマホかタブレットに転送されてくる。防犯カメラの動画もだ。使用人は雇っていない。

自宅や屋敷の掃除、郵便物、また周辺の変化の確認等、必要な事はホームヘルパーに依頼している。もちろん、武器やその保管庫を他人に見せることはしない。

アメリカは分業、すなわちワーキングシェアという考え方が日本とは異なり、ホームヘルパーは日本人が抱く家政婦というイメージとは違う。よりビジネスライク、つまり報酬に見合った職業的意識が強い。その分忠誠心という点では意識は低く、銭で転ぶ人間は多い。

その赤井に狙撃依頼のメールが入った。クライアントは韓国人と名乗り、ターゲットは日本人だという。双方の画像添付は依頼の条件になっている。

フリーランスになって、クライアントとターゲットの身元調査は必須だった。これが、準備された作戦の中で、命令を忠実に実行すればそれで事足りた傭兵時代と、根本的に違う点だ。

あるクライアントが赤井に狙撃を依頼し、別なスナイパーに赤井の狙撃を依頼することは当然あり得る。この世界で生き残るためには、クライアントが依頼してくる内容に関する確実な裏付け情報を得ることは、身元調査同様に不可欠だった。

赤井は自分が納得のいかない仕事は受けない。それは、善と悪というような概念や、イデオロギーとは異なるものだ。

依頼を受けた後、独自の調査をし、クライアントとその依頼内容の信憑性の確認及び自身の安全性の確保ができてＯＫを出す。そして、指定した口座への送金、報酬額の三〇パーセントを確認して仕事にかかる。それらに要する時間の確保が困難な急ぎの依頼は受けない。

赤井は久しぶりに浜松に暮らす弟に電話を入れた。もちろんターゲットの情報収集のためだ。そして弟が死亡したことを知った。

電話が通じず、警察庁へ直接問い合わせたのだ。警察庁には面識のある現職の警察官がまだいた。その警察官は警視庁の刑事へ繋いでくれた。

弟とは渡米した当初、電話で数回話したのみだ。顔を合わたことは一度も無い。家族や親戚とも音信不通になっていた。だが幼少時に培われた弟との絆はまだ胸の奥にある。

弟の死亡は信じ難かった。聞けば殉職だという。さらに驚いたのは、小山も死亡していたことだ。いずれも四年前に起きた事件に関係しているという。

小山の母親は香奈が小学校へ入学する前、病で他界していた。これは知らされていた。それ以後のことは知らない。知りたいと思ったこともない。

しかし、同じ事件で二人が死んだ。母親を亡くし、香奈はどうしているのか。警察庁の知人は調査事務所の倉田を紹介してくれた。警視庁の刑事からは杉山信司という名前が出た。

ターゲットの調査も事前の準備もある。赤井は来日を決めた。

弟が浜松で香奈と顔を合わせながら、姪だとも知らずに死んだことなど赤井は知る由もない。

追憶を断ち切ると赤井は呟(つぶや)いた。

「香奈に会おう。二人だけで」

二十七　信司と米山

　信司はやはり気になっていた。約二ヶ月前、黒澤と名乗って店に来た男のことだ。言っている内容も内容だが、体格や言葉、体から発散する匂いも普通ではない。久しぶりにかつての、体がヒリヒリする感覚が蘇った思いがした。

　それに、最後に香奈に名前を訊いたことが、いつまでも尾を引いていた。苗字は小山かと訊いたのだ。明らかにそれと知ってのこととしか思えなかった。もしくは、誰かに噂を聞いてそれを確認に来たのだ。

　警察と親しくなろうとは思わない。どちらかと言えば避けていたいところだが、情報を真正面から訊くに一番効果的なのも警察だ。全くのウソは言わないはずだ。

　思い切って米山に電話した。


　杉山信司からの電話と聞いて、米山は眠気が覚めたような気分になった。

「信ちゃん？　久しぶり、元気？」

　米山は軽い口調で電話に出たが、内心、思わず身を乗り出したくなる気分になった。どうでもいいような軽い用件で、わざわざ警察へ電話をしてくる人間ではないはずなのだ。

用件を訊くと「大したことじゃないので悪いが、近くの交番より、昔から知っている米山さんに聞いて頂きたい」と言い、「こっちに来られるか」と訊くと「それはできれば勘弁してほしい」と言う。

出歩くのが仕事とはいえ、本署の刑事に「署の外で会いたいから出て来い」と言う一般市民はまずいない。そして意外な場所を希望したのだ。

「すみません。本署の刑事さんに対して大変失礼で、立場上無理ならばそちらに伺いますが、もしよかったら、高園のクラブマリーでどうですか、私、商売柄会員なので。

不躾で恐れ入りますが、城西交番当時からのよしみで、できれば米山さんと二人きりでお願いしたいのですが……」

軽く見られたような気がして米山はちょっと考えたが、場所を聞いて考え直し、ＯＫした。


「お忙しいところ、無理をお願いしてすみません」

信司は一階のエレベーターホールエントランスで米山と待ち合わせ、頭を下げた。

エレベーターを待ち、「話は店の中で」と断って一緒に店に入り、カウンターの一番奥に並んで腰掛けた。喫煙コーナーになっている。米山は以前、タバコを吸っていたことを信司は覚えていた。ここでよいかと訊き、了解をとった。

ボックス席からは大きな観葉植物がブラインドになり、その気にならなければ見えない。

「勝手を言って本当に申し訳ありません」

信司は再度頭を下げると、「コーヒーでいいですか」と米山の了解をとり、バーテンに告げた。時計は丁度午後の二時だった。そして用件を切り出した。

「お忙しいと思いますので早速ですが、実は先日、変な奴が店に来たんですよ。黒澤と名乗りました。東京から来たって言うんですよ。

背が高くてガッチリした体格でしてね。店に入ってくると商品を買いたい訳ではない、私に会いたくて来たと言うんですよ。もちろん私の知らない男です」

ここまで言ってから、信司は今になって頭にパッと閃くものを感じた。

〝あの時、誰かに似ていると思ったが、そうだ、四年前の事件のすぐ前、店に来た本署の刑事だ、確か赤井と名乗った〟

「ほう、それで？」

米山が次を促した。制服はスーツに変わったが、ヘアスタイルは交番にいた頃と変わらない。

「いきなり、榊原剛志を知っているかと訊くんですよ。それで、知らないと答えて、何の話ですかって訊くと、今度は女房に向かって、またいきなり、名前を訊くんですよ」

「香奈ちゃんに？」

「そう。ま、隠すことでもないので女房も名乗ったのですが、そうしたら、上の、つまり苗字は小山かって、また訊くんですよ」

「おう、それで？」

「女房は正直に、結婚前はそうでしたって答えましたけどね」

「ということは、香奈ちゃんも知らない人って訳だね。それで？」

「それだけなんですよ。それだけ訊くと、また来るって言って帰っていきました。そいつが帰ってから思いましたけど、榊原剛志って四年前の時、逮捕されたヤクザでしたよね。確か」

「うん。そうだな確か」

「ああいったことはもう、うんざりですからね。通報というか、報告しておいた方がいいかな、と思いましてね。

でも、どうでもいいような事かもしれませんのでね。警察の全く知らない人に通報してもどうかなと、迷ったあげく、米山さんを思い出したもんで、交番より米山さんの方がいいかなと思った次第です。他に連絡するような人知りませんのでね」

「分かった。よく連絡してくれたね。ありがとう信ちゃん。確かに妙な奴だな。ちゃんと頭に入れておくよ。で、年はいくつぐらい？」

「うーん、四十代後半か、五十代前半ですかね。ヤクザには見えませんでしたけど、普通のサラリーマンにも見えませんでした。なんて言うか、態度が大きいっていうか、横柄でしたね。いきなり入ってきて、名刺も出さずにいきなり『榊原剛志を知ってるか』ですからね。人にものを尋ねるっていう感じではなかったですね。あんなのにまた来られるのは迷惑です。米山さんは分かってくれていると思ってますが、私はヤクザとのつきあいはありませんのでね」

信司は困惑した表情を作って言った。

「また来たら、その場で連絡していいですか」

「いいよ。俺さ、交番の時代と気持ちは変わってないよ。本署の捜査課って言ってもさ、俺は生活安全課なんだけど、やっぱり市民の皆さんの安全が第一だと思ってるよ」

「そうですか、やはり思い切って電話してよかったですよ。なんか気が楽になりました」

これで本署も全く知らぬ顔はできないだろうと信司は思った。どんな理由があるにせよ、あの黒澤が信司の味方であるはずはない。もし警察が動けば牽制することはできる。

米山がタバコに火をつけた。煙はほぼ垂直にカウンターの真上へと吸われていく、音は聞こえないが強い換気だった。

「ところで信ちゃん、ここよく来るの？」

「いえいえ、商売の客を連れてたまにってとこですね。米山さんは？」

「仕事がらみで一回来たかな。俺なんかがオフに来るような店じゃないよ」

ちょっと顔を動かした信司の視界に、榊原由美が近づいて来るのが見えた。

「あら、まる信の店長さんじゃありませんか。お珍しい」

連れがいるので少し改まった言い方だ。

「折角だから、ちょっとお邪魔してもよろしいですか？」

「どうぞ。こちらね。榊原さん。以前車のセールスされてて、その時以来の……」

由美が米山の隣に座った。

「こちら初めてですね。紹介して下さいな、店長さん」

信司は米山の顔を見た。米山が目でＯＫした。

「米山さん。本署の怖い人」

「あら、そうでしたか。初めまして。そんな風には見えませんね。私、カーセールスは昔のことで、西魚で洋服屋やってますの。榊原と申します。どうぞよろしくお願い致します」

昼間ここに来る時の由美は快活でキリッとしている。服装もキャリアウーマン風で化粧も薄く、水商売風の媚びた表情は見せない。

「あ、こちらこそ」

米山が無表情に言った。

「今日はお仕事ですか」

由美が訊いた。

「いえ、オフです。オフですが、電話ひとつですぐオンに切り替わるという。ま、因果な商売でしてね」

米山が由美の顔を見ながら言った。ちょっと笑っているように見えるが、刑事の目だと信司は感じた。少なくとも以前交番で、信司に軽口を叩いていた頃の目ではない。

刑事をクラブへ呼び出すという非常識に敢えて乗ってきたのは、米山なりの考えがあってのことだろう。普通なら「署へ来い」と言うところだ。まかり間違えば供応になる。

今時、地方都市にそうザラにはない規模のクラブを出店する。心水会が浜松の街の振興のためにしていることではない。

本署、とりわけ、あの久保という刑事やこの米山は、ここマリーと由美、由美と心水会の関係を知っているだろうか……、全く知らないとは思えなかった。信司の申し出に乗った形で堂々と内偵を進めていることが推測できる。

由美を見る米山の目は、獲物を視界に捉えたハンターのようにも見えた。信司と二人だけの時は気軽な言い方をするが、その目は自分にも向けられているかもしれない。信司は自戒した。

「大変ですね。でもオフは大事だと思いますわ。ね、店長さん」

「うちの近くに城西交番てあるでしょ。米山さんはそこにいたんですよ。当時はいろいろお世話になりましてね。前から、たまには一度お茶でもって言ってて、それが今日」

言いながら信司は、そろそろ引き時だなと考えていた。

ここへ来れば由美と会うことは想定できた。二人を会わせることがプラスかどうかは分からない。だが、顔なじみの刑事がいることを由美に知らせておくことは無駄ではないように思えたのだ。目的は達した。

「そうでしたの。ごめんなさいね。折角のデートをお邪魔して。どうぞごゆっくり。それではお先に失礼します」

由美が席を立った。にこやかな表情は変わらない。

用件は済んだ。長居は無用だった。

「ほんとに今日はありがとうございました。俺、店がありますのでこれで、米山さんよければごゆっくり」

信司はイスを降りた。

「いや、俺も出るよ」

二人はカウンターを離れた。

何気なくボックス席に目をやって信司は軽く息をのんだ。カーテンが開けられ、景色の見える南の窓際の席に、拓郎と栗畑、そしてあの黒澤の姿があったからだ。

〝どうする？　米山にあれが黒澤だと耳打ちするか？〟一瞬頭をよぎった考えを打ち消し、信司はそのまま黙って、米山に隠れるようにして歩いた。

〝刑事に余計なものを見せるな、しゃべるな〟もう一人の自分が囁いていた。

三人は窓の方を向いている。信司達に気付いた様子はなかった。

信司の〝通報〟にも興味はあったが、榊原由美を間近で見て言葉を交わしたことで、米山は満足していた。

顔も声もしっかりインプットした。〝上出来だ〟そう思ってレジを通った。

「呼び出したのはこっちだから払う」という信司に米山は格好付けて言った。

「信ちゃん、気持ちはありがたいけど、こういうの煩いんだよ最近。ワンコインで免職になるのはまだ早すぎる」

ワリカンで勘定を済ませ、向かった出口のドアが開いた時、後ろから声が掛かった。

「刑事さん。何調べてるか知りませんが、バンドのメンバーに紛れて店の中覗くのは、あまりいい趣味じゃありませんね」

声は覚えている。顔を確かめるまでもなかった。冗談半分の言い方とは分かっていたが、米山の胸に気分を害された不快感が膨らんだ。

声で距離は掴めた。背丈は知っている。米山はいきなり左足を軸に体を半回転させると、右足を踏み込み、無言で顔面へフック気味の正拳を叩き込んだ。

松枝はその一撃を予期していたかように、上半身を捻って躱した。

「何のことかな、松枝さん。そういう言い方をあんた方の業界用語で、あやつけるって言うんじゃなかったっけ」

米山は口元だけ笑いながら顔を近づけて続けた。

「何を言っているのか知らないが、調べられて困ることがあるなら、黙って真面目に仕事に精を出すことだ。浜松の警察を甘く見ない方がいい。まっとうな会社だって言うから、こっちも礼儀正しくしてる。裏で極道が仕切ってるということなら話は別だ。なんなら、暴行容疑で令状取って引っ張ったっていいんだ。牧野にゃ裏とってある。会社だって店の家宅捜索だってできる。折角築いた出城をあんたみたいなのがぶち壊したんじゃ、京都や西園寺先生は困るんじゃないかな。え、松枝さん。この前、俺達が何故あんたの会社へ行ったのか、それが分からないほどあんた、鈍くはないと思ったがね。教えてやろうか。あんたのツラを確認するためだ。黒子が真っ昼間から出てきちゃまずいんじゃないのか。そこから俺の前へ一歩でも動いたら公務執行妨害で現行犯逮捕だ。引っ込んでろ。本当にやるぞ」

米山は松枝の目を正面から睨み付けた。気分を壊された腹いせに、もっと言ってやりたい気分だった。だが黙り込んだ松枝を背に、信司を追ってエレベーターホールへ向かった。

信司は米山が乗り込むのを待ってエレベーターのドアを閉めた。米山と松枝のやりとりは見ぬ振りをした。ただ、松枝の顔と体はしっかり見た。いつかの駐車場の小柄な男だった。

この日の信司にとって大事なのは松枝よりも米山だった。信司の持つ動物的ともいえるセンサーは衰えてはいない。久しぶりに会って正面から顔を合わせた時、信司は強く感じた。その顔や体から発する気配は紛れもなく刑事そのものだった。変わらないのはヘアスタイルだけだ。交番にいた頃「俺は一生、街のお巡りさんでいいのよ」と軽口を叩いていた当時の米山とは別人といえる程の変貌だった。

本署の生活安全課勤務となったのがいつか、詳しくは知らない。仕事は人の顔を作るとか、顔付きを変えるという。その通りだった。以前の米山とは明らかに違う。

エレベーターを降りてまた礼を言い、頭を下げて米山と別れた。会ってから別れるまで、信司は昔からの金物屋の顔と態度で通した。言葉遣いもだ。そして再度自戒した。

今後これ以上自分から米山に接近してはならない。

クラブマリーでの顛末はすぐ久保に伝わった。

「黒澤は偽名で、あの赤井だな」

話を聞いてすぐ久保が言った。

「金物屋にそれを知らせてやりましょうかね」

「それは別に構わないと思うが、問題は何故赤井が金物屋へ行ったか、だな」

「それは、久保さんがずっと言ってる、あの抗争事件の金物屋犯人説に赤井も同調した。だから直接会いに行った。そこで成長した娘を見た。どこかに面影があったのでしょうね。だから直接訊いて確かめた。分かりやすいじゃないですか」

「それだけか？」

「それで十分じゃないですか」

「俺はさ、もっと違う何かがありそうな気がするんだよ。あいつの来日目的には別な何かがかな。第一に、『知らなかった』と言うが、遅すぎるよ日本へ来るのが。

で、榊原の名を出して金物屋に確認したんだろ、何故だ？　それと、金物屋がわざわざマリーへお前を呼び出した。その訳も気になるな。

前の事件を仕組んだのが金物屋とすれば、奴はバカじゃない。当然、それなりの理由と目算があってのことだ。奴は赤井と話した中でお前に隠していることがあるな。

とにかく、キーワードは心水会だよ。このところのゴタゴタの元は心水会の浜松進出にからんでるんだ」

「だから、それはそれで調べますって」

「それは俺の課か、もしくは二課の領域かもしれないがな。

それでお前、お目当てのオーナーにも逢えたって。どうだった」

「たまたまって感じで、一言二言、挨拶程度ですからね。ま、顔はしっかり見ましたよ。それだけです」

「それは向こうも同じだ。もしそれも金物屋のお膳立てとすれば、二人はツーカーの仲だな。

よかったじゃないか、ここにいたら何も得られない。誘いには乗ってみるもんだな」

「それって金物屋の信司が水原エンプラというか、心水会と繋がっているって、久保さん思ってるんすか」

「俺にとっちゃ奴は今もグレーだよ。それと、松枝だが、ヨネが思っているように、ちょっと焦ってる、というか奴は短慮だな。まあ、思慮深いヤクザなんてのはいないだろうが。様子見て何かやったら引っ張ろう。課長に報告しておくよ」

二十八　赤井と金城

「どちらから？」

カウンターに腰を掛けた赤井に男が話し掛けてきた。

五十代に見えた。

「さあ、強いて言えば、東の方かな」

赤井は答えた。男に構えたところは何も感じられなかった。

「初めて逢う人の職業当てが好きでしてね。ここが会員制なんぞになったんで、久しぶりでね。隣いいですか」

「いいですかって、もう座ってるじゃないですか」

こういう男はどこにもいる、毒にも薬にもならない奴とはこういう輩だと赤井は思った。

「普通のサラリーマンではないですね。飲酒運転してクビになった元警察官」

「ほう、で、今は？」

「興信所の調査員。ま、カッコよく言えば探偵」

赤井は苦笑して正面から男の顔を見た。

「そういうあんたは、手術ミスをして大学病院をクビになった医者」

男が真顔になった。

「先生、一本取られましたね」

カウンターのバーテンが笑顔で男に言った。常連らしい。

「ちょっと違うな、クビになった訳じゃない。俺が自主的に辞めてやったんだ」

「そこは大事なところだ。譲れないね、先生」

「先生と呼ぶのは患者になった時だけにしてほしい。金城といいます」

「じゃ、金城さん。私は確かにクビになったが、飲酒運転ではない。そして、探偵でもない。

だが半分は当たっている」

赤井はロックのグラスを掲げ、ビールが注がれた金城のグラスに合わせた。

金城はバーテンの方を見た。

「五件も失敗したって言うがな、俺がやった手術は普通の医者なら端っから無理ですって手を出さない腹腔手術だ。一回でも成功すりゃ地方都市の医者は皆驚くような、だ。

それを、腹腔がまだそれほど一般的ではなかった頃、二年の間に十五回成功させた。皆、他の病院じゃ見放された患者だよ。

俺は事前に本人にも家族にも了解をとった。成功の確率は低い。一〇パーセント程度だと。しかし、放っておいたら命は三月と持たない。それでもやるかどうか決めてくれってな。

承知の上で患者は手術を希望したんだ。失敗した患者の家族からだって感謝されたよ。一人を除いてな。その一人が何と思ったか医療ミスだと騒いだ。メディアがそれに乗って俺の過去を調べた。結果、失敗した五件を大々的に報じた。

病院の理事長は医者だよ、どれほど難易度の高い手術か分かっていたさ。だが病院のイメージダウンは大きい。そうでなくとも病院の経営は難しい。だから辞めてやったんだよ。

分かるか？　島野」

バーテンが真顔で頷いた。

「そうすると、金城さんの専門は外科？」

赤井が訊いた。

「今は入院設備もそれほど整っていない街の開業医だから、一応、整形外科の看板を出しているがなんでも診ますよ。

しかし最近の、問診も触診もいい加減で、患者の顔もろくに見ずにパソコンの検査データだけ見て診察した気になっている、そこら辺の医大出の若造どもを見ていると虫ずが走るな。

分かるかね、えーと……」

「黒澤といいます」

「おー、黒澤さん」

「何故そんな話を私に？」

「たまには憂さ晴らしをしないとね。ストレスを溜めるのはよくない。それには……」

「見ず知らずの他人がちょうどいい？」

「うん、あんたにはどこか同じ匂いがしたのでね」

「先生、そろそろお車呼びましょうか」

いつのまにか髪をショートカットにした女が傍に来ていた。入店した時、ピアノでシャンソンを弾いていた。

「何？　何がお車だ、ママ。俺は酔ってはいない。酔った振りをしているだけだ。こんなものは一度トイレへ行けば流れてチョンだ」

「そうですか。なら、おトイレへ行きましょう。チーフ、先生にお供の電話お願いね」

ママと呼ばれた女は、金城をスツールから引き下ろすようにして赤井から離すと、その肩を押しながら奥へ消えた。

「この店のママさん？」

赤井は空になったグラスを差し出しながらバーテンに訊いた。

「はい、茉莉子と申します。お気に障りましたか？」

「先生のことかね？　どうってことはないよ。いい医者だ。それよりママと話がしたいな」

「すぐ参りますよ、会員登録頂きましたから」

言いながらバーテンは「響（ひびき）」を注いだグラスをロックで赤井の前に置いた。赤井が国産のウィスキーを見つくろってとリクエストしたのだ。

赤井は改めて店内を見渡した。

つい二日前、杉山拓郎と会うため初めて来た時は昼間で、窓際の席で景色は良かったが、ろくに店内も見ずに出た。

倉田の資料を読んだので、杉山拓郎と張の顔を自身の目で見ておこうと思い、面会希望の電話を入れたらＯＫが出て、この店でと向こうが指定したのだ。会員なのだろう、名前を言ったら入れた。

今日は様子見だ。倉田の資料から推して、この店を知っておくことは無駄ではないと判断したのだ。

今時の地方都市にしては広い方だろうと思った。天井が高いせいか、十以上あるように見えるボックス席にそこそこ客はいるが、騒がしくはない。カラオケは鳴っていない。

奥にピアノとドラムセットがあり、ステージのような円形の台とモニターもある。スピーカー二台は天井ではなくフロアに置かれている。高さは一メートル以上ある。ＪＢＬだ。

ママが近づいてくるのが目に入った。

「茉莉子と申します。黒澤様、会員登録を頂きまして、ありがとうございます」

カウンター越しに頭を下げた。

落ち着いた動作と声だった。黒っぽいドレスは安物ではないが、取り立てて豪華でもない。背筋がピンと伸びて立ち居振る舞いに崩れた感じがなかった。

「それでマリーか。いい店だ」

言いながら赤井は目線をカウンターの上へ回した。カウンターだけで防犯カメラが二基設置されている。

いきなり立ち入った話はできない。あの医者でなくとも、自分をマークしている店の関係者はいることだろう。もしかしたら倉田の話に出てきた松枝が見ているかもしれない。顔の画像だけでなく声も聞こえていることだろう。

赤井は差し障りのない話題を選んだ。

「あの先生はよく来るのかね」

「はい、贔屓（ひいき）にして頂いております。失礼を申し上げたようですが、腕は確かです」

「でも、ちょっとへそ曲がりってとこかな?」

「おっしゃるとおりです」

笑顔も自然で品があった。

「黒澤様もどうぞご贔屓に。お近づきのしるしに、浜名湖で獲れました、車エビの塩焼きを用意致しました。私からです。どうぞお召し上がり下さい」

バーテンが奥から車エビが二匹載った長方形の皿とおしぼりを持ってきて置いた。

「頭だけとればそのまま大丈夫です。どうぞ」

茉莉子が勧めた。

赤井は言われたようにして口に入れた。鮮度がいいのだろう、生臭くなく、それでいて口の中に拡がる車エビの食感は絶品だった。

二十九　米山からの情報

「信ちゃん、俺だよ。今、城西交番に来てる。来られるかい？」

米山から信司に電話が掛かったのは、マリーで会った三日後の午後三時過ぎだった。

「分かりました。すぐに伺います」

信司は作業用の前掛けを外し、ブルゾンを羽織って電チャリで出た。例によって香奈は詮索しない。

交番には米山一人がいた。

「信ちゃん、今ここは俺一人だ。信ちゃんと俺の間の話だ。気にしなくていい。先日の黒澤って人間のことだけどね」

そう断って話し始めた米山の話は、信司にとって衝撃的だった。

〝あの赤井という刑事の実兄で、しかも香奈の父親〟

赤井という刑事の兄はともかく、香奈の父親は思ってもみなかったことだ。

「香奈ちゃんに聞こえていいものかどうかと思ってさ、ここへ出て来て貰ったんだ」

そう言う米山の気遣いが素直に嬉しかった。

「いろいろと気を遣って頂いて、ありがとうございました。米山さんに連絡してよかったですよ。本当に」

ひとしきり話を聞くと、信司は丁寧に礼を言って頭を下げ、早々に交番を出た。

現在の米山には関わらない。一昨日、自戒したばかりだ。

信司は電チャリを降り、隣接する浜松城公園のベンチに腰を下ろした。天守閣のある小高い丘に登ると市街が一望できる。

信司はまた黙考した。真冬の北風も気にならなかった。

問題は赤井という香奈の父親が、何故今頃になって現れたのか。目的は何なのかだった。香奈の口からは、父親は二、三歳の頃死んだと聞いていた。母親から言われていたのだろう。

香奈が知ったらどう思うか。米山の話では、赤井は離婚してすぐにアメリカに渡り、最近来日したという。二十年も前の話だ。香奈に話すべきかどうか、思案のしどころだった。

赤井はまた店に来る公算が高い。今度は名乗るかもしれない。ただ単に香奈の実父です、というだけならば特別問題はない。どうするかは香奈の意思だ。

しかし、そんな用件だけで来たわけではないことは明白だった。偽名を使い、榊原の名前を出し、しかも、殺人を依頼したのだ。

冗談にしろ、初めて会う相手に、まともな人間が口にする言葉ではない。香奈の父親を名乗るのが目的なら、あの日にできた。

その上、既に警察があの男を知っている。米山はその理由までは聞かせなかったが、何かでマークしている。ただのツアーガイドではない。

信司が米山をマリーへ誘ったのは、直接的で確実な情報を得たかったからだ。世の中は刻々と変化している。榊原のことも、何も知らずにいたらいつ足下をすくわれるか分からない。現に由美は今やブティックの主で、マンションやクラブのオーナーだ。

四年前に比べたらかなり心水会寄り、というよりその出城の主だ。しかも美和が言っていた松枝が傍に付いている。

榊原はまっとうな会社への転換を図っているようにも思えるが、現実は、松枝が心水会の紋章をちらつかせながら、力で勢力を拡げようとしている。ヤクザはヤクザなのだ。

その松枝が、マリーでは昼間から信司達二人の前に出てきて、刑事の米山に絡んだ。

米山がヤクザを相手にしたところを信司は初めて見た。これまでには見せたことのない刑事の顔だった。

その米山から牧野という言葉が出た。多分、以前由美が言っていた牧野組のことだ。先日の美和の話にも出てきた。

信司は地元にいながら、牧野組についてはこれまで何も知らなかった。美和の話では水原エンタープライズと敵対しているという。それほどの勢力なのだ。頭に入れておく必要がある。特に由美が言っていた志田という男は要注意だ。

米山の話から、警察は既にいろいろと内偵を進め、動いていると感じた。ということは、今、信司が漠然と感じている何かが起きている。既に始まっているのだ。そう思えた。

マリーには拓郎と栗畑がいた。しかもあの黒澤と名乗った赤井も同席していた。そこに牧野の志田だ。誰が誰とどう絡むのか。

その赤井は店に来た時、開口一番、榊原をフルネームで口にした。信司が知っていることを前提にした上での言葉だ。「お前のことは調べてある」という意思を言外に込めたセリフだった。その上で、香奈のことも確認した。ただの元父親が言う言葉ではない。

しかもあの体だ。相当鍛えている。できれば本当の職業や来日目的を知りたい。だがこれ以上米山に訊くのはリスクが高かった。下手をすると墓穴を掘る。かといって今の信司にこの手の情報を提供してくれる人間はいない。

信司は決めた。今は香奈を赤井に会わせない。会わせるのは、周りの状況が把握できてからでも遅くはない。赤井の身元や来日目的がはっきりし、無害だと確認できてからでいい。

そう決めた一方、信司は心のどこかに得体の知れない不安を感じていた。周りの動きが掴めないこともあるが、それとは異なる恐れとも言える、自分でも分からない感覚だった。

米山が心からの親切心でわざわざ信司に教えたとは思えなかった。今の信司は昔ほど世間に疎くはない。幾多の経験は信司に洞察力と分別を与えた。

米山は、信司に『黒澤イコール赤井』という手札を見せた。信司がどう動くか、米山はもちろん、あの久保という刑事も注視しているに違いない。もしかしたら、交番を出た信司の行動を警察は監視しているかもしれない。

信司は両腕と首を回し、軽くストレッチしながら辺りを見回した。こんな時間でも公園には人はいる。だが、十メートル以上離れた人間に、信司のセンサーは無力だった。

首筋に風が冷たかった。

ブルゾンの襟を立て、信司は山本工務店の中川に電話した。中川には店の修理や改築などで何回か世話になっている。携帯で呼び出すと、家屋改築時の仮住まい用アパートの有無を訊いた。以前、香奈と結婚する前も中川に世話になった。

十五分で電話が鳴った。信司の店から車で十分ほど、佐鳴湖畔の五階建て賃貸マンションに空き部屋があると言う。信司は仮押さえを依頼した。

暮れなずむ街を信司は電チャリを飛ばして帰宅した。香奈が来客や電話などを報告する。この辺りの呼吸に全く不満はない。

黒澤の名は出なかった。だが、今すぐにも来るかもしれないという不安が頭を覆(おお)っていた。

「ちょっと早いが今日は店を閉める」

信司は香奈に告げると自分でシャッターを下ろした。

「香奈、話がある。聞いてほしい」

香奈が怪訝(けげん)な顔でソファに腰を下ろした。

「しばらく別居したい」

信司は話を切り出した。

「以前そこの交番にいた、警察本署の米山さんから話があった。この前店に来た黒澤という男は、本当は赤井という名前で、警察が追っている奴らしい。

亡くなった香奈のお母さんにも、恨みを持っているかもしれない。だから香奈に名前を訊いて確認したのではないかと言われた。

香奈に何をするか分からないので、十分注意するようにと言われた。住所も不明だそうだ。

今更言う話でもないが、俺には過去の傷がある。香奈にはいつも悪いと思っているが、俺の命を狙う奴がいても不思議じゃない。俺は自分のことは自分がしでかした事だから仕方ないと覚悟してる。

だが、香奈の身に何かあるのは辛い。それこそ亡くなったお母さんに何と言っていいか分からない。だからしばらく別居したい」

「何言ってるの。それこそ何を今更だわ。そんなことみーんな知ってて結婚したんじゃない。信司さんが一緒だからいられるんじゃない。バカ言わないでよ。私、信司さんの何だと思ってるの」

予想した通りの反応だった。

「香奈の気持ちはありがたいし俺も分かっている。だがもう決めたんだよ香奈」

「勝手に決められた私の気持ちはどうなるの。絶対、別居なんかしません」

取りつく島もない。荒療治が必要だった。

「それじゃ言う。香奈、突然で信じられないかもしれないが、俺は命がけなんだ。またそういう時が来たんだ。明日店の外へ出たら、車で轢(ひ)き殺されるかもしれないんだよ。奴は並の男ではない。俺には分かる。

俺一人ならなんとかなるかもしれない。はっきり言うが、香奈が邪魔なんだよ。四年前、俺の仲間が何人か血みどろになって死んだ。俺も拳銃で撃たれた。助かったのは運としか言いようがない。

今度の敵は香奈を真っ先に盾にするだろう。そうなったら俺は動けない。もう義国さんも栗畑もいない。警察もアテにはできない。警察は事が起きてからでしか動かない。二人ともなぶり殺しにされて馬込川に浮く。

俺は死んでいった仲間のために生き抜くと決めて今がある。明日から臨戦態勢だ。もう一度言う。香奈が邪魔なんだよ」

香奈が信司を無言で睨んだ。目に涙があふれ出、頬に伝った。そのまま二階に駆け上がって行った。

信司は軽くため息をついた。

決めたことが良いかどうか分からない。しかし初めから分かっている事など世の中に無い。初めから分かっていたら誰も苦労はしないのだ。信司は自分に言い聞かすと窓のカーテンを引いた。

普段は七時に閉店、八時から一時間かけ、二人で夕食を摂る。研ぎに集中したい時は、九時から作業場へ入る。終わりは決まっていない。気がつけば明け方という日もある。

信司は風呂へ入った。

米山は赤井の素性は教えなかった。自分で調べるしかない。黒澤、いや赤井は榊原とは敵対関係にあると見るのが順当だと信司は思う。

そうでなければ「榊原を殺してほしい」などと気軽に口にするはずがないのだ。ならば由美や茉莉子は使えない。今の信司に肚を割って話せる人間はいない。

本意ではないが、美和を使う、というより協力を頼むしかない。そう決めた。

信司が風呂から上がると、香奈が台所で夕食の仕度をしていた。

食卓に向かい合って座った。今夜は混野菜と生ハムが載ったサラダにメインはビーフシチューだ。夜の研ぎがない日は二人で瓶ビールを開ける。互いのグラスにつぎあい、「お疲れ様」「お疲れ」と乾杯するが、さすがにそんな気分ではなかった。無言だ。

一杯目のビールを飲み干し、シチューのビーフを口に運んでから信司が言った。

「香奈の料理はいつも旨い」

言いながら香奈の顔を見た。もういつもの顔だった。

「で、私はどうすればいいの？」

声もいつも通りだった。

「この店のリニューアルをやってもらった山本工務店の中川さんに頼んで、佐鳴湖畔に部屋を借りた。賃貸マンションだ。車で十分もかからない。家具も一式レンタルしてもらった」

「名前は？」

「髙橋にした。どう？」

「美橋さんね。いつから？」

美橋はかつての仲間の名だ。浜松では髙橋と名乗っていた。

「明日の午後、鍵が届く。明後日の午前中に家具が入る。定休日だ、俺が車で一緒に行く。今後、香奈がここへ来たい時はタクシー、浜松城公園の南口で降りて裏口から入る。電話はいつものやり方で毎日掛け合う。

中川さんには香奈の親戚の娘が一時的に住むが、事情があるので内密にしてほしいと頼んで了解をとってある。あの人は信用できる」

「わかったわ。いつまで？」

「とりあえず、一ヶ月様子を見よう。スーパーまでは歩いて五分、コンビニも反対方向に三分だそうだ。俺も時々行く。

いいか、由美さんや茉莉子さんにも内緒だからな。しばらく横浜の実家へ親の介護に行っていることにする」

香奈は気持ちの切り替えが早い。二日後、身の回りのものをまとめ、マンションへ移った。

三十　美和への依頼

信司は情報がほしかった。

香奈を佐鳴湖畔のマンションへ送り、近所の地理を見て回った後、松屋ホテルのミーティングラウンジで美和と会っていた。

「今日は美和に頼みたいことがあって来て貰った。忙しいところすまない。

早速だが、以前、おかしな客が店に現れたと言っただろ、この男の事を知りたいんだ。

その時は黒澤と名乗ったが、実際は赤井圭一という名だ。知り合いの刑事が教えてくれた。

この男は、俺の妻の母親の元夫、つまり香奈の父親だ。二十年ほど前に離婚してすぐ渡米し、それ以来アメリカに住んでいたらしい。今の本当の職業と浜松へ来た目的が知りたい。

もちろん本人に訊くのが手っ取り早いのだけど、偽名を使うぐらいだから自分のことはしゃべらない。ということは、ただ昔別れた娘と親子の名乗りがしたくて来日したわけではないことは明白だ。

まだ美和には言ってなかったと思うが、四年前の事件で香奈の母親は殺された。当時、麻薬取締官だった。詳しいいきさつは省くが、この時、事件を担当していた浜松本署の赤井という刑事も殉職した。撃たれて殺されたんだ。赤井圭一はその実兄だ。

つまり、赤井にしてみれば、四年前の事件で、実の弟と昔別れた女房の二人を亡くした。だからその真相を知りたいという気持ちは分かる。一人残された娘の安否も気になるだろう。それも分かる。だが、俺にしてみれば、大きな疑問がある。何故今なのかだ。

当時来られなかった理由があるのかもしれない。考えられないが、知らなかったのかもしれない。だがそれならそうと来店した時言ってくれればいい。

遅くなったけれど、墓参りや供養をしたい。別れた娘の顔を見たい。初めからそう言ってくれれば、何の問題も無い。何故隠すのか、堂々と名乗らないのか。そうだろ、美和」

「当然です」

驚いたような顔で聴き入っていた美和が短く同意した。

「そいつは突然店に入ってきて、いきなり俺に榊原剛志を殺してくれと言ったんだ。そんな話をとてもまともには聞けなかった。そして妻を見て名前を聞き、苗字は小山かと訊いた。小山は妻の旧姓だ。妻が『そうです』と答えると、名乗りもせず、すぐに出て行った。

妻も顔を見たが、妻は二歳の時別れた自分の父親を全く覚えていない。俺は奴の目的が分かるまでは続柄を妻に知らせない。妻に不快な思いをさせるだけだ。そう心得ておいてほしい。

当面、由美さんや桐林さんにも、赤井のことは妻には内密にと、しっかり伝えてほしい。もちろん他の人間は論外だ。頼むよ。

それともう一件、杉山拓郎と栗畑栄二の二人だ。市内の同じ会社にいる。拓郎は社長、栗畑はその秘書をしているはずだ。二人とも韓国名の張を名乗っているかもしれない。実は拓郎は俺の親戚なのだが、これまで全くつきあいは無しで、ほとんど知らない。

拓郎が何を企んでいるのか、提携先あるいは商売仇はどこの会社かだ。これも直接訊けばいいことだが、事情があって俺からは訊けない。もし訊いても、本当のことは言わない。

赤井共々、とりあえずなんでもいい。分かったことがあったら連絡してほしい」

美和は黙ってメモしている。

信司は、赤井、拓郎、栗畑のフルネームを名刺の裏に漢字で書いて美和に渡した。

「分かりました。やってみます。このメモはすぐシュレッダーにかけます」

「興信所のような仕事を頼んで悪いが頼むよ。

ところで、どう?　その後、会社は」

「はい、本部長の榊原さんは会の体質を変革させたいと画策しているようで、私のパソコンには頻繁にメールが入ります」

「そうか。不動産の水原エンタープライズはここ数年で急速にシェアを拡げている。もちろんこの前美和が言ってたように、合法会社だ。だが、そうは言っても、裏に心水会が付いていることは、その世界に通じる人間は知っているはずだ。

関西も関東も心水会の勢力拡大は目障りだろう。力を持てば持つほど、風当たりは強くなる。

それで榊原本部長も由美さんも、例の松枝も忙しくなった。

ただ敵対する大手が直接動くとは考えにくい。浜松界隈の小さな組織が先鋒として動いて、そのバックを大手が支援する形になると俺は思う。

その先鋒が、美和が言った、マキノ産業の志田かもしれない。もう小競り合いが始まっているらしいものな。

これはまだ俺の勘でしかないが、赤井はこの街で何かをやろうとして浜松へ来た。もしかしたら、志田と結託して水原潰し、つまり榊原本部長と対決するつもりかもしれない。

この時勢に極道が大勢動くことは考えられない。赤井は俺の店に来た時、榊原を殺ってくれと言った。赤井自身がそういうことをする人間で、どこかの組織に依頼され、ピンポイントで本部長を狙うことも考えられる。

そういう明快な目的を持って来日し、その中で併せて、実弟や小山の死亡の真相と、その娘の現況を知るため、探るために俺の店へ偵察に来た、だから身分は隠す、というなら分からないことでもない。

赤井はどこかで俺のことを聞き、本署の久保という刑事には堂々と名乗って面会し、当時のいきさつを訊いている。俺の名が出たかもしれない。

もしかしたら、自分の弟を撃ったのは俺だと考えているかもしれない」

「そんな……」

「あの時の状況を聞けば、そう思うこともあり得る。俺の方にはそれは違うと否定し、それを証明できる材料が無い。もっと言えば、小山の事だって俺の仕業だと考えることはできるんだ。

その赤井を既に警察がマークしているらしい。警察も怪しいと見ているんだ。見れば分かるが普通の体つきじゃない。その辺りのヤクザとは別格だ。アメリカでは軍にいたという。本格的な戦闘訓練を受けたプロだ」

そこまで言って信司は確信した。〝米山が自分を交番へ呼び出したのは、黒澤は本当は赤井で、香奈の父親だと教えたうえで、こっちの動きを観察するためだ。間違いない〟

「この前、美和に言われたたし、何が起きるか想定できないので、俺は妻をしばらく横浜の実家へ帰した。一度改めてきっちりと、赤井当人と対峙して話し合う必要があるとは思っている。妻のためにもな。だが、その前に奴の情報がほしい。

栗畑は親友だった。四年前の事件で韓国へ逃亡した。逮捕される直前に逃がしたのは俺だ。今は張と名乗っている。こいつはコンピュータに明るい。そして拳法の達人。美和と同じだ。体は大きくはないが、まず素手で勝てる人間はいない。

だが、先日も会って話したが、今は向こうの心が離れた。何があったのか言わないし、俺に心当たりは何も無い。

杉山の会社は楽器関係だと思う。この間初めて向こうから誘われて一緒に昼食を摂った。目的もなく俺を食事に誘ういわれがない。まだ手の内は明かさないが、何かを企んでいることは間違いない。

この杉山と赤井がマリーで飲んでいるのを俺は見た。もちろん栗畑も一緒だ。最近のことだ。何かで繋がっている。

この連中と志田が結託している可能性は高い。どこの組織も必要なのは資金だ。銭がなくてはとてものことに、心水会相手に喧嘩はできない。

俺には誰が、何が、どうリンクしているのかが読めない。赤井が店に来たということは、もう俺も流れの中に巻き込まれていると考えなくてはならない。流れを読み違えたり泳ぎ方を間違えたらアウトだ。

くどくなるが情報がほしい。どんなことでもいい。赤井の職業、経歴だけでもいいんだ。どうなっているのか、俺にどう絡んでくるのか分からなければ動きようがない」

一気に言ってから信司は思った。〝またしゃべり過ぎだ〟

「杉山さんはカタギって言うんですか、まっとうな会社ですよね」

「そのはずだ。それに大会社ではない。そういう会社が事業を拡大しようとすれば金がかかって難しい。しかし、今も言ったように、バックに力のある会社とか組織が付いていて、資金援助があれば話は別だ」

「もしかしてバックはヤクザってこともありですか」

「そうかもな。尤も今はヤクザも楽ではない。合法組織を隠れ蓑にしているところは多い」

「ですよね。私の会社も……」

美和の顔がまた少し険しくなった。

「それが今の世の中と割り切ればいい。美和、頼んでおいて言うのもなんだけど、無理はしなくていい。安全第一だ。それにこの前も言ったが、俺達は協力関係だ。余計な気遣いは要らない。ただ俺の話は美和の胸だけに留めておいてほしい。

後で杉山と張の写真をメールするよ。食事をした時、写真を撮った。赤井の写真も店のカメラに写っていたら送る」

「では今日はこれで……」

「うん。だけどお茶ぐらいは飲もう」

信司は立ち上がりかけた美和を引き留め、運ばれてきたサービスのブレンドコーヒーを手前に寄せた。

美和の手がカップの取っ手を持った。信司はその右手を何気なく見た。そして気付いた。香奈や由美の手とは違う。手の甲、指の付け根の四つのコブにほとんど凹凸がない。美和の先日の身の上話と合致する。初めて逢った時の鋭い視線も肩幅も納得がいく。

「お砂糖、二つでしたよね」

美和が入れてくれた。自身は黙ってコーヒーを口にしている。ブラックだ。

信司の視線を感じたか、目を上げて信司と視線を合わせた。やはり力のある目だった。

「何か言いたいことや聞きたいことがあれば遠慮しなくていい。電話もメールも」

「ひとついいですか。由美さんや本部長は、何故信司さんを会に入れないのですかね」

「単純だよ。その方が都合がいいからさ。使いたい時使い、要らなくなったら捨てればいい。俺もヤクザになる気はないし、榊原さんの手下にはならない。それは心に決めている。強いて言うなら同盟者だ。

俺の本分というか、根本理念は義だ。義にかなっていれば法律を犯しても協力はする。『何とか一家』とか、『盃を交わす』とか言うだろ。大昔からヤクザは結束が固かった。仁義とか義理とか、任侠とか侠客とか、今では死語になった言葉がある。命がけで組に尽くし、親分を守り、組もそういうヤクザを大事にして守った。

今、暴対法ができて、法的にヤクザは活動ができなくなった。シノギが難しい。社会から締め出された。もう自分のところの組員を守れない。

組員でさえそうだから、俺が何か頼まれて失敗しても、榊原さんは知らぬ顔をすると思う。殺されようと警察に捕まろうと関係ない。そして俺が裏切って警察にたれ込むようなことはしないことを知っている。そんなことをしたら自殺行為だからな。

ひとつ言っておくと、俺は若い頃、一時的だが榊原さんと師弟関係にあった。由美さんに訊けば解るが、あの人は非情だけれども、そういう頃の男の情が、少しはあるかもしれない。

まあ多分……。榊原さんは本部長として、今後の組織運営をいろいろと考えているのだと思う。昔ながらのやり方ではだめだとね。

もしかしたら、解散宣言をするかもしれない。もう暴力団ではありません、とね。そうすれば、銀行口座も開設できるし、ホテルで宴会もできるし、ゴルフもできる」

美和は訳の分からない顔をした。

「それなら、全国のヤクザが皆、解散宣言すれば楽ですね。でも、それで社会はうまくいくでしょうか」

「いく訳がない。猛獣を檻から放すようなものだ。しかも市民は獣との見分けが付かない」

「ですよね」

二人はコーヒーを飲み終えた。

美和がバッグから財布を出した。

「俺が呼んだんだ、美和。気を遣わなくていい。それより頼んだ事を頼む。

ここは先に出てくれ。これからは俺と美和が一緒にいるところは、他人に見られないようにしよう。出入りは時差を付ける。俺は少し後から出る。当分由美さんとも接触は避ける」

信司はうなずいて立ち上がる美和に、右手を出した。二人は握手を交わした。

信司は感じた。〝この手と同じ感触はいつかもあった。あの栗畑だ。手の平は柔らかくふっくらとしていた。だが、あの時のあいつは本当に強かった。今、何を考えているのか……。

女だが美和はどうか。いずれ分かる。その日は案外早いかもしれない〟

信司はミーティングラウンジを出ていく美和を黙って見送った。

今日の美和はザックリとしたピンクのセーターに白のストレッチジーンズだ。上にダイヤ型キルトのロングダウンコートを羽織っていた。色はシルバーだ。トレーニングしているのだろう。肩も腿も張っているのがわかる。筋肉質だ。腹筋は割れているのかもしれない。

歩き方に骨折後の不自然さは全くない。肩まである長い髪が揺れていた。

三十一　久保と志田

「久保さんでしたね。私に何か？」

「最近忙しそうに走り回ってるって聞いたよ。マセラティか、俺もそんな車に乗ってみたいもんだな」

「仕事しているだけですよ。働かなくちゃ食っていけませんからね」

「牧野組から牧野建設、それが今ではマキノ産業か、商売繁盛、結構じゃないか」

「用件を言って下さい久保さん。警察からマークされるようなことはしてないはずですがね」

「あんたらが忙しそうに走り回る時は天気も変わるってね、雲行きが怪しくなればこっちも準備は必要になる。

松枝とはうまくいっているのかね。聞いたよ、クラブマリーでの話。水原エンタープライズにいいようにかき回されて、黙って見ている訳にゃいかないってとこか」

「それがどうしたってんです？　水原は水原ですよ。私らはまっとうな企業ですよ。従業員全員で健全な会社作りに邁進しているところですよ。

社員が酔ってクラブで騒いだ話は聞いています。就業規則に則って免職にしました。そういった社員は当社には要りません」

「ほう、まっとうな企業ね。そりゃいい心掛けだ。あんたの出身は確か東京だったね」

「調べてあるんでしょ。結婚してしばらくして浜松へ来ましたよ。呼ばれて家内の実家へね」

「あんたが浜松へ来てからだな、増資をして多角経営に乗り出し、社名も変えた。それからの牧野の業績は右肩上がりに伸びている。今や浜松で水原エンプラに対抗できるのは、あんたの会社ぐらいのものだろ。大したものだ。しかも表向きカタギだ。

東京はどこだね。勤めていた会社は？」

「表向きって言い方はないでしょ。裏で何かやってるみたいじゃないですか。もう会長の時代ではないですよ。一応創業者だから会長という肩書きになってますが、代表権はありません。私のところは昔の牧野組とは別会社、正業です。

酒場で社員が酔って花瓶を割ったなんてのは、学校の先生だってたまにゃあやることでしょ。それに私ら、いかがわしい店の経営もしていませんからね。警察の偏見じゃないですか。

私が勤めていたのは品川の大井建設ですよ。調べてくれれば分かりますが、東証一部上場のゼネコンです。

これでいいですか。客を別室に待たせてありましてね、よければこれで……」

「そうかい。邪魔したね。せいぜい仕事に精を出すことだ。まっとうにな」

久保は第三応接室と書かれた部屋を出た。

しばらくぶりで牧野の会社へ来てみて久保は知った。今は担当課ではないが、職業柄、牧野組時代の事務所へは何度も来ている。当時のヤクザの組事務所という雰囲気は全くない。

あの頃は黙って玄関を通り、直接組長の牧野耕蔵がいる部屋へ入っていってサシで話をした。正面の壁には大きな代紋があり、北側には神棚と提灯が飾られていた。

途中で行き会う組員からは「ご苦労さんです」と声が掛かった。自分はともかく、あの赤井刑事はこの世界の関係者からはよく知られていた。

今、ビルの玄関には警備会社のガードマンがいて、テナント各社のＩＤカードを首に掛けていない来訪者はチェックされる。

二階フロアのマキノ産業オフィスへ入ると、受付嬢がいて「アポはお取りでしょうか」と声が掛かるし、社員と会うのは応接室、行き交う社員はネクタイをキチンと結び、ビジネススーツか作業衣姿だ。

〝変われば変わるものだ。時代だな〟久保は心で呟いた。

〝だがいくら容れ物が変わろうと、問題は中にいる人間の質と仕事の内容だ〟久保の考えに変わりはない。

娘婿の志田が、三十代で浜松へいきなり営業部長として乗り込んできて、事業拡大に乗り出した。今では社長だ。その資金の出どこがカギだと久保は思っている。米山の考えている通りだ。水原エンプラのバックが心水会ならば、志田にもそれなりのバックが付いているはずだ。

本署に戻った久保は早速、大井建設の調査に入った。

東京のことは何と言っても警視庁だ。初めに組織暴力対策課の知り合いに電話した。元は捜査四課だった。

「あ、静岡県警浜松本署の久保です。いつもお世話になります。またちょっと教えて頂きたくて電話しました。

品川に大井建設ってゼネコンがあると思うのですが、そこと裏で繋がっている組を知りたいんですよ。私らが地方にいて普通に調べる限りは、そんなものは浮かんではきませんが、そちらさんならと思いまして……。

それとですね。その大井建設に以前、志田という男がいたかどうかも確認したいんです。今、浜松の牧野組で若頭やってます。尤も表面的にはマキノ産業の社長ですが。はい、志に田んぼの田、下は誠治、誠に明治の治です。

ご存じかもしれませんが、今、浜松では水原エンタープライズとマキノ産業が張り合っています。両方共不動産業が表看板ですが、裏では暴力団と繋がっているというか、マキノは以前は牧野組という地元テキ屋系のヤクザで、志田の義理の父親が組長でした。

私の調べでは、水原エンタープライズはバックに京都の心水会がついています。キレ者で通る志田がそれを知らないはずはありません。心水会を相手にするにつけては、マキノにも相応のバックが付いているものと考えます。

浜松は関東と関西の真ん中です。どっちからも浜名湖を越えるかどうかで勢力地図が変わります。西の心水会は浜名湖を越えて、浜松にくさびを打ち込みました。一触即発とまではいきませんが既に小競り合いは始まっています。志田のバック、特に資金源を掴みたいのです。

はい。はい。そうです。よろしくお願いします」

三十二　狙撃

美和から松枝が撃たれ死亡したと信司に電話が入ったのは、ホテルのミーティングラウンジで頼み事をして別れてから三日後の夜だった。

「詳しいことは後でお伝えします。今はゴタゴタしていますので」

周りに聞こえないように声を潜めて言うと、美和は電話を切った。

三十三　三人組

コレクションUの一階駐車場だった。

由美と美和がエレベーターを降りたところへ三人の男が立った。ワイシャツにネクタイ、スーツを着ているが、そのくだけた着こなしは普通のサラリーマンには見えない。

「姐さん、相変わらずきれいだのう」

由美の正面に立った一人がニヤつきながら言った。両手をズボンのポケットに入れたままだ。

「あなた方は？　どちらさん？」

「榊原さんに名乗るほどの者ではありませんよ」

「私に何か用ですか？」

「松枝さんは、お気の毒でしたのう」

「それが私と何か？　自分の名前も言えない方々と話をする気はありません。そこを空けて下さい」

「まあそう急がんでも……。姐さんもせいぜい気をつけた方がいいと思いましてねぇ」

三人は動こうとしなかった。松枝が狙撃されてまだ一週間も経っていない。

「あなた方、牧野さんのところの人達ね。会社辞めたんじゃなかったの」

「そりゃまあ、株式会社マキノ産業をクビになった者はいるけーが、牧野の親方に盃返した訳じゃないもんでのう」

「どっちでもいいけど、そこ退かないなら警察呼ぶわ。美和、一一〇番」

美和がトートバッグに右手を入れかけた。

「お嬢さん、止めときな」

別な一人が言いながら美和の右手を掴んだ。その途端、それが合図だったかのように美和が動いた。

男に体をぶつけるようにして密着すると、少し屈んだ姿勢から伸び上がるようにして、その股間に右膝を打ち込んだ。男は声も上げず尻餅をつくと股間を押さえてうずくまった。

間髪を入れず、美和は横に一歩踏み出すと、由美の前に立つ男に倒れかかるようにして顔面に右肘を打ち込み、ほとんど同時に左肘も打ち込んだ。

両目を打たれてふらつく男の左脇腹に、美和の尖ったハイヒールの先が深くめり込むように突き刺さった。右の回し蹴りだった。男が呻いて崩れ落ちた。

美和は無言でもう一人に詰め寄った。

「てめえ」

男はうろたえながらも右手で腰からナイフを抜いて身構えた。刃渡りは十センチほどだ。

美和はバッグの両サイドを左右の手で掴むとそれを胸の前にかざすようにして、男の正面からじわりと詰め寄った。

「やってごらんよ」

美和の挑発に乗った男が、口の中で何か叫びながらナイフを突き出した。美和はそれをバッグで下から跳ね上げるように受けると大きく踏み込み、そのまま、飛び上がるようにまたも右膝を男のボディにみまった。

「うっ」と呻いて前屈みになる男の側頭部に美和の左回し蹴りが決まると、男はつんのめるようにコンクリートの床に突っ伏した。

美和は落ちたナイフを拾うと、人が入ることのできないビルの隙間に投げ捨てた。

そのあとも美和は止まらなかった。立ち上がろうとしている初めの男に近寄り、大きく腰をひねると回転の効いた右の回し蹴りを顔面左に決めた。男の首は後ろを向くほど回り、口から血と折れた歯を飛び散らせながら転がった。

尚も美和は、立ち上がれず荒い息をしている真ん中の男に近づくと、下腹部へ右足で体全体を使った渾身の蹴りを何発か入れた。男が動かなくなった。

さらに美和は、起き上がりかけたナイフの男の腹にも蹴りを入れると、のたうち回る男の耳元で告げた。

「由美さんに近づくのはやめな。あんたら、由美さんがどういう人か知ってるよね。だからここへ来た。今度この店に来たら、あんたら三人とも、牧野にもこの世にもいられない。殺す」

左右の回し蹴りや激しい動きでアップにした美和の髪はほどけ、振り乱れていた。

「美和、もういいわ。あんた、怖いわその顔」

由美が近寄ってハンカチを手渡すと、美和は我に返ったように全身から力を抜いて大きく息をし、顔を拭った。

三十四　組織暴力対策プロジェクト

松枝が狙撃されたのを受け、通常の殺人事件捜査本部とは異なる形で、静岡県警浜松本署の捜査課内に、組織暴力対策プロジェクトチームが設置された。

松枝が元暴力団幹部であり、死因がライフル銃による狙撃という、特殊事情によるものだ。

五人体制で、リーダーは殺人や強盗などの凶悪犯罪が発生すれば真っ先に出動する、捜査一課の久保巡査部長。生活安全課の米山もメンバーに入った。久保の推薦だ。

他の三人は、池田、片岡、高井という名で、順に、暴力団や窃盗、詐欺などを扱う捜査二課、企業の法令違反や犯罪を取り締まる地域産業課、市内を走る高速道路、国一やそのバイパスと浜名湖の交通、大規模イベントや式典の警備を管轄する交通警備課から選抜された。

本署のほぼ全課から選抜された陣容で、久保と池田が四十代、他の三人は三十代だ。

事件発生後の翌週、松枝の身元と死因が判明した時点でチームが結成され、当面浜松市内の暴力団の洗い出しから始動した。


「拳銃弾ではないそうですね」

米山が久保に訊いた。

チーム結成から三日目の午前十時、他のメンバーは既に外出している。

「うん、顔面直撃で即死だ。拳銃弾じゃない。鑑識の連中に調べてもらったが、これまで見たことがないそうだ。日本国内ではまず使われない弾だと言ってる」

「ライフル？」

「そうだろうな。それもＭ一六とかではない、プロのスナイパーが使う狙撃銃ではないかとみている」

「ということは、狙撃したのは外国人？」

「その可能性が高い。だが断定はできない。例えば……」

「もしかしたら、あの赤井とか」

「ありうるな。日本で、しかもこの浜松で狙撃銃は考えにくいが、奴なら……」

「今どこに？」

「分からんよ。追跡装置付けとくわけにもいかんものな」

「もし赤井だとすれば、奴の本業はプロのスナイパー？」

「あの体格に物腰、考えられないことはない。大学は射撃部だしな。俺もそう考えて問い合わせはしている。おっつけ分かる。顔写真、皆の警察スマホへ送るよ。

だが決めつけはできん。浜松に外国人は珍しくない。アジアも南米も結構いる」

「そうっすね。だけど、カスタムライフルで特殊な弾使ったら、俺がやりましたって知らせるようなもんすよね」

「クライアントって言うのか、依頼者に契約を履行したことを知らせるためだって聞いたな。向こうの考え方だよ。それと、よくあるテロリスト集団が出す犯行声明、あれに似ている」

「なるほどね。日本じゃ考えられませんね。

で、どこから狙ったんでしょうね。行きました？　現場」

「行ったさ。俺も狙撃地点が気になってたんで現場検証の後、またあの辺りを調べた。問題は狙撃された現場だよ。あのマンションは高園町、海抜三十メートルの高台に建っている。松枝はその十四階に住んでいた。

とすると、玄関を出てきたところを狙うには、相当高い地点からでないと不可能だ。そんな場所も建物も半径一キロ以内、というより市内にはアクトタワー以外にない。

奴は一階の駐車場に倒れていた。もし駐車場に降りたところを狙うとすると、今度は近所の民家やビルが邪魔だ。

　俺は奴が倒れていた駐車場の現場に立って周りを見回してみた」

「ありました？」

「うん。この前、米と車を停めたコンビニの白い屋根が見えたんだ。裏側になるがな。あそこは三階建てだったんだな。行ってみたよ」

「へー、距離はどの位でしたっけ」

「三百メートルってとこかな。コンビニの屋上に腹這いになって、十倍のスコープで見てみた。ここだって確信したよ。ビルの隙間があってさ、民家の上から駐車場が見通せるんだわ」

「スコープって、久保さん、ライフル扱えるの？」

「何言ってんだ、ヨネ。俺はＳＡＴ、スペシャルアサルトチームの略称だが、その合同研修を修了してる。Ｍ一六Ａ２でレミントン五・五六ミリ四五を使って何度も実弾射撃を経験してる。ただ撃つだけならＭ一六のＡ１やＡ２で三百メートルは楽勝だよ」

「そうなんだ。初耳ですね。県警機動隊と合同でやる、いわゆるライフル研修っすね」

「うん。ただな、的が静止してたり、クレー射撃のように動きが分かっている場合はそれ程難しくはない。だが、動いている人間の頭を一発で、というのは難しい。

　今回の狙撃手は、歩いて来る松枝の顔を正面から、しかも、眉間のど真ん中を、正確に撃ち抜いている。風があるし、隙間は狭いからやり直しはきかない。

　しかもだ、弾はきれいに頭部を貫通している。多分、弾速の速いフルメタルジャケットだ。通常のレミントンじゃそうはならない」

「弾もカスタム？」

「そうだな。俺の推測だが、経験を積んだ人間が使い慣れた銃で、辺りを汚すことなく完璧な仕事をこなした。ただ殺せばいいっていう狙撃じゃない」

「つまり、プロ？」

「車へ乗り込むまでの数秒という僅かな時間、それと数メートルの限られた空間を移動する標的が正面を向いた一瞬を捉えて撃ち抜く。腕もあるが、やはりＭ一六や五・五六ではない」

「弾速ってどれくらいのものです？」

「Ｍ一六で九百メートルぐらいかな。五・五六は小さくて軽いんだよ。それだけ風の影響を受けやすい。もっとヘビィな銃だな」

「ほう、秒速九百メートルですか。じゃ、拳銃弾は？」

「三百五十ってとこかな。音速より少し速い」

「それにしても、狙撃地点をよく見つけるものですね。コンビニの屋上ったって、いきなりひょいと飛び乗るって訳にゃいきませんよね。重い銃持って。久保さんはどうやって？」

「ああ、そこがプロだろうな。感心してる場合じゃないが、不案内な土地で最適な地点を見つけるのは簡単じゃない。さすがだよ。だがな、高園の地形に詳しい別な奴がいて、あらかじめ調べていたとすればそれほど難しくはない。松枝の行動パターンが読まれていたとなればな。

あそこのコンビニはフランチャイズでさ、二、三階が居住エリアになっていてオーナー家族が住んでる。店の裏側に屋根付きの階段がある。三階には屋上へ上ることができるよう、壁に、むき出しで、細く小さいが鉄製のはしごが付いている」

「久保さんもそれを使って？」

「そうだよ。登った。同じ高台の高園町内だ。下を見りゃ結構高いがそれほど難しくはない。遺留品を捜したが何もなかった。薬莢もな」

「もし、狙撃手が奴とすると……、死んだ弟のことや娘との面会は表向きの理由で、これが来日の目的ですかね」

「まだ分からんよ。ヨネ、お前自分で言ったじゃないか、憶測はダメだって。事実をひとつひとつ押さえることだよ。

ただ、俺が思うに、ターゲットが小者過ぎる。弟や娘の件があるとはいっても、松枝一人のためにリスクを冒して来日するとは思えない。奴だとしても俺は本命は次だと思う。今回はターゲットへの宣戦布告だな。相手にしてみりゃこんな手口は想定外だろう」

「そうすよね。俺も同感です。相手を混乱させるには強烈な一発ですよね。水原エンプラの連中は仕事になんないでしょ。真のターゲットは誰か、ですね」

「うん、だがな、違和感もある。海外のスナイパーが依頼されるのは通常は一人だけだと俺は思う。本命がいるとして、そいつに警戒心を与えるだけでメリットは無い。

まあいずれにしても、上はこれ以上の抗争拡大を阻止するために、暴対プロを立ち上げた。おかげでヨネと仕事ができる。頼むぜ」

「志田の方は？」

「調べてるよ。事務所へも行って会ってきた。お前は？　いいか、情報は出し惜しみするなよ。俺もお前には全部言う」

「当然ですよ。俺ね、ヤクザは資金源がキーだと思ってるんですよ。マキノは志田が来てから間口拡げましたが、志田だって財源がなくてはどうしようもない。志田とつるむことで利益を得る、というかメリットのある、スポンサー的な存在がいるはずだと俺は思うんです。

あれから調べましたが、今のところ、マキノのオヤジとの繋がりというか、バックは、関西には見当たりません。元々が、所帯は浜松では大きな方で、遠州連合とか名乗って名も売れてますが、浜松界隈のテキ屋を仕切ってきただけの奴です。

親方自らどこかに祭りがありゃ、屋台出してタコ焼き売ってた奴でね。俺なんかも子供の頃買った覚えがありますもん。

露天商組合の組合長で、屋台を出す地割りとか、そっちの現場じゃ勢いあったけど、でかい野心なんかないですもんね。せいぜいが庭付きの豪邸に住むのが夢ってとこでしょ。

やはり牧野に何か吹き込んで、煽（あお）った黒幕がいるんじゃないかと思うんです」

「それに娘婿の志田が乗ったって訳か」

「そうです。水原エンプラが本格的に乗り出してきた頃です。外様にいいようにされていいのかと……。

俺が思うに、吹き込んだ奴は、水原エンプラの裏に心水会が付いていることを知っている人間で、心水会の東京進出を抑えようとしている奴ですね。

合法的にやってたんじゃラチがあかない。浜松じゃマキノの名は通っています。現場はマキノに地上げでもなんでもやらせて、それこそ浜松の地ならしをやらせる。その代わり資金は出してやるよ、と。

そいつは当然、カタギの顔してて、マキノなんか知りませんて言うでしょうが、情報通で、おそらく政界にもコネのある奴だと俺は思います」

「なるほどな。そこへ頭のキレる志田が来た、というより、そういう方面に明るい志田を東京から呼び寄せたということか」

「多分ね」

「ヨネの頭もなかなか回転が速いな。考えてるじゃないか。余談だが、お前、警察学校じゃ結構優秀だったってな。さすが県下一の進学校、堀北卒だな」

「何言ってんですか、俺らの時は、Ⅱ・Ⅲ類Bは剣道や柔道の段持ちが大きな声出して、でかい顔してましたけどね、勉強じゃ落ちこぼれたようなバカばっかりでしたよ。

休み時間はパソコンでゲームやったり、エロ画像ばっかり見てて。ペーパーテストやりゃ何も知らない。物理や化学なんかは全然ダメでね、数学なんか因数分解もできねえ。女子もグループディスカッションじゃ偉そうに、『県民の安全と治安を……』なんてこと言ってましたが、地図見て群馬県と埼玉県と栃木県の区別もできねえ。中にゃ姫路城は岡山県にあるなんてこと言ってる奴もいてね。

こんな奴らに拳銃持たせて大丈夫かって思いましたよ。そういう中での成績ですからね。黙ってたって上位ですよ。褒められたもんじゃありません」

「分かった。それはまあいい。頭はいいに越したことはない。

今度は俺の方だ。

品川に大井建設というゼネコンがある。志田は浜松へ来るまでそこに勤めていた。と言っても実際は、協力会社の多摩川産業という会社へ出向していた。ビル工事の足場やシートを扱う会社だ。

調べてみると、この会社が裏で関東連合に名を連ねているらしい。関東は関西と違って昔から集合体が好きだな。例の重松の掏り集団もそうだった。だから多摩川産業も大きくはない。もちろん広域指定も受けていない。

だが、東進してくる勢力が多摩川を越えるかどうかは、関東連合にとっては大きい」

「ということは、その多摩川産業が関東連合の西の砦？」

「そういうことだ。最後のな。多摩川を越えられたらもう連合の本丸だ。その前に相模川があるし、もっと手前にゃ箱根がある。西の連中が箱根を越える、そういう事態になれば、多摩川産業に大勢の兵隊が集められる。そういう仕組みらしいな。

しかし、心水会が水原エンプラを使って、浜名湖を越えて出城を築いた。これ以上は好きにさせない、というのが関東の思惑だと思う」

「なんか、戦国時代みたいすね。つまり、志田は多摩川産業とつるんでいて、そのバックには関東連合がいるという図ですね」

「そうだ。西の連中も東も、思うところは心水会の東進阻止だな。その先鋒がマキノだ。だがヨネの言うマキノへの資金についてははっきりしない。そこまで多摩川産業に資金力はない。

余談だが、この浜松市と静岡市は俗に言う東海道メガロポリスの政令市だが、ＪＲと三セクを除けば両市に私鉄はそれぞれ地元の一社しかない。

何故かと言えば、西には浜名湖があり、東には天下の険箱根があるからだ。それで大手私鉄も乗り入れが難しい。おかげで鉄道はＪＲの天下だし、地場産業が発展できた。まあ、東名高速ができてからはかなり変わったがな。

ヤクザも一緒とは言わないが、浜名湖を越えて来るというのはかなり力を入れている訳で、迎え撃つ方にしてみれば、今のうちに叩いておこうと神経を尖らせる。それが今回の松枝狙撃だ。俺はそう見る」

「なるほどね。俺は牧野の親方の方をもう少し叩いてみます。今度ゆっくりライフル研修の話、聞かせて下さいよ。俺も行きてえ。じゃ行ってきます」

米山も出て行った。

三十五　牧野組

その日の午後、米山は暴対プロの池田と出先で合流した。一緒に向かう先はマキノ産業会長の家だ。池田は捜査二課所属でキャリアは十年以上、米山よりかなり長い。

市の郊外、西区に技術工業団地「テクノビレッジ」があった。浜松環状線から道路脇に広がる田園を隔て三百メートル程奥になる。幅の広い取り付け道路の先に多数の社屋や工場がキラキラと輝いて見える。

「やらまいか精神」と呼ばれる進取の気風は、古くから物作りの街として、県の経済をリードする浜松の特徴で、市内にはこのような団地が何カ所かある。

元々は、小高い雑木林の丘陵が連なる中を小川が流れ、田園地帯へ広がる田舎の土地だった。

昭和五十年代から「テクノランド構想」と呼ばれる工場誘致の機運が高まり、市が用地を買収して施策を推進したが、それは掛け声だけに終わり、やがて産業廃棄物の処分場、埋め立て地となった。

平成に入り、国道一号と東名高速を結ぶ大動脈、浜松環状線が開通すると飛躍的にアクセスが向上し、産業廃棄物を埋め立てて造成された広大な土地に、次々に工場や社屋が建ち並んだ。地元では「浜松のシリコンバレー」と呼ばれている。

マキノ産業の本社事務所は市の中央にあるが、そのビルにはテナントが入り、事務所は二階のワンフロアのみだ。もちろんビルの所有者はマキノ産業になっている。

事業を拡大してからは、建設機器や資材、重機、トラックなどは全てこの団地に集めてある。その敷地は学校のグランドほどもあり、社内では「作業場」と呼ばれている。

自社が運んで埋めた産業廃棄物の上に、これもマキノ産業が周辺の丘陵を切り崩して土盛りし、造成して工業団地用地が完成した。当初ほとんど買い手のつかなかった広大な用地に、マキノ産業が自社の「作業場」を造ったのだ。

そして作業場にほど近い小高い丘に、マキノ産業の会長、牧野耕蔵の家があった。

米山は水原エンタープライズとマキノ産業を調査するようになって何度か来ている。辺りには田園が残っており、最寄りの民家とは四、五百メートル離れている。

瓦屋根が載った白塗りのブロック塀に囲まれた、屋敷の前の広い空き地に車を停め、扉はないがこれも瓦葺きの屋根がついた広い門を二人はくぐった。門の両サイドにむき出しの監視カメラが付いている。

敷地は五百坪以上、家屋は今時珍しい純和風の二階建てで、百坪は優にある。表には車が五、六台は入るガレージと納屋が並び、ゴルフの練習ネットも備えている。ガレージにはハイエースとエルグランド、車高を下げたセルシオが並んでいた。いずれも年式は古い。

玄関までのアプローチに沿って、屋敷を囲むような雑木林を借景にした和風庭園が広がる。大きな庭石と池、鯉も泳いでいる。

「牧野とは事務所では何度も会ってるが自宅は初めてだ。聞いてはいたがすごいな、こりゃ」

池田が声に出した。

家屋の玄関に近づいた時、低い唸り声を上げて二頭のドーベルマンが二人を阻んだ。いつでも飛びかかれる体勢をとっている。咄嗟に身構えた池田に米山が言った。

「こけおどしすよ。鎖はついてる。まったく品がないよな、田舎のヤクザは」

中から声が掛かり、ドーベルマンは下がった。

米山はインターフォンを押さず、自ら玄関の引き戸を開けると中へ入った。門のカメラで誰が来たかは牧野には知れている。いちいち遠慮していたら刑事は務まらない。

「また来ただか。今日は何だね。二人もして。刑事さんにしゃべるようなことはもう無いよ」

会長の牧野耕蔵が煩そうに言いながら玄関へ出てきた。

六十代だが肩幅が広く、日焼けした肌には艶があり、短く刈った髪も多く黒い。黒っぽいトレーナー風のホームウェアを着て、脂ぎった精悍な顔つきはいかにもヤクザだ。特に太い眉毛と髭に特徴がある。

「そっちになくとも何度でも来るよ。こっちはそれが仕事でね」

米山が言った。

玄関の三和土（たたき）も広く、十畳間以上あり、隅に四人掛の、無垢の木材を使った応接セットが置いてある。

「ここでよけりゃ、掛けな。お茶は出さんでの」

言いながら牧野が先に座った。

下から睨み上げるように見据える牧野の視線を、米山は正面から見返しながら対面へ座った。その眼力には未（いま）だに凄みがあった。

本署の刑事になって、米山はこういうヤクザ独特の獰猛（どうもう）な視線を平然と受け流せるようになった。一般のいわゆるカタギの人間が、牧野に同じように睨まれたらビビるだろう。組長と聞けば尚更だ。

地元の自治会活動にも加わらず、近所付き合いはないという。最初に来た時、米山はすぐ納得した。〝そりゃそうだろう、こんな奴と誰も付き合いたくない〟

「来る度に思うが、立派なお屋敷だね牧野さん。近くの人達は牧野御殿と呼んでるんだってね。結構な身分だな」

「嫌みかね。俺は中学出て、リヤカー屋台を引いて、毎日そこら中歩き回って朝から夜まで働いた。あの世へ行く前にちいっとばかし贅沢しても、人様にあれこれ言われる筋合いはない」

「ああ、私も小さな頃、鴨江観音や近所の神社の祭りにゃ、小遣い持って屋台のタコ焼き買うのが楽しみだった。

今は屋台店も減ったね。牧野さんはいい時代を生きてきた。ぼちぼち看板を降ろすかと思っていたら、それどころか事業を拡大してる。よっぽど金回りがいいと見える」

「何を言いたいのか分からんが、今時、屋台じゃ食っては行けん。それだで、人がいやがる、臭くて汚い仕事を、泥だらけになってやってる。生きていくためにな。

この前も言った通り、会社のことはもう娘婿に任せてある。俺は名前だけだ。事務所の方が近くていいらに」

口から出る言葉には見た目ほどの威勢はなかった。

「それは分かるけどね。この土地でずっと苦労してきた、会長でなけりゃ分からないこともあるでしょうが。

一つ教えて下さいよ。婿さんが来る前から会長が付き合ってきた人がいるでしょ。大会社の社長とか、役員とか。自治会の顔役とかさ。議員さんでもいいけど。個人でなくてどこかの大きな団体でもいい。世話になった、あるいは面倒見たとかさ。

今日はそれを聞きたくて来た」

「そりゃ大勢いたよ」

「誰？」

「誰って、俺がそれをベラベラとしゃべると思うのか」

「今度の殺しはさ、ライフルだ。三百メートル離れたところから狙って、一発で仕留めている。そういうプロの仕業だ。あんたのところの人間が直接やったとは警察も考えてはいない。

だが、プロの犯行としたら、当然そいつに依頼した人間がいる。それは水原エンタープライズと敵対する側と考えるのが順当だ。

つまり、あんたのところの人間だ。しかも使い走りの若い衆が勝手にやるはずはない。みんなが疑うのがまず会長のあんただ。特に大事な社員を射殺された、水原エンタープライズにしてみればね」

「それはない。俺がそんな子供にも分かる馬鹿げたマネはしない」

「じゃ誰だね？　婿さん？」

「違う、いくら俺が名前だけとは言ってもな、婿が俺に黙ってそんなことをすることはない」

「実は私らもそう思う。こんな立派な家に住んでるが、あんたの組はせいぜい三十人だろう。水原エンタープライズはそんなもんじゃない。桁が違う。

それに水原のバックについているのがどこだか、あんたが知らないわけはない。そんなところとあんたは喧嘩している。しかも松枝がどういう立場の人間か知っていて堂々と殺った。

婿さんもそうだが、よっぽど勝てるアテがなけりゃ、馬鹿げたことはしない、というあんたがやるはずはない。

ということは、あんたの後ろにゃ、よほどでかいスポンサーが付いてるってことだ。今度のことはそのスポンサーがプロを雇って援護射撃をした、と考えれば納得がいく。

もしかしたら援護射撃なんかじゃなくて、あんたらを消耗品のように使いつぶして、全部手に入れる魂胆かもしれない。この豪邸もね。

だから、そのスポンサーを知りたいんだよ。言い方が違っていたなら業務の提携先だよ。この浜松ではなくて、関東や関西でもいい。あんたらの世界でいう、仁義とか義理ちゅうもんがあるかもしれないね。しかしあんたらはもう一人手に掛けた。

また誰かが撃たれたってことになったり、市民がその巻き添えになったりしないように、私らは全力を挙げている。

私らに話してくれれば、警察の力で報復を抑えることができるかもしれない。あんたの命も守れるかもしれない。それには会長の協力がほしいのだわ。聞くまでは帰らない」

「そう言われてもな……」

牧野は黙り込んだ。

「これは取り調べかね刑事さん。違うら。人にゃ恩義とか義理ってもんがある。そう気安く名前を挙げる訳にゃいかない。そんなことをして迷惑は掛けられない」

この件では既に米山が動いていることを池田は知っている。池田は様子見を決め込み、米山を立てて口を挟まず黙っている。

米山がたたみ掛けた。

「何度も言うが、相手は今日にも、会長に報復してくるかもしれないんだよ。のんびりしてる暇はない。相手だってライフルを使うかもしれない。五百メートル届くライフルだってある。近くの森の中から狙われたら一発だ。

誰がやったか、そんなことはどうだっていいんだよ、水原エンプラにしてみれば。奴らがその気になれば、この家屋敷ごと吹き飛ばしてしまうかもしれない」

「おい、分かっているのか。牧野。お前らが生きるか死ぬかの瀬戸際なんだぞ」

初めて池田が口を挟んだ。

池田はいわゆるマル暴だ。だが、刑事ものの映画や警察小説に出てくるような、悪徳警察官ではない。マル暴担当になると、相手を知るために現場に出向く。どんな分野だろうと担当する人間の顔も知らないでは仕事にならない。それは自分の顔を売ることにもなる。

ヤクザに揉めごとはつきものだ。それと聞けばすぐ乗り込んで火が大きくならないうちにもみ消す。顔を見せただけでとりあえず騒ぎが収まり、街が静かになる。

そうなって一人前のマル暴刑事だ。そうして街の治安を守る。だが、時としてその顔は馴れ合いともなり、深入りすれば癒着に繋がる。

池田はそれを嫌っていた。そういう点で四年前に死んだ赤井刑事とはソリが合わなかった。

赤井刑事の検挙率は本署一だった。その一方で夜の繁華街の顔でもあった。だがその俗にいう親分肌に池田はついていけなかった。

もっと言えば、どこかに垣間(かいま)見える英雄気取りが鼻についたのだ。

手帳を持つかバッチを付けるかの違いで、相手側のイスに座っていても違和感を感じない。それは間違っている。警察官は警察官なのだ。

ヤクザは害虫でしかない、害虫は駆除するしかない、というのが池田の持論だった。

害虫は街に毒をまき散らし、非合法な商法や暴力でまともな市民の血を吸って生きている。だから極道と呼ばれるのだ。そんなヤクザや暴力団に対して情など無用、厳格に、相手にとっては冷酷に、取り締まらなければ警察の存在意義はない。

ヤクザに話し合いや取り引きなどもってのほか、論外だ。人権などという言葉は、まっとうな人間のためにある。それを望むなら足を洗い、害虫からまっとうな人間になって出直せ。

それが池田の思考回路だった。本署内でもその存在は際立っていた。

そういう妥協を排した冷酷非情なポリシーを持つ池田を、久保は買って暴対プロに入れた。自分の立ち位置や場の空気を的確に判断し、冷静に行動に出る点も久保は評価している。

「ただの聞き込みだ、そのうち帰ると思ってるのなら大違いだ。このまま本署まで一緒に行こうか。任意同行しての事情聴取だ。容疑は殺人の依頼と教唆。令状がなくてもそのくらいはできるんだよ。

悠長に構えてる場合か。相手は心水会だぞ牧野。しかも殺ったのが若頭側近の松枝だ」

「だから何だってんだ。俺はやってない。命令もしてない。あんたらにごちゃごちゃ言われる筋合いはない。そっちこそ手帳ひけらかして点数稼ぎしたいだけじゃねえか」

牧野が初めて池田の顔を正面から睨み付けた。

「困ってさ、会長んとこへ泣きついてきた人とか、逆に苦労した時、世話になった人とか、それか、あんたにおいしい話を持ってきた人とか、いるでしょうが……」

池田が口を開く前に、米山が追い打ちをかけた。

宙を見るように首を回して牧野がまた大きく息をつくと米山を見た。

「たばこ吸うかね、刑事さん」

「ああ、吸う。自分のたばこをね」

牧野がテーブルの下からクリスタルガラスの大きな灰皿を出して置いた。

二人は互いにたばこを出してくわえた。米山はメビウス、牧野はピースだ。

牧野がライターを出し、米山のたばこに火をつけた。ジッポーだった。

「外の屋台で吸うときゃこれだよ。風に強い」

言いながら自分のタバコにも付けた。

「刑事さんのは、昔のマイルドセブンか、うちの若い衆も吸ってるな。俺はずっとこれだ」

米山が煙を吐いた。

「そっちの刑事さんは吸わないのかね」

続いて牧野が煙を吐いた。

「たばこやライターの話を聞きに来てるわけじゃないんだよ。牧野。聞かれたことに答えろ」

二人のたばこを黙って見ていた池田が苛立つように、少し大きな声を出した。

馴れ合い的なやりとりは池田の最も嫌うところだ。以前、赤井刑事が生きていた時も、一番距離を置いていたのは池田だった。

「お前等がどうなろうと知ったことじゃないが、会長は会長だろうが。さっき聞いたろ。次の的はあんたと志田だ。繰り返すが、分かっててのんびり構えていていいのか。ドーベルマンなんぞ何頭飼ってても何の役にも立たんぞ」

池田は乾いた表情で続けた。その言葉に感情的な響きはカケラもない。

今度の事件を池田は表面的にはともかく、ヤクザ同士の抗争とみている。ならば害虫同士で喧嘩させ、両方を駆除すべきだと考えている。

「聞かれたことに答えろって言ってるだろ。聞こえないのか」

池田の言葉に動じる気配もみせず、またゆっくりと牧野が煙を吐いた。

その時、女が湯呑み茶碗を三つ、盆に載せて現れた。

「ご苦労様です」

女は深々と頭を下げると、茶碗を二人と牧野の前に置きながら言った。

「どうぞ、お茶でも一杯。池田さん。奥にいたら声が聞こえたもんでね。いつもお世話になるねえ。あ、こちらは初めてですねえ。牧野の家内です。よろしくお願い致します」

改めて米山に頭を下げた。

米山はちょっと違和感を感じた。ここへは数回来ているが、女房の顔を見たのは初めてだったのと、池田の声を聞いたと言って出てきたことにだ。

牧野が、もういい下がれ、と言うように女房に顎をしゃくった。

「奥さん。気を遣わなくていいよ。事務所じゃ顔を見ているが、ここへは初めてお邪魔した。立派な家だね」

池田が穏やかに言った。米山は内心驚いていた。

〝池田が牧野の女房と親しい〟マル暴池田の別な顔を垣間見た思いがした。

女房が下がると牧野が口を開いた。

「強いて挙げるなら、蜆塚の賢さんかな」

「ほう、もっと詳しく」

米山が迫った。

「ほれ、蜆塚町の杉山賢二郎だよ。この前死んだけどな」

米山はメモした。

「それで……」

「それでって言われてもな、賢さんは名士だった。国会議員や市会議員がしょっちゅう訪ねてきて顔は広いし、力もあった。まあ、いろいろあったよ。持ちつ持たれつだったな。

賢さんは体を壊して息子に会社の経営を譲った。どこの世界もな、傍で見ているほど簡単にゃいかん。生きた人間を使うのは難しいもんだ。理屈ばっかり並べてもその通りにゃ行かん。

息子が社長になってしばらくして会社は潰れてな、債権者がごちゃごちゃ言って詰め掛けた時にゃ、俺が出ていって追っ払ってやった。息子は外国へ行った。俺は賢さんに頼まれて会社の後片付けもしてやったよ。若い衆にトラック運転させてな。

だがな、銭を貸して貰ったとか、さっきあんたが言ったスポンサーとか、そういう間柄じゃない。男同士のつきあいだ」

「今は?」

「韓国に行っていた息子が帰ってきて、また会社作った。すぐそこの工業団地の中だ。だが息子には賢さんほどの力はない」

「何という会社?」

「K&Jサウンド、いや、ズだったかな。俺は顔は知ってるが、息子とは大したつきあいはない。婿はよく付き合ってるらしい。もう若い衆の時代だ」

「その息子、杉山の下の名前は?」

「拓郎だ。言っておくがな、賢さんもその息子も素っカタギだ。俺や婿が人殺しを頼むなんて事はあり得ない。親しい人間は誰だって訊くから名前を出しただけだ、それだけだからな」

米山はメモすると池田に目で合図して腰を上げた。

その時、玄関のアルミサッシの格子戸が開いて男が二人入ってきた。一人は首にむち打ちの治療に使うワッカを填(は)めている。もう一人は右目に眼帯をしていた。

「おぅ、大丈夫か。部屋へ上がって休め」

牧野が声を掛けた。二階に組員五人が暮らしていることは、米山らは調べてある。

二人は米山らに挨拶もせず消えた。

「どうした?」

池田が訊いた。

「いや、大したことはない。ちょっとそこらで揉めたってだけだ。あいつらは中学出てやんちゃしてる時から俺んとこで面倒見てるんだが、口べたでな。手の方が先に出てしまう」

「そういやこないだも高園のマリーって店で、おたくの社員が騒いだってね。今度の殺しもその仕返しではないかって噂もある」

「冗談じゃねえ。怪我したのはこっちだ。あれは婿が既に話を付けた。殺しは関係ない」

「そうかね。それで今回は? 見たとこかなり痛めつけられたようだね」

「いちいち警察に届けたり呼んだりする程のことじゃないよ。ほっといてくれ。だが、いい若い者が三人もして、街の素人衆一人にボコボコにされてちゃシャレにもならねえ」

「私らに見られたのが運が悪かったと思って言いなよ。相手は？」

米山は語気を強め、テーブルに両手をつくと牧野を正面から見つめた。

「本人らは西魚のコレクションなんとかっていう洋服屋の前だって言ってるが、相手は逃げて分からんそうだ。言っておくが、被害者はこっちだからな、刑事さん。もう帰ってくれよ。ただの聞き込みだら。俺は何もしてねえ」

米山の頭に、榊原由美の顔が浮かんだ。松枝はもういない。だとすれば、それにつけ込んで難癖を付けに行った牧野の若い衆を、返り討ちにした奴がいることになる。

心水会はもう新顔の幹部を浜松に送り込んでいる。米山はそう思った。

米山と池田は車へ戻った。

「あれはかなりやられたな。どう見ても相手は素人じゃない。このまま収まりそうにないな」

池田が言った。

「とりあえず、杉山賢二郎の息子の顔を見てきましょう」

米山は池田に言うと「K＆Jサウンズ」をナビに入力し、車を出した。

二分もしないうちに「目的地周辺です」とナビが言い、案内は終了した。目の前に瀟洒（しょうしゃ）な工場らしくない建屋がそびえていた。

二人は車を降り、正面玄関を入っていった。

とりあえずは杉山拓郎の顔を見るだけでいい。米山はそう思っていた。

三十六　香奈の失踪

別居して一週間、突然、香奈から信司への午後の定時連絡が途絶えた。

信司から何度掛けても通じない。香奈のマンションに固定電話は無い。

信司はマンションへ駆けつけた。少し離れた公園の脇へ車を停め、周りの様子を窺いながら香奈の部屋のドア前に立った。

何も異常は無い。ドアにカギは掛かっている。信司は合鍵を使い、中へ入って香奈の名を呼んだ。返事は無い。居間とベッドルーム、トイレ、バスルームとたいして広くはない全体を捜したが、居ない。荒らされた気配もなかった。メモの類も無い。

冷蔵庫やテレビの電源は入っている。ベランダには洗濯物が干してあった。

信司は佐鳴湖が見渡せるベランダに佇んだ。

〝外出したところを誘拐、拉致された？　誰だ？　どうして分かった？〟

一月も下旬になり、吹き抜ける真冬の風が冷たかった。

三十七　香奈の失踪　2

「あ、ちょっとすみません。まる信金物店の奥さんですね」

佐鳴湖畔のマンションから徒歩五分のスーパーへ、買い物に出たその路上で香奈は突然声を掛けられた。

「はい。そうですが……」

チャコールグレーのスーツにネクタイ姿のサラリーマン風の男だった。香奈は不審感は感じず、ごく普通に答えた。年は信司と同じくらいに見えた。

「不躾ですが、まる信金物店の杉山香奈さんですね」

男がまた訊いた。

香奈は立ち止まって相手を見ながら答えた。

「そうですが、どちら様ですか」

「失礼しました。私はマキノ産業の野中といいます」

乱暴な言い方ではない。崩れた感じでもない。スーツもきちっとしていた。

「何か、ご用ですか」

「実は、ちょっと一緒においで頂きたいんですよ」

「今からですか？　どこへ？　どんなご用件ですか？」

「それはここでは……。後ほどということで……」

この言葉で香奈の心に一気に不信感が拡がった。普通の人間がこんな言い方はしない。胡散臭かった。

「なんですか、道端でいきなり声を掛けてきて、用件も言わず一緒に来いって、失礼じゃないですか。警察を呼びますよ」

「それはしないで下さい。それをするとご主人の身が危険になります」

野中と名乗った男が少し声を潜めて言った。表情は変わらない。

香奈の脈拍が速くなり、恐怖心が全身を包んだ。周りを見た。車は走っているが人影はない。

「心配ありません。杉山さんがここから逃げようとしたり、大声を上げたりせず、静かにしてくれれば、危害を加えるようなことはしません。約束します。もちろんご主人も無事です」

香奈の心を読んだように野中が言った。言い方は穏やかだが、明らかな脅しだった。

香奈はスーパーの買い物を入れるマイバッグの中へ手を伸ばした。財布とケースに入れたスマホが入っている。それを見た野中は素早く香奈の手首を掴んで言った。

「スマホは預からせて頂きます」

香奈が掴んだスマホをケースごと、野中はもぎ取るようにして奪うとケースから抜き出し、テキパキと操作し、ケースだけマイバッグへ戻すと、スマホを自分のスーツの内ポケットに入れた。

「電源を切り電池も抜きました。ＧＰＳ機能も使えません。大丈夫です。静かにしていれば危害は加えません」

野中が香奈の肩を抱くように路肩へ寄った。後ろから静かに大型のミニバンがすり寄ってきて止まった。香奈は免許証もなく、車には詳しくない。街でよく見る大型の黒い車でしかなかった。

スライドドアが開くと、「乗って下さい」と言いながら、野中は香奈を後ろから押し込むようにして、運転席の後ろの席へ乗せた。大声を上げる間もなく、恐怖で抵抗もできなかった。

ドアが閉まると同時に車は発進した。

窓は黒くシールドされ、黄昏が近づく町並みはほとんど見えない。香奈がどうすればいいか必死で頭を巡らせた時、いきなり頭から袋をかぶせられた。思わず「ひっ」と声にならない悲鳴が出た。

後ろの席にも人がいたと分かり、心臓がぎゅっと縮む思いがした。目の前が文字通り真っ暗になり、脈拍が一層高まった。胸が波打ち、膝が震え、体中に恐怖心が膨らんだ。

「何するんですか！」

香奈は大声で叫ぶように声を上げた。自然に甲高い震えるような声になった。思い切り声を出さなければ不安で怖くて、座っていられなかった。涙が出そうになった。

「大きな声を出しても無駄です。ほんの十分程度の我慢です。何度も言いますが、静かにしていれば危害は加えません。大丈夫です。落ち着いて下さい」

また野中の声がした。運転席と後ろの男は黙っている。それも不気味だった。

もう逃げられなかった。香奈は必死で考えながら〝落ち着け〟と自分に言い聞かせた。

声を掛けられてすぐに「そうです」と応じたのは軽率だったと悔やんだ。相手の態度が自然でつい普通に答えてしまったのだ。スマホを取られる前に短縮ダイヤルだけでも押せばよかったとまた悔やんだ。涙が頬を伝った。

香奈は胸が波打つほど大きく深呼吸を繰り返し、泣き叫びたい気持ちを押し殺し、自然に湧いてくる嗚咽（おえつ）を堪（こら）えた。

確かに乱暴する気配は無かった。自分を拉致して人質にし、信司の行動を止めさせるのが目的なのだと思い至った。少し心が落ち着いた。

「私をどうするのですか。マキノ産業ってヤクザの会社ですか」

涙声になりながら訊いた。

「杉山さんをどうともしません。私どもはヤクザではありません。ただご主人共々しばらくじっとしていてもらうだけです」

「いつまで？」

「今は分かりませんが、いずれにしろ長い間ではありません。部屋も食事も用意してます」

香奈は袋の下の隙間から腕時計を見た。信司に午後の定時連絡を入れる時刻だった。

〝自分を人質に取られ、信司さんはどうするだろうか。それより、信司さんは大丈夫だろうか〟不安が広がった。香奈はまた〝落ち着け〟と自分に言い聞かせた。

現在の生活を、香奈は香奈なりに理解し、受け止めている。もちろん信司を愛し信頼している。夫婦としていつも一緒に暮らし、ベッドを共にし、信頼などと言う言葉では言い尽くせない一体感の中にいる。

信司との生活が一般の夫婦とは少し違うことを、香奈は違和感なく受け入れている。信司は世間に対して秘密を抱いて生きている。警察に知られたら罪になる秘密だ。

〝それでも一緒にいたいと思い、私が信司さんを選んだのだ。信司さんは他人から恨まれているかもしれない。それが信司さんの選んだ生き方なのだ。そして私もそれを承知している。承知をして、信司さんとは一蓮托生、私はそういう覚悟をしたはずだ〟

香奈はまた思った。

〝何をびびっている。こんなことが起きることは想定した上で、信司さんと結婚したのだ。マキノ産業だろうと何だろうと負けない。そして信司さんを信じる〟香奈は肚を括った。

恐怖感は少し収まり、気持ちにも余裕が生まれた。涙も収まった。

野中の声が聞こえた。

「はい。はい先ほど確保しました。今エルグランドの車内です。現地へ向かっています。はい大丈夫です。では……」

無言の車内にいると恐怖がつのる。香奈は深呼吸を繰り返し息を整えると声を出した。

「私がどうして分かったのですか」

「餅屋は餅屋っていう言葉がありますね。私どもは不動産業をしています。浜松市内では結構手広くやっています。何町にどんな物件というか、アパートやマンションがあるか、空き部屋があるか、新規の入居者があるか、何人か、日々情報が入ります。私達が調べれば分かります。

蛇の道は蛇っていう言葉もありますよね。ご主人のことは以前から知っていますし、奥さんのことも、私どもが調べれば大概のことは分かります。

生活していればスーパーやコンビニへ行きますよね。奥さんは車を持っていない。だから歩く。二、三日、外で待たせてもらいました。それだけです」

野中はこともなげに答えた。

マンションへ移った直後に香奈は髪型を変えた。肩まであった髪を茉莉子のようにショートカットにした。スーパーへ買い物に出る曜日も時間もランダムにした。一応手は打ったのだ。だが、何の効果もなかった。この男達はまともな会社員ではない。普通の会社員が目隠し用の袋など持っているわけがない。

香奈は思った。

〝私が信司さんの周りの状況を知らず、甘かったのかもしれない。事態は信司さんが言ったよ

うに逼迫しているのかもしれない〃

別居することになったそもそもの原因は何からだろうか。そう考えた時思い当たった。あの黒澤という男が店に来てからではないか。あれから信司の外出が多くなった気がした。

〃美和さんが現れて信司さんと東京へ行ったのも、由美さんにマリーへ呼ばれたのも、新しい出来事だ。何かが始まっているのかもしれない。そして信司さんがそれに巻き込まれている。四年前のようにまた店が荒らされるかもしれない。だからこそ信司さんは私と別居した。しかも、あの黒澤という人は、本当は赤井という名前だという。名前を訊かれた。何故？〃

香奈は必死に考えた。今自分にできることは何か、どうせ真っ暗なら目を閉じた方が恐怖感が少ない。そう思って香奈は目を閉じた。

だが、何も思い浮かんでこなかった。気持ちが落ち着かず、頭に考える余裕がないのだ。つい今し方収まったと思った不安感や恐怖感が、また心に湧いてくる。抑えようと思ってもできなかった。無言の男達が不気味だった。

怖さや心細さで「助けて」と叫び出しそうになるのを堪えるのが精一杯だった。

信司の顔が浮かんだ。「香奈、大丈夫か。何をされた。苦しいか。どこが痛い？」そう言われた気がした。香奈は返事をしようとして思った。

今は縛られている訳ではない。どこも痛くも痒くもない、美和のように裸同然にされてもいないし、怪我もしていない。

そうだ、痛めつけられている訳ではない。どういうことはない。そう思うことができた。

〝大丈夫、私は大丈夫、絶対大丈夫〟小さな頃、母から教えられたおまじないが心に蘇った。

香奈は小学校五年の時、東京新宿から浜松へ越して来た。たった一人の肉親である母親の転勤で、二人して来たのだ。

もっと小さな頃はおばあちゃんがいた。よく遊んでくれた。父親の記憶は全くない。

母は厳しかった。冷たかった。一緒に遊園地へ遊びに行ったり買い物に行った思い出はない。

母は言っていた。

「人はね、みんな一人なの。寂しくても一人で生きていくの。香奈もそうなのよ。でも香奈は私の一番大事な宝物。いつでも私が傍にいると思いなさい。困ったり辛かったりしたら目を閉じて私の顔を思い浮かべ『大丈夫、私は大丈夫、絶対大丈夫』と三回、心で唱えなさい」

それが今、自然に出た。まだ脈拍は速いが、少し落ち着いた気持ちになれた。

住居となった公務員アパートは市内の尾張町にあった。小・中学校は近く、高校も徒歩で約二十分、大通りに出ればほぼ一直線で、その途中にまる信金物店があり、アルバイト募集の張り紙を見て、中をのぞいているところへ声を掛けられたのが、信司との出会いだった。

それからは信司との二人の思い出しかない。母が生きていたら何と言うだろうか。決まっている「今頃何言ってるの。あなたが決めた道でしょ」だ。香奈は過去の思い出を断ち切った。

考えてみれば、香奈は浜松の市内をあまり知らなかった。不規則な勤務が多い母親の留守に近くの友達と、歩いて繁華街のデパート辺りへ行く程度だった。

〝私は浜松の街を知らない〟佐鳴湖も一度来たのみだ。改めてそれを感じた。

我に返って耳を澄ましたが、心臓のドキドキ、バクバク感は変わらず、今どこら辺を走っているのか全く分からなかった。漠然と西の方角へ向かっているような気がしたのみだ。

三十八　志田からの電話

香奈のマンションから戻った夕方、信司の店の電話が鳴った。

信司が「はい、まる信金物店……」と言う声を遮るように落ち着いた男の声がした。

「杉山信司さんですね」

「あんたは？」

「志田といいます。榊原さんから聞いているかと思いますが……」

「どこの志田さん？　どこの榊原さんだね？」

「知っているはずです。今更とぼけても始まりませんよ」

「とぼけてなんかいない。誰かと人違いしていないか。俺は城南町の金物屋だよ」

「その金物屋の杉山信司さんに電話してるんですよ。榊原さんの名前は由美。全て知ってるんですよ。無駄な時間つぶしは止めましょうよ。こっちはそちらの顔も知ってます」

信司は悟った。自分は脇が甘い。世間に疎い。いつもこうだ。マキノの志田に先手を打たれたのだ。由美から聞いていた志田だ。

「女房を攫ったのはあんたか」

分かりきったことだが訊いた。

「はい、預かっております」

「古くさい薄汚いやり方だな。顔ぐらい堂々と見せたらどうだ」

「それはいずれまた」

「条件は」

「条件？」

「どうすれば女房を返してくれるのか、その条件だよ。それで電話してきたんじゃないのか」

「話が早いですね。お願いは一つだけです。しばらくの間、何もせず静かにしていてくれればそれで結構です」

「いつまでだ？」

「まだ分かりません。大した時間ではないと思いますよ。相手の出方次第ですがね。その時がくれば奥さんはお返しします。もちろん危害を加えたりはしません。外出と電話は控えて頂いておりますが、食事も風呂も衣類もこちらで賄わせて貰っています」

「何故だ。何故こんなことをする。俺があんたに何をした。顔も知らない他人同士だろう。女房を誘拐する程のことを俺がしたか」

「何もしてません。ですが……、信司さんと呼ばせて貰っていいですか。信司さんは油断のならない人だと聞きました。今、下手に動かれて足下をさらわれたくありませんのでね。

私は気の小さな男でしてね。小さな事にも根に持つタイプなんですよ。昨年十一月の初めでしたか、高い銭払って連れてきた川村美和って女を、横取りしましたね。あれも信司さんの仕業ですよね。そうでなければ榊原さんのところにいるわけがない。

重ねて言っておきますが、こっちは信司さんの顔も知っているし、そちらの持ち札は全部承知しています。人口八十万の政令指定都市とか言ってみても所詮田舎、私らはどこにどんなことをしている人間がいるか調べています。

私ら不動産業にとっては、街の情報収集は仕事のイロハ、重要な必須項目ですからね。伊達に街中を車走らせてるわけじゃないんですよ。どこのマンションに誰が住んでいるかもね。あなたの金物屋以外の仕事、つまり裏稼業ってやつですか、そのことも情報は入っています。榊原さんから何を頼まれても、何もしなければ、奥さんは無事です。

K&Jの社長、拓郎さんとは血の繋がった親戚ですよね。先達ては一緒に食事をした。そういう間柄でしょう、この狭い浜松で無駄な争い事はせず、仲良くやりましょう」

「女房を誘拐した奴のそんな話が信用できるか。裏稼業がどうのと、どこからの情報だ」

「それは企業秘密ってやつですよ……」

落ち着き払ったような志田の物言いに苛立ちと怒りが湧き上がる。

「女房の声を聞かせろ。本署へ通報するぞ。マキノは間違いなく潰れる」

相手の言葉を最後まで聞かず信司は言った。

「ですから、そういうことを一切しないでほしいと電話したんです。私のことは噂位は知ってるんでしょ、警察へ通報したらどうなるか分かりますよね。榊原さんにもね。奥さん大事でしょ。

そもそも警察に通報するってのは信司さん、自分の首を絞めるようなもんでしょう。言っておきますが、私ら、あなたの身辺調査はとうに済んでます。ヤクザ殺しの件もね。

京都の心水会がバックについていると安心してたら、大間違いですよ。盃も交わしていないド素人なんぞ、今の榊原剛志にとっては使い捨ての消耗品、ゴミ以下ですよ。助けてなんかくれません。あなたは所詮素人、甘いんですよ。少しは己の愚かさを自覚したらどうですか。

警察に通報なんかしたら、あなたの過去は全て明るみにさらけ出されて、しかも奥さんの命はない。金物屋どころか、あなたの人生全てがジ・エンドです。

もう一度言いますが、そんなことより、拓郎さんとは親戚でしょ。心水会とは手を切って、私らと仲良くやりませんか、同じ遠州人として。拓郎さんもそれを望んでいます。張も昔の仲間でしょ。歓迎しますよ。

奥さんはここにはいませんが、そういうことも考慮してるからこそ大事に預かっています。

もちろん無事です。大切な人ですからね。

最後に念を押しときますが、私らの業界は今生き残りを懸けてるんです。私んところもね。一人っきりの中途半端な素人さんなんかとは、組織の規模が違うんです。それに私はオヤジのようなのんびり屋じゃない。決めたら即実行です。何だってやりますよ」

志田は饒舌だった。こういう奴は前にもいた。あの黒岩だ。上っ面だけの、取り繕ったわざとらしい丁寧な物言いに怒りが込み上げた。こういう奴の心は屈折している。そして残忍だ。

「やかましい！　こんなことをして、後悔するぞ」

思わず声が大きくなった。感情を抑えきれなかった。

「おう、えらく威勢がいいじゃねーか金物屋。分かってねーな。俺んとこにゃ女に飢えてる若いもんが大勢いるぜ。女房は皆で回してなぶり殺しにする。悪あがきはやめてじっとしてろ」

最後は極道むき出しの恫喝で電話は切れた。

〝どうして分かった？　別居が、マンションの場所が〟信司は両手の拳を握りしめた。

顔も知らない志田に先手を打たれた。しかも信司の一番の弱点を突かれた。米山から聞かされ、香奈を赤井に会わせたくないという信司の感情が、状況判断を狂わせた。

香奈を無理矢理別居させた。それが大きな判断ミスだった。

今になって、別居を決心した時の、自身の不安感の元が解る気がした。それは赤井を香奈に会わせたら、香奈を、香奈の心を、実父の赤井に取られてしまうかもしれないという恐れだった。その思いにとらわれ動揺し、とにかく香奈を隠そうと焦ってしまったのだ。

周りの状況を把握することをしなかった。確かに甘かったのだ。〝俺は疎い〟これまで何度思ったことか、またただ。

こんなことは常に想定して手を打っておくべきことだった。既に由美は言っていた。「志田に気をつけろ」と。美和からも聞いた。

香奈は外に出して隠すのではなく、内に置いて囲むことを考えるべきだった。家の中、信司の傍に置いて、赤井が来たなら店頭に出さず、香奈の心を信じて信司が堂々と対処すべきだったのだ。それは対赤井だけではない。相手が誰であろうと、そうすべきだったのだ。

榊原は水原エンタープライズを浜松に進出させるに当たって、傘下武闘派の組長松枝を送り込み、由美や茉莉子のガードをさせていた。しっかり手を打っている。そういうことなのだ。

「たわいもないド素人」と嘲笑している志田という男の顔が見えるようだった。信司は奥歯を噛みしめ、再度両手を握りしめ、屈辱感に耐えた。

〝驚くことではない、相手は古くから地元に根を張るヤクザだ。アンテナも高い。こっちが知らないことを知っていて不思議はない。今回は相手が一枚上手だった。先手を取られた。だが、まだ勝負はこれからだ。ただ、今更、由美に志田のことを訊くようなことはできない〟

どうするか。唇が乾いた。顔から血が引いていく感覚があった。〝落ち着け、攫った相手は分かったのだ。香奈は浜松にいる。生きている。大丈夫だ〟信司は自分に言い聞かせた。

〝志田はこっちが油断のできない奴と言った。顔も知らない仲なのにだ。せいぜい写真かスマホで画像を見ただけのはずだ。誰が俺のことを吹き込んだ？　榊原のこともよく知っている様子だった。由美や美和の件までもだ。

以前から敵対している水原エンタープライズ、陰で暗躍する松枝、その裏にいる榊原と心水会。マキノは同業だ。知っていて当然なのかもしれない。その松枝を殺った。もう抗争は水面下ではない。表面化したのだ。

大した時間ではないと志田は言った。近々もっと大きな何かが起きる。

志田が仕掛ける。志田は拓郎と組んで着々と水原エンタープライズとの対決、それはとりもなおさず榊原との勝負に備えている。

だがそれにしても……。志田はこっちの動きまで封じた。何故そこまでやる？　志田は拓郎の話も出した。一緒に飯を食ったことまで知っていた。どうしてそんなことまで知っている〟

そこまで頭を巡らせて閃いた。

〝栗畑、そうだ栗畑だ。あいつは俺の過去を全て知っている。俺の信頼を裏切り、拓郎と通じている志田に俺の事、俺の過去の全てを告げた。そう考えれば、一緒に飯を食ったことまで志田が知っている訳が分かる。

それで用心深い志田は抜かりなく、俺が動けないよう、すぐに手を打った。もしも栗畑が、誰かを使って本署の久保刑事に俺のことをたれ込んだら、確かに志田の言う通り、俺の人生は終わりだ。間違いない。

それをしないのは、俺を取り込んで味方に引き入れようとする、拓郎の配慮かもしれない。

栗畑は拓郎の側近で、今や抗争の前線にいる。そういう位置にいるのだ〟

信司の心に栗畑に対する激しい憤りが湧いた。拓郎と三人でホテルで食事をした時は、まだそれほどの怒りは無かった。実害がなかったからだ。

今は違う。心から信頼していた友に、完全に裏切られたショックは怒りを増大させ、憎しみに変えた。

〝何故だ。何があった栗畑。俺に何の恨みがある〟直接訊かずには収まらなかった。

信司はまた奥歯を噛みしめ、宙を睨んだ。

三十九　暴対プロミーティング

パーテーションで区切られた、本署捜査一課フロアの一画、久保が訓示していた。

「チーム結成からもう五日目だ。日々の精力的な捜査活動に感謝する。

プロジェクトスタート時に捜査一課長から直接訓示があったが、再度繰り返す。

今回の殺人事件は表面的には不動産会社同士の軋轢（あつれき）から発生したものと考えられるが、実態としては、両社共裏で暴力団とリンクしていることがこれまでの捜査で既に判明している。

殺害された被害者も元暴力団員であったことが判明している。また、狙撃は現場検証の結果、プロのスナイパーによる公算が強い。

したがって、この殺人事件は実質的には暴力団同士による抗争の一端と考えられ、犯人も限定的と考えられる。よって通常の捜査本部は設置しないこととなった。

我々プロジェクトの使命は、直接的には狙撃した犯人を挙げることだが、両社の資金の流れ、また裏でリンクしていると考えられる暴力団との関係を明らかにし、当管内の暴力団抗争を阻止し、壊滅に追い込み、もって市民生活の安全を確保することにある。

犯人は限定的とはいえ、不動産会社水原エンタープライズとマキノ産業の業務範囲は広く、裏の暴力団組織との結託、癒着の詳細解明も捜査二課のみでは難しい。

この際、本署の総力を挙げて壊滅に追い込むため、縦割り組織の弊害を防止し、各課が共通認識を持って効率的かつ迅速に情報や意思の疎通を図り、本署の警察力を最大限行使するために、このチームが結成された。

事件捜査の先陣を受け持つ我々の調査や捜査が進展すれば、それを受け、本署各課を動員し、本署一丸となって解決に当たる。課長会議での決定周知事項だ。

これは捜査要員の効率的な運用対策として、本署としての新しい試みでもある。

情報共有化のため、これまで通り新しい情報は必ず俺に報告すること。新たに本日以降、日々の登退庁時間は設定しない。また、必要に応じ単独捜査を許可する。

　ただし、各自毎朝八時及び午後五時、必ず居場所及び当日の捜査行動予定を、電話またはメールすること。警察携帯の電源とGPS機能は常時オンにしておくこと。

　尚、報復銃撃に備え、全員の常時拳銃携行を許可し、防弾ベストの着用を義務化する。両不動産会社営業所には、事件発生後から制服警察官それぞれ十名を交代で張り付けている。

　チーム結成初日にも言ったが、やる気のない者は要らない。目立ちたがり屋も要らない。プロジェクト解散まで指揮を執るのは俺だ。引き続き緊張感を持って任務を遂行してくれ。弾は全員六発。相手が所持していたら即ひっぱくれ」

　ここで久保は一旦息をついた。ペットボトルの水を一口飲み、資料を出して続けた。

「既に承知のことと思うが、当該不動産会社はマキノ産業と水原エンタープライズだ。マキノはその後ろと言うよりほぼそのものだが、母体は昔のテキ屋系暴力団牧野組だ。

　社長の志田は正業を主張しているが、中身は変わっていない。会長で昔の牧野組組長牧野耕蔵は未(いま)だ解散届を出してはいない。ただ会長は名目のみでマキノ産業に出社はしていない。

　一方の水原エンタープライズは東京に本社があり、今回の被害者松枝を除けば暴力団との繋がりは無い。

　松枝は社内で唯一人の元極道だったが、それでも調べてみると十年以上前に心水会から破門され、足を洗い、水原の前身の水島建設に入社するという念の入れ方で経歴は作られており、この線での踏み込みは難しい。

しかも、社長の西園寺は現職国会議員で政権与党の重鎮、幹事長も経験した西園寺一（はじめ）の親族だ。政財界とは太いパイプを持っている。

この資料を読めば、何故暴力団心水会とリンクしているかが分かるが、下手に動けばおそらく上から圧力がかかる。起訴に持ち込めるだけの十分な証拠を揃えてから一気に叩く。それまでは慎重に対応してほしい。このことは各自くれぐれも、肝に銘じておいてほしい」

久保は訓示を終えると米山を見た。

「米山、みんなに報告できる情報があるか」

「はい、池田さんとマキノ産業会長、牧野耕蔵の家に行ってきましたので報告します。私は資金源に関心があります。会社も暴力団もその基盤は銭だと思っています。大企業水原エンプラと渡り合うためには、マキノに資金援助している奴がいるはずです。

それが『K&Jサウンズ』という楽器製造会社の社長、杉山拓郎のセンが濃いと考えます。牧野から名前を聞きだし、その足で会社へ行き、会ってきました。もちろん本人は否定していますし、未（いま）だ確証はありません。

杉山は経歴も浮き沈みが激しく、信頼はできません。若い頃、父親の楽器製造会社で半導体部門を任されており、父親の後を継いで社長に就任しましたが、結局倒産に追い込まれています。

その後、ヨーロッパに渡り、次に韓国に移住し、向こうでの動きは定かではありませんが、五年ほど前、韓国で新会社を立ち上げました。そして三年ほど前、日本に戻り、市内西区に新社屋と工場を建て、業務を手広く展開しています。

聞き込みは二日前のことですので、韓国で新会社を立ち上げるほどの利益を上げた経緯や確証は、取れていません。ですが、かなりの資金が動いたはずです。韓国でいうところの黒社会との結託も含め、向こうでの資金の出どこについて、詳しく洗う必要があると考えます。尚、日本に戻った三年前は、まだ杉山拓郎の父親賢二郎が生きていましたし、賢二郎と牧野耕蔵とは古くから昵懇(じっこん)の間柄です。

耕蔵は娘婿の志田に会社を任せましたが、まだこのコネの影響力は大きいと考えます。資金援助は否定していますが、両社が業務提携していることは、杉山拓郎が認めました。

ちなみに、杉山が日本に戻って来て、西区に社屋、工場を建てた時期と、牧野に志田が来て、マキノ産業として、事業を拡大した時期がほぼ一致します」

「根拠はそれか」

久保が訊いた。

「はい。最近のマキノの設備投資や事業拡大はすごいっすよね。片岡さん」

片岡が大きく頷いた。

「これがK&Jサウンズのパンフ。会社はマキノ産業作業場のすぐ近くで、牧野耕蔵の家からも数分の距離です」

「よし、全員で詳しいウラを取れ。米山、三人にK＆Jサウンズとマキノ産業について、もう一度レクチャーしておいてくれ。社長の顔写真も全員に転送だ。

片岡、K＆Jとマキノ、それと水原エンプラの財務を洗ってくれ。特にマキノと杉山の資金の流れもな。本件の肝だ」

片岡は地域産業課の所属だ。近年、企業犯罪ともいうべき法律違反が多数発生している。特に製造業のデータ改竄（かいざん）、ねつ造、点検ミスなど、企業ぐるみの違反が多く、地産の職務は多忙を極めている。

久保は再度全員に檄を飛ばした。

「やるべきことは、まずはマキノ産業と水原エンタープライズの抗争阻止。米山の調べでは狙撃以前に、既に小競り合いは起きている。狙撃者の捜査は当然だが、我々は市民の安全を図ることが第一だ。

それから、水原エンタープライズには京都の指定暴力団心水会が付いているが、マキノ産業には東京品川の多摩川産業が付いている。志田の出身元だ。だが規模から推測して多摩川産業が資金援助しているとは考えにくい。多摩川産業は関東連合の末端組織に過ぎない。

池田、その辺、二課は掴んでるか」

「課へ戻って確認します。志田と関東連合の関係も洗い出します」

池田が冷静に答えた。

「頼む。知っての通り、水原エンタープライズは支店長代理の松枝が射殺された。これに対する報復が考えられる。のんびりとはしてられない。

マキノの裏で資金援助している者は誰か、K&Jサウンズの財務調査も含め、引き続き情報収集を進めてほしい。暴力団とは限らない。片岡、頼む。

既に抗争は始まっている。普段陰に隠れているような極道が動き出す。高井、車両取り締まりの強化を頼む。必要なら課の応援を頼め。車を調べて銃刀法違反でひっぱくれ。

いずれも、先入観や憶測あるいは固定観念にとらわれず、何回も言うが縄張り意識を捨て、事実を掴んで検証を重ねてほしい」

続けて四人から出た質問に答えると、久保はミーティングを終了した。

通常、終了後は直立しての敬礼が常識だが、五人全員が立ち上がって円陣を組み、右手を重ねた。久保の発案だ。

四十　信司と栗畑

信司は栗畑へ電話していた。

「栗畑、よく聞けよ。俺はミステイクの時代はもちろんだが、解散してからもずっとお前を信頼してきた。連絡はしなかったが、それは元の電話にいくら電話しても誰も出なかったからだ。四年前に俺の店で再会した時は命を助けて貰った。それは感謝してる。お前のおかげだ。だからって訳じゃないが、俺はお前を逃がした。あの直後、俺と義国さんは逮捕され、きつい取り調べを受けた。

その後、何ヶ月かしてお前は韓国から俺の店に来た。拓郎の娘の事でだ。あの時も俺はお前のことを心底信じていた。信じ合える奴がこの世にいることが何よりも嬉しかった。

ところがだ。栗畑。韓国で何があったか知らないが、お前は心変わりした。

俺は昨年、賢二郎の葬式に参列した。遠縁だから遠慮して後ろの壁際にいた。そこでお前を見た。あの時既にお前は日本に帰国していた。この浜松にいた。だが俺に電話一本無かった。

暮れに拓郎と三人で飯を食ったよな。あの時のお前は以前とは全く違ってた。おどおどして卑屈に見えた。俺は『どうした？』と訊きたかったが、拓郎が居たので止めた。

その訳が分かったよ、栗畑。お前は俺を裏切った」

「信さん……」

栗畑が何か言いたそうに口を挟んだが、信司は構わず続けた。

「言い訳は聞かないぞ。栗畑。今、俺の女房の香奈に何が起きているか、知らないとは言わせない。拓郎の会社とマキノが結託しているのは知ってる。お前はその取り次ぎ役だろう。志田から俺にわざわざ電話があった。顔を合わせたこともない俺にだ。香奈を預かっているってな。志田が女房を攫ったんだ。香奈は誘拐拉致されたんだ。志田に。

いいか、栗畑、志田はな、俺のことをよく知っていた。一度も逢ったこともない俺をだ。拓郎とお前と三人で飯を食ったことまで知っていた。

誰がそんな話を志田にする。それを知っていて志田と話ができるのはお前だけだ。

俺の過去を知っているのもお前だけだ。そのお前しか知らないことを志田は知っていた。吹き込んだのはお前しかいない。

何故だ？　俺がお前に何をした。俺に何の恨みがある？

お前は俺を裏切った挙げ句、志田に売った。拓郎や志田と組んで何を考えてる。栗畑。

香奈は殺されるかもしれない。俺の言っていることが違うと言うなら、お前がすぐに志田のところから、香奈を俺のところへ無事に連れて来い。お前がやるべきことはそれだけだ。

それができないなら、俺を裏切ったお前とは一切の縁を切る。お前は敵だ。言っておくぞ。

よーく覚えておけ。香奈に何かあったら、俺はお前を絶対に許さない。許さないからな！」

感情が入り乱れ、思うように言葉が出なかった。

信司は栗畑にしゃべらせる間を与えず電話を切り、大きく息をしながらしばらく宙を睨んだ。

栗畑から折り返しの電話は掛かってこなかった。

心底信頼していた人間に裏切られたその怒りと不信感、言いようのない失望感は、初めて感じるものだった。

美和に電話を入れた。

まずは志田の顔写真。顔も分からないでは話にもならない。抜かりのない由美なら持っているはずだ。それとマキノ産業についての情報を入手するためだ。

四十一　倉田法律調査事務所　5

倉田の事務所。入り口近くにある応接コーナーの奥、パーテーションで仕切られた倉田のデスクの横に、入り口をアコーディオンカーテンで仕切った小部屋があった。

入り口には「プライベート」と書かれた札が下がっていて、一見更衣室に見える。

小部屋には、小ぶりのテーブル付きの四人掛応接セットがあった。

倉田は赤井の姿を見ると「今日はこちらで……」と案内したのだった。

「警視庁に俺の古い知人がいる。昔ちょっと面倒見たというか、貸しがあってまだ俺を覚えていてくれた。もちろんあんたを紹介した人間とは別人だ。

もう十年近く経つが東京に『ミステイク』という窃盗団というか、五人の掏り集団がいたらしい。元締めは、四年前にこの浜松のホテルの爆発で死んだ重松だ。相当ハデに稼いでいたらしい。当然のことながら、こいつらだけに好きにはさせないという輩が出てきて抗争になった。

グループの一人が殺害され、ミステイクは解散した。重松も含め奴らを殺ったのが武闘派の流星会という彦根にあった組で、そのバックは心水会の榊原だ。前から東京進出を企んでいた。

それまでの被害届が普通じゃなかったので、警視庁は解散後もメンバーを追って浜松本署にも管内での捜索を依頼した。それを受け、一人で内偵を進めていたのが俺の弟って訳だ。

それで、いきさつは不明だが、例の金物屋に目を付けた。その矢先に爆破事件が起きた。

四年前の事件はこれが発端で、あとはあんたが調べてくれた通りだと思う」

「そうですか。金物屋がそのミステイクのメンバーだったと見て間違いない訳ですね。あの金物屋が掏りとはちょっと信じられませんが……。しかも、殺しもやる。客を装って何度か本人と話をしていますが、やはり想像できません。カモフラージュに長けていますね。

そして、これは確認ですが、亡くなられた麻取の小山さんが、赤井さんの元の奥様で、金物屋の妻は娘さんですね」

「そうだ。俺は改めて金物屋へ行った。娘に逢うためにだ」

「立ち入ったことを訊くようですが、どうでした？」

「それが、いないんだよ」

「えっ」

「娘がいない。店内に入った訳ではないが、間違いない。もう何日もだ。旅行とは思えない」

「それはまた……」

「あんたならどう見る？」

「常識的には二通りですね。一つは拉致とか誘拐。既に何かが起きていて、目的は金物屋の動きを封じるため。

もう一つは、その件で金物屋が危険を察知し、巻き添えを防ぐために安全な場所に隠した。

いずれにしても既に何かが起きていて、金物屋が関わっている」

「そうだな。で、どっちだ？」

「さあ、それは、調べてみないと。金物屋には訊いてみました？」

「いや、金物屋は既に俺のことを調べて警戒している。訊いても言うはずはない。俺も調べるがあんたにも頼みたい。俺の血縁者だ」

「承知しました」

「……あ、もう一つ、穿(うが)った見方ですが、あるいは……」

倉田が一旦言葉を切ったあと、また続けながら赤井を見た。

「何だ？」

「今、思いましたが、赤井さんの存在と言いますか、出現も影響しているかも知れませんね」

「俺がか？」

「はい。先ほどのお話ですと、金物屋にはスネに傷というか、触れられたくない過去がある訳で、彼にしてみれば、突然現れた赤井さんは想定外だったでしょうからね。もしかしたら、自分の過去を知っているかもしれない訳で、赤井さんは危険な人間だと……」

「それで、過去を知る俺が、弟と小山を殺ったのは金物屋だと考えて自分を的に掛けるかも、そう読んで、俺から自分の女房を遠ざけたと？　女房にも過去は知られたくないし、か？」

「赤井さんを恐れての措置、という見方もできるかと思っただけです。

あ、それとは別に、赤井さんも身辺に注意して下さい」

「何故だ？」

「先日、水原エンタープライズの社員が狙撃され死亡しました。例の松枝です。私の勘ですが、街中の空気が膨らんできている気がします。膠着状態で進展しない苛立たしさに業を煮やして一方が火をつけたかと……。

娘さんの件については調べないと何とも言えませんが、水原エンタープライズとマキノ産業の抗争が表面化しました。一気に動き出す気配がします。

警察本署に組織暴力対策プロジェクトチームが設置されました。

こういった時には私んとこにも刑事が来るのが通例です。もちろんクライアントの赤井さんのことを警察にしゃべるようなことはしません。個人情報保護法を盾にはできます。

ですが、ここに赤井さんが来ている現場を見られたら、隠すことはできません。そのお積もりで出入り願います。

ちなみに、暴対プロのトップは赤井さんも知っている久保刑事です」

「ほう、さすがに鼻が利くな。分かった。それで今日はこの特別室か。カメラやマジックミラーはないだろうな」

赤井が茶化しながら言ったが、すぐに表情を引き締めた。

「ま、気をつけるよ」

「では、先日依頼を受けた件ですが……」

「おう、聞かせてくれ」

「張というのは杉山の秘書兼ボディガードですね。常に杉山の傍に付いています。二人とも現在浜松に住んでいます。張は完全に杉山のファミリーですね。

杉山の会社は西区にあり、『K＆Jサウンズ』といいます。遠州地方の楽器産業の復興と振興を社の理念に掲げていますが、大手のハヤマやハイランドにはとても及ばないのが現状です。

企業ホームページや会社名鑑、あるいは株総での事業内訳や資料などを見ますと、経営的には不動産、老人施設関連の福祉関係、特にベッドなど医療機器やシーツ、リネン類のレンタルリースの方がはるかに収益を挙げています。

それも既存の小さな会社を、M&A方式で傘下に取り込むという方式をとっています。近い将来ホールディングスとなるでしょうね。

楊という名は韓国に珍しくありませんが、韓国で拳法の道場を開いていて、張は来日前まで楊の道場で師範代をしていました。家族同様の杉山と張、その二人と濃厚な関係にあります。

この男に違いありません。そして、断定はできませんが、この楊と張は裏の世界、韓国で言う黒社会と繋がっているようです。

もっと探ってみないと事情は分かりませんが、杉山がK&Jサウンズを立ち上げたのは韓国で、四、五年ほど前から事業を拡大し、その後、日本に帰国して西区に工場と社屋を建て、現在に至っています。

設備投資にはかなりの資金が使われたと思われますが、その出どこは不明です。キーは楊と張、二人の存在でしょうね。

赤井さんが興味があるのはここかと思いますが、K&Jサウンズは地元の昔からのヤクザ、牧野組、今は正式にはマキノ産業といいますが、結託していると見ました」

「ほう、確かかね」

「はい、実は、ここへ行き着くまでにはかなり苦労しました。牧野組はその世界では老舗の、昔風に言えば、露天商、いわゆるテキ屋ですが、マキノ産業と名乗ってからは一応、不動産業と産業廃棄物関連事業を生業にしています。

先ほど言ったK&JサウンズのM&Aを水面下で、実力で推進したのが、このマキノ産業だと思います。

K&Jサウンズは合法会社で、強引な手は使えません。ですが、杉山の秘書張は、頻繁にマキノ産業に出入りしています。もちろん表面的にはマキノ産業との繋がりはありません。

私は短期間で急成長した裏には、マキノ産業の存在があると見ました。そう考えれば説明がつきます。マキノが作業場と呼んでいる資材置き場と、K&Jは目と鼻の先です。

先ほども言ったように、K&Jが韓国で急成長した経緯は未だ分かりませんが、その余勢を駆って、この浜松でマキノ産業に資金提供し、実力で事業を拡げ、水原エンタープライズと敵対していますね。

キーは楊と張の二人、特に注目すべきは、楊の存在でしょうね。

水原エンタープライズとしては、松枝殺しは牧野組の仕業と見ていると思います」

「それで、さっきの警察の話に戻る訳か」

「はい、浜松では滅多にない、ライフルを使った狙撃ですからね。報復があると見て警察も動いているものと考えられます」

「なるほどな。それらの関連で金物屋も動いた、か、動けないように女房を人質に取られた。

となると、あんたが最初に言った、金物屋がカタギではないという証にもなるな」

「そういうことかもしれません。いずれにしろ、まだ断定はできません」

「そうだな、分かった。短い時間でよく調べてくれた。

折角調べてくれたので言うが、実は、杉山拓郎と張に逢ったよ。マリーというクラブでな。

実際にこの目で顔を見ておきたかったんだ。大した話はしなかったがね。

今のあんたの報告のおかげで、裏付けができたというか、いろいろ解ったよ。

あんたはできる。大したものだ」

「恐れ入ります。まあ言ってしまえば、私なんかは古い人間で、機械は幾重にもパスワード掛けられたらお手上げですが、人間の口を開かせるのは今も昔も大して変わりません。蛇の道ってやつですね」

「なるほど。それは言えるな」

赤井が立ち上がった。

「今度電話された時、私がその日の天候の話をしたら、ここに刑事が来ていると思って下さい。

赤井さんがどうだというわけではありませんが……」

「うん。あんたに迷惑は掛けないようにするよ。これは今回の分だ」

赤井はまた分厚い封筒を置くと、動じた様子も見せず出ていった。

四十二　ミスター・アキ

　また暴対プロのミーティングが開かれていた。少人数チームの利点で、久保は必要と思えばすぐ招集する。

「警視庁からインターポールを通じて調べて貰った。アメリカに『ミスター・アキ』と呼ばれている、現役のプロスナイパーがいることが判明した。表向きはツアーガイドだ。

　また知っての通り、四年前の抗争事件で殉職した本署赤井刑事の実兄、赤井圭一が来日しており、過日、本署に当時の状況を聞きに来た。これは俺が直接対応した。

　送付された『ミスター・アキ』の写真を見る限り、この赤井圭一と同一人物と見て間違いない。写真をそれぞれの携帯へ転送する。

　先日の松枝狙撃は、ミスター・アキ、すなわち赤井圭一による犯行の可能性が高いと考えられる。よって、本日。赤井圭一を松枝殺害容疑で全国一斉指名手配とした。

　ただし、全警ランのオンライン手配で、プレス発表はしないし、写真公開もしない。赤井にこっちの動きを知らせるようなものだからな。本署の記者クラブにも報道管制を敷いた。

　赤井圭一の出自については配付の資料を見ておいてほしい。

赤井の背は資料では百八十四センチ、以前はアメリカ陸軍に所属していた。当然格闘技の訓練も受けており、武器を携行している可能性が高い。慎重に行動してほしい。それと連絡の徹底だ。発見したら個人行動の前に俺に連絡してくれ。

以上、徹底してほしい」

久保の話を待って次々に質問が飛んだ。

「今の赤井の行方は分かりますか」

「不明だ。市内のホテル、旅館、民宿、宿泊施設を皆当たってくれ。最近は民泊もできた」

「単独とみていいですか」

「分からん。先入観は持たない方がいい。来日してからアシスタントを雇ったかもしれない。

情報を得るため、市内の興信所、探偵や調査事務所と連絡をとる可能性もある。その筋への聞き込みも強化してほしい。協力要請のチラシも作った。取り扱いには十分注意してくれ」

「赤井に依頼した人間の目星は?」

「マキノの会長は、そんな見え透いたことを自分らがやる訳がない、と言っています。自分も、志田を含め、マキノではないと考えます。理由はターゲットが小者のわりにはリスクが高すぎます。疑われることは目に見えています」

米山が応えた。

「次もありと考えますか」

「松枝一人にプロのスナイパーをアメリカから呼ぶのは疑問がある。今回のは言わば宣戦布告で、本命がいることは考えられる」

「水原側が報復するとしたら、ターゲットは？　志田でしょうか」

「かもしれない。だが、それこそ心水会が見え透いたことはしないと俺は思う。奴らは奴らなりに調べて、最も効果的な報復をするはずだ。それが志田とは考えにくいが、報復は十分考えられる。念のため、志田と会長の牧野はマークしてくれ」

久保は池田と米山を指名した。

「それと、高井。タクシーとレンタカー各社への手配をさらに徹底してくれ。内密にということで写真を配ってもいい。

それから米山。金物屋の杉山信司をマークしてくれ。杉山の妻は赤井の娘だ。赤井が杉山に接触する可能性は高い。杉山が動くかもしれん。赤井を匿うことも考えられる。

四年前の事件も奴は限りなく黒に近いグレーだった。未だに俺の頭から離れない。何かあったら逐一俺に連絡してくれ。

毎回同じ事を何遍も言うが、いずれにしても、先入観や憶測に頼らず、事実を正確に把握して報告してほしい。以上」

四十三　美和の報告

美和から信司のスマホに電話が入った。信司は少し考えた後、店の裏口へ来るよう告げると表入り口のシャッターを降ろした。午後四時、仕事には身が入らなかった。

志田の写真は既に頼んだ当日送られてきていた。

美和はロードスターを裏口に停めた。ルーフは安全性やいたずら防止のため常にクローズしている。元カーセールス、由美の入れ知恵とのことだ。

「掛けてくれ。先日は写真ありがとう。頭に叩き込んだよ。早速で申し訳ないが、聞かせてくれ。今日はもう表のシャッターは降ろした」

信司が自分で淹れたコーヒーを勧めながら促した。

「はい。マキノ産業の話の前に、赤井圭一さんの件ですが、ツアーガイドは表向きの職業で、プロのスナイパー『ミスター・アキ』として今は主にアメリカで暗躍しています」

「ということは、松枝狙撃は赤井？　情報の出どこは？」

「心水の本部はそう考えています。ここの本署は『組織暴力対策プロジェクト』というチームを立ち上げました。プロジェクトリーダーは久保という刑事です。

赤井を松枝殺しの容疑で全国オンライン手配しました。警察も同じ考えです」

「よく分かったな、本署のことまで」

「赤井圭一さんの調査指示は心水の本部から私にもきました。警察庁勤務時代のことは京都の本部長がキーロック協議会を使って調べました。私も当時の新聞全国紙の記事から調べました。詳細はこの資料をご覧下さい。アメリカに渡ってからのことはＣＩＡのアーカイブスから入手しました。

このアクセスはそれほど難しくはありません。本署の方はもっと楽です」

美和がＡ４サイズの茶封筒に入れた資料をテーブルに置いた。

信司は思った。そういえば警察無線の傍受などは、自分が東京にいた頃から、仲間の美橋はやっていた。美和にしてみれば造作もないことなのだろう。

「奴の目的は、松枝だけかな」

「心水はそのようには考えていません。本命は榊原本部長だと考えています」

「うん。分かるな。松枝は小者だ。スナイパーを雇うほどのことではない。

で、依頼主は？」

「それを捜すのも今の私の仕事です。ですが、何故か本部長は松枝さんの件はそれほど力を入れていません。むしろ、由美さんの方が積極的です」

そこまで言って、美和は「頂きます」と言いながらコーヒーカップを口にした。

「それで、失礼ですが、信司さんはマキノ産業については、どの程度ご存じですか」

美和の方から訊いた。

「うん、実は最近になって少し知った程度なんだ。社長の志田には要注意だということは、以前から由美さんからも聞いているし、この前美和からも聞いた。

こいつが東京のどこかの組織と組んで、美和を攫って浜松へ連れてきたことも知っている。その程度だ」

「その、以前の牧野組は今、正式にはマキノ産業株式会社となっていて、志田が社長で、義父の牧野耕蔵が会長です。志田は、マキノ産業は正業で、牧野組とは別個だと主張しています。

会長には代表権は無く、単なる形式だけだと。確かに会長の耕蔵は事実上隠居して、会社には出ていません。

ですが、この前報告しましたように、表面的には正業を装っていますが、内実はヤクザそのもので、組員三人がマリーへ来て暴れ、それを松枝さんが痛めつけて追い返しました。

亡くなりましたが、松枝さんは昔風の、いかにもヤクザっていう感じの人で、会の中では武闘派のトップでした。

榊原本部長とはタイプが全く違いますね。見た目や持っている雰囲気も言葉遣いも。本部長は見るからに落ち着いた実業家って感じですものね。

あ、それで、松枝さんが狙撃されてから、コレクションUへもマキノから三人が脅しに来ました」

「ほう、どうした」

「何とか帰って貰いました」

「何とか？」

「はい」

「由美さんもいたのだろ、怪我は？」

「二人とも何ともありません」

黙って帰るわけはないだろうと信司は思ったが、それを聞く前に美和が続けた。

「それはもういいのですが、マキノが直接スナイパーを雇ったとは心水は考えていません」

「だろうな、片や世界を股に掛けるようなスナイパーなんだろ」

「それで、マキノの資金源を調べました。東京品川に多摩川産業という会社があります。大きくはありません。この会社は裏で関東連合という組織と繋がっています。

志田はかつてこの多摩川産業に在籍していました。それが牧野組長の娘さんと結婚して浜松へ来ました。その時から牧野組は事業を拡大し、名前もマキノ産業に変えて発展しています」

「そうなのか」

心水会にとっては言わば同業、この程度の調べは造作も無いことなのだ。信司は納得した。

「それで、調べましたが、多摩川産業も関東連合も、マキノの資金源にはなっていないことが分かりました。

で、信司さんから言われた杉山拓郎という人を調べました。結論から言いますと、この人がマキノの直接的な資金源だと心水は考えています。

杉山さんの会社は『K&Jサウンズ』といいます。もちろん株式会社です。西区の工業団地『テクノビレッジ』にあります。信司さんが言ったように、張という人は杉山社長の秘書兼ボディガードです。いつも傍を離れません。

K&Jサウンズは電子楽器製造をメインに掲げていますが、そんなに大きな会社ではなく、マキノ産業と業種が被っています。いずれは統合すると心水は見ています。

そして、心水が注目しているのは、韓国の黒社会にコネを持っていることです。

秘書の張のパソコンやスマホには、ひっきりなしに韓国からのメールが入っています。残念ながら私は韓国語が分かりません。

杉山社長の意思は、張を通じて韓国の楊という男に流れています。楊はソウルでカンフーの道場を経営しています。この男が黒社会との窓口になっているようです。

心水の傘下にはいわゆる『在日』がかなりいます。榊原本部長はそちらの方々からも情報収集をしています。今言ったことも、裏付けが取れています。

私には分かりませんが、アンテナが高いというか、情報網とその量がすごいです。あらゆる分野から情報が入ります」

「そうだろうな。美和はそれらを詳しく調査分析して本部に上げる訳だ」

「はい、本部長からは次々に指示が入ります。そういうことが心水の力になっているのだと思います」

「美和、ここへ来ることは、由美さんは承知か」

「はい、隠さない方がかえっていいと思いまして……」

「なら、急ぐことはない。一息入れろ」

美和がまたカップを手にした。

「榊原さんは古い義理だ人情だ、任侠道だとかのしきたりやしがらみに、こだわっていない。だから先日言ったように、俺とも盃を交わすようなことはしない。現状とか実態は認識しているが、あの人はそんなものにとらわれていないんだよ」

美和は大きく頷いた。そしてコーヒーを一気に飲み干すとまた話し始めた。

「信司さんの言うこと分かります。

それで、五年ほど前ですが、韓国黒社会の金融業をしていた一人のドンが死亡しました。日本風に言えばヤミ金の大物で、生まれは中国。中国と韓国、そして日本を股に掛けたフィクサーでした。かなりの資産を持っていたことが分かっています。

ところがドンの死後、このお金、日本円にして五百億円とも一千億円とも言われていますが、行方が分かりません。日本に流れたという噂もあるそうです。

本部長の調べでは、推定ですが、タックスヘイブンのケイマン諸島の金融機関、そこのK&Jサウンズ、というより、杉山さん個人の口座に振り込まれた可能性が高いと見ています」

「その金がマキノの資金源として使われている?」

「まだ推定の段階です。杉山さんは父親のピアノ製造会社を引き継ぎましたが、倒産し、ヨーロッパへ渡りました。ヨーロッパでの足取りは分かっていません。

その後、韓国に移りました。ピアノ作りのノウハウがほしい韓国の楽器製造会社がスカウトしたようです。張という苗字もこの時手に入れたようです。そして新会社を設立しました。

Kは韓国、Jは日本を意味しています。ということは、韓国の誰かが共同経営者になっていることが考えられます。これもまだ未確認ですが、楊の可能性はあると本部長は見ています。

杉山さんは日本在住当時の技術社員を韓国に呼び寄せ、楽器製造に打ち込んだようです。でもなかなか順調とは言えなかったようです。それが五年ほど前から、不動産などの事業に業務を拡大し、業績を挙げています。

この資金の出どこが不明です」

「それで、ドンの話へ行く訳か」

信司が口を挟んだ。

「はい。本部長はそう見ています。この業務拡大時期とドンの死亡時期とが近いことに疑問を持っています。間を取り持ったのが、道場経営者の楊と秘書の張、そう考えれば説明がつくと。

で、三年前、この浜松に新社屋を建て、韓国から移住と言いますか、帰国したという訳です。

信司さんが言っていた栗畑という人は、四年前、まだ杉山さんが韓国にいた頃、日本から呼び寄せ、自分と同じ張という苗字を名乗らせたようで、秘書の張と同一人物です。

今のK＆Jサウンズはサウンズという社名で、表向き楽器製造ですが、先ほど言った、一昔前には三Kと呼ばれたような、受け手の無い分野にも手広く展開して業績を挙げています。

その手法は、その分野に進出するというよりも、経営のよくない会社に資金提供して体よく傘下に収め、事業を拡大しています。

それを手っ取り早く進めるためにマキノ産業、というより牧野組を使っているようです」

「拓郎はいつからどんな形で牧野と結託したのかな？」

信司がまた口を挟んだ。

「杉山さんの父親は賢二郎といいますが、信司さんご存じですか」

「知ってる。親戚だからな」

「牧野耕蔵と賢二郎の二人は、昔からかなり親密な関係だったようです」

「そうか、あり得るな。賢二郎は浜松の実力者だった。表にできない汚れた仕事は牧野が引き受けていたというわけか。

そして今は、表面的には何の関係もないマキノが、非合法的に実力で資金難に追い込み、それをK＆Jが資金援助して取り込むという訳だ」

「はい。今、そのマキノ産業を仕切っているのが志田で、水原エンターと対立、抗争になる可能性は高いと思いますって言うか、もう始まっています。

でも、先ほど言いましたように、マキノが直接スナイパーを雇ったとは、本部長は考えていません。

由美さんも再三、志田には注意しなさいと言っています。先日の志田の写真も実は由美さんが持っていたものを送りました。もちろん由美さんは承知しています。

とにかく、トラブルが生じると牧野組が出てきて、邪魔者は実力で排除しています。特に水原エンターは目の敵のようにしています。

他にも、個人の高齢者が持つ土地を、K＆Jサウンズがそれなりの価格で買い取り、代金を口座に振り込んだ後、登記簿などの名義変更手続きの段階で、傘下の不動産屋が言葉巧みに、口座から引き出してしまうという手口も使っているようです。

話が前後しますが、韓国の黒社会に通じている杉山が何らかの力で、元々はドンの持っていた銭でスナイパーを雇うというのはあり得ると、本部長は言っています。

『うちの会社の発展をよく思わない輩は西にも東にもいる。今回のターゲットは俺だな。俺を浜松へおびき出すために松枝を撃った』と」

信司はまた思った。

〝美和はすっかり心水会の人間になった。実質的に立派な組員だ。榊原は盃がどうのと古くさいことを言っていない。今後はこういう形の組員が増えていく〟

「そして、由美さんに言ったそうです。『水原エンタープライズにも由美にも、ここはしっかり凌いで貰いたい。タマが必要なら送る』と。

それで、マリーとコレクションUと、水原エンター事務所にも人が来ました。もちろん外見的にはサラリーマンそのもので、松枝さんタイプではありません」

「この前言ったが、俺は若い頃、榊原本部長の弟子だった。俺は、今もバラさんと呼んでる。ああ見えて、バラさんは結構腕っぷしは強い。美和から見て、今度来た連中は武道、つまり腕は立ちそうか」

「はい、多分、松枝さん並かと感じます」

美和が一息ついた。

信司は感心していた。心水会の情報収集力と美和の能力にもだ。その中で疑問も感じた。特に韓国のドンの死と拓郎の関係だ。

信司は一応、拓郎を知っている。あの拓郎が、誰かと組んだとしても、ドンを殺して持っていた銭を奪い、自分の口座に入れ、それを使って会社を設立し、その上マキノ産業にまで肩入れし、なりふり構わず会社の業績を挙げるという、やり手のワルには思えないのだ。

野心はあるだろうが、一緒に食事をした時も、滾るような熱意は感じなかった。親の賢二郎とは器が違うと感じた。

しかも心水会という組織と敵対して、スナイパーまで雇うことには、やはり違和感が大きかった。現実として考えられなかった。むしろ鍵は張、つまり栗畑と、楊という男だと感じた。そうなると、また疑問が湧いた。信司は栗畑をよく知っている。栗畑にもそんなスケールの大きな野心があるとは思えなかった。たとえ腹の中にあっても、先頭に立って突っ走るタイプではない。

信司の電話にもおどおどして、反論もしなかった。それほど肝っ玉の据わった男ではない。拓郎も栗畑も上昇志向は強いと思う。だが、由美が警戒している志田のように、体を張って、敵対する人間を殺してまで突き進む度胸は感じない。

しかも韓国や中国に直接的なコネがあるとはとても思えなかった。

となれば、鍵は楊という男だ。榊原がそれを知らないとも思えない。

「もう一つだけ。前に言ったけど、俺は拓郎と栗畑、そしてあの赤井がマリーで飲んでいるところを見た。美和はどう思う？」

「間違っているかもしれませんが、杉山さんと栗畑さんは、赤井さんに依頼した人を知っているのではないでしょうか。一方の赤井さんは、これも推測ですが、当然知ってはいるけど、面識があるわけではない。

それで、実質的な依頼者あるいは、その仲間の杉山さんや栗畑さんと、直接会って確認し合ったのではないでしょうか。信用できるかどうか」

それは信司が考えたことと同じだった。信司は美和の思考力にも感心した。

「なるほど、よく分かった。よく調べてくれた。知らせてくれた。ありがとう」

「いいえ、お役に立ててよかったです」

今日はこれでいいと思った。信司は右手を出した。

この前と変わらない、美和の柔らかな手を握りながら信司は想像した。

〝この手で牧野組のヤクザ三人を追い払った〟

そう思った時、信司の気が変わった。

「美和、黙っていたが、実は美和に知っておいてほしいことがある」

信司は切り出した。もう隠しておく場合ではないと思ったのだ。

「実は女房が攫（さら）われた」

「えっ、うそっ」

美和が叫ぶように目を見開いた。

「ここへ来て、何かおかしいと思っただろ。この前は美和に横浜の実家へ帰したと言ったが、ほんとは市内の佐鳴湖畔の賃貸マンションに別居させていた。

名前も変えてあるし、誰も知らないはずだ。だがどうやらそれが裏目に出た」

信司はいきさつを手短に話した。今、美和以外に頼れる人間はいない。

「相手は志田だ。本人から電話があった。俺は会ったことがないので顔も声も知らなかったが、間違いない。もう一週間近くになる」

「それで、先日の写真ですか。奥さん、無事ですか？　今どこにいるか分かりますか？」

「全く分からん。志田は預かっていると電話で言ったが、声は聞かせない」

「私にできることがあれば、やらせて下さい。なんでもやります。由美さんに言ってもいいですか？」

「いいよ。志田からは誰かに告げたら女房の命はないと言われてるけどな。そんなこと聞いていたら何もできない。俺も少し頭を整理してみる。美和はこれからも浜松にいられそうか」

「はい、由美さんが傍にいてほしいと言ってますので……」

由美にしてみれば松枝よりも、新顔よりも使いやすいだろう、それに美和の仕事は京都にいなくともできる。信司は納得した。

「また連絡する。その時は頼むよ」

信司は美和を帰した。

四十四　由美の依頼

美和が来た翌日の午後、入れ替わるように信司の店に由美がやって来た。

車はアルファード。自分で運転してきて裏口へ停めた。

「いきなりだけど、あたしが何を言いたいか、分かるでしょう。はっきり言うわ。あなたに赤井を殺ってほしいのよ。

あの時、あなたが兄の携帯番号を知りたいと言った時のことだけど。兄は言ったわ。

『信司は使える。山光組系の奴らや、黒岩の女将がいきり立っているが、俺が押さえている。信司に手を出したらお前等の命はないと言ってな』ってね。

『黒岩の小僧はもう要らない』とも言ってた。兄はあの時、あの坊やを誰かが手に掛けるかもしれないって読んでたわ。その上で自分の携帯番号を教えてやれって私に言ったのよ。

あなたはどう思ったか知らないけど、山光組系の人間や、黒岩の女将さんは結構執念深くてね、今でも大阪や神戸と通じている組員もいる。向こうも事情を知ってるから、それらを取り込んで会を分断させようと図っている者もいるのよ」

由美の目は少し細められ、頬は白い。真剣な話をする時の表情だ。

由美が言う「あの時」とは四年前の信司の店が荒らされた抗争事件のことだ。

「ついでにもうひとつ、あの時の少し前、黒岩佳彦に付いて兄があなたの店まで来たその訳、あなた知ってるわよね」

由美と目が合った。

「それは……」

言いかけた時、信司は心の中で〝あっ〟と叫んでいた。由美の言っていることに信司は初めて気付いたのだ。

四年前の事件で、榊原は流星会会長の黒岩に付き添うようにして信司の店へ来た。そして張り込んでいた麻取に逮捕された。当時、榊原が何故来たのか、その訳は考えもしなかった。事は信司達の仕組んだ、流星会若頭荒木と組員田代に対するリベンジだったのだ。

流星会の本家である心水会の、しかも若頭を張ろうとしている榊原が、わざわざ付いて来なければならない必然性はない。なのに浜松まで付いて来た。当時から榊原は流星会の若頭どころか、会長の黒岩にさえ指図できる立場にあった。

由美が今言った携帯番号の件と重ね合わせると、結論は一つしかない。

信司の答えを待たずに由美が言った。

「知らないって言うなら教えてあげるけど、兄はね、あなたの仲間はどうでもいいけど、あなただけは黒岩の坊やに殺させたくなかったのよ。

あの後私が『わざわざ何故浜松へ？』って訊いたら『黒岩も田代も口で言って聞く奴じゃない。はずみでどう転ぶか分からん。だからだよ。尤も信司の店にまで麻取が張ってたのは想定外だったけどな』って言ってた」

「そうですか。私もお兄さんが直々に来る必要はなかったはずなので、もしかしたらと思ってましたが、それ程までに私のことを考えていてくれたんですね。とんだご迷惑を掛けてしまいました」

「まあ、恩着せがましい言い方は好きじゃないけど、兄の押さえが無ければ、あなたは今頃どうなってたかわからないわね。考えて頂戴」

「由美さんのおっしゃることはよく分かりました。改めて感謝します」

信司は由美の目を見つめながら言った。

細められた由美の目が穏やかになった。

「ところで、黒岩の親方は今どうしてます？」

信司は緊張感をそらすため、話題を変えた。黒岩は信司の研ぎの師匠で死んだ佳彦の父親だ。

「知らないの？　離婚して一人で研磨店やってるわ。奈良で。小さいけどカタギよ」

「では美濃研磨は？」

「黒岩の女将さんが社長でやってる。尤も、経営は兄のところから何人か出向してて、事実上はお飾りみたいなものらしいけどね。

女将さんにとってはもう会社の事は二の次で、息子の佳彦を殺った誰かを殺すまでは死ぬに死ねないってとこらしいわ。あなたはその怨念を一生背負って生きるのね」

信司は黙って聞き流すと立って緑茶を淹れた。

「忙しいでしょうが、お茶だけでも。どうぞ」

由美に勧めると、自分も湯呑みを口にした。

「由美さんは、お酒はどうでしたっけ？」

「あら、そういえば、信司さんと飲んだことなかったわね」

「そんな日が来るといいですね」

「そうね、一区切りついたらね」

由美も茶を口にした。落ち着いた顔になっている。

この世に終わったことなどない。何事も一区切りはついても、その人間が生きている限り、続いている。信司は改めて思った。

榊原との関係も生きている限り続く。「恩着せがましい言い方は好きじゃない」と言うが、由美の申し出は「あの時の貸しを返せ」と言っているに等しい。

ヤクザという組織の掟、義理だ。

思えば高校で剣道部へ入り、そこで監督の重松と巡り会った時から、もう運命の歯車は回り始めていたのだ。

いや、それは親の信一郎の時代からかもしれない。信一郎はキーロック協議会の支部長をしていた。キーロック協議会は合法組織だが心水会の資金源だ。

杉山の本家には杉山賢二郎がいた。今は息子の拓郎だ。拓郎は野心を抱いて帰国した。美和からの情報では韓国の裏社会と繋がりがあるという。

その拓郎が、事件から四年以上経った今、娘の礼という名目で信司に逢いに来た。

栗畑とも繋がっている。栗畑は拓郎の子供達同様に育てられ、拓郎の援助で高校へ通い、上京して信司達と一緒に仕事をしていたが、今は拓郎の秘書をしている。

早くからパソコンをあてがわれ、拳法の道場へ通った。秘書というより、拓郎のボディガードだ。拓郎はそれを見込んで育て上げたと考えられる。そして、今やもう信司の仲間ではない。

今度拓郎と会う時は、拓郎側の戦力になるよう要求されるだろう。既に香奈を人質に取られている。だがそれは榊原を裏切れということだ。

だからといって、信司はただ運命の波や流れに流されたくはない。自分の矜持は守り抜きたい。魂まで売り渡したくはない。銭で転ぶことはしない。義を曲げることもしない。榊原の兄妹とは違うのだ。ここは絶対に譲れない。ここを曲げたら信司は己の存在意義を喪失する。

信司は奥歯を噛みしめた。

「折角来たから言っておくけど、兄はね、『信司は浜松で金物屋をやらせておくのは惜しい。東京でかつての重松のような立場で動いて貰いたい。研ぎは東京でもできる』って言ってるわ。

水原エンタープライズは本社を東京に置いているけど、それとは別に、会は東京支店を置いてる。だけどこっちにはエンタープライズの人間は置いていないの。分かるでしょ」

「お兄さん直系って訳ですね」

「そうよ。場所は汐留の高層オフィスビルの中。研ぎ師光泉さんの東京進出、客も刀剣商の数もここととは桁が違うわ。チャンスよ。

先日、香奈ちゃんとマリーで話したわ。信司さんのこと訊いたら、絶対的な安心感だって、単純明快、参ったわ。肚が据わってる。全くぶれていないわ。これなら大丈夫だと思った。

今はそれどころじゃないかもしれないけど、考えておいてね」

〝由美は自分をより心水会寄りへ取り込もうとしている。拓郎、というより志田を警戒しているのかもしれない。松枝の件がある〟

「いろいろと心配して頂いて……。お茶替えましょう」

言いながら立つと、信司は急須とポットの場所へ歩いた。勘の鋭い由美に表情を読まれたくなかったのだ。

由美の申し出を断れるか。それは難しい。そう考えつつ、新しい湯呑み茶碗に緑茶を注ぎながら、ふと思った。

〝由美の申し出は榊原の知らない事ではないか。あの榊原が信司に命乞いなど考えられない。別なスナイパーを雇える力を榊原は持っている。

それに、相手はプロのスナイパー、殺るのは容易ではない。黒岩の時のようにはいかない。しかも、既に拓郎サイドの志田に香奈を人質に取られている。先手を取られたのだ〃

「香奈ちゃん。何か進展があった？」

由美の前へ新しい湯呑み茶碗を置くと、信司の心を見透かしたように由美が訊いた。

「いえ、何も」

「そう、心配ね。できることがあればやるわ。美和を使ってくれてもいい。あの娘、牧野のチンピラ三人を素手で叩きのめしたわ。私の見ている目の前で」

「そうですか。そりゃ頼もしいですね」

「必要なら茉莉子も。男手がほしければそっちも手配するわ」

「了解しました。いつもお世話になります」

信司は頭を下げた。

「ところで、お兄さんは近々浜松へ来ますかね」

「分からない。何故？」

「浜松へ来れば、赤井も浜松へ来るでしょう。居所を捜す手間が省けます」

「そうね、兄にそう言ってみるわ」

由美が応接のソファから腰を上げた。

「何を今更と言われるかもしれませんが、そもそも、杉山拓郎が水原エンタープライズを目の敵にする理由はなんですか」

「それを言い出すと長くなるけど、杉山のバックには山岡議員が付いていることは知ってるでしょ。あなた親戚だっていうじゃない。

マキノと進めている、国や県の認可が必要な業種への参入はみな、山岡のコネよ。兄は遠州地方の協議会資金が山岡に流れるのは阻止して、西園寺へ回したい。当然よね。杉山はもっと事業を拡大したいけど、行く先々で水原エンタープライズに先手を取られて思うようにいかない。だからまた山岡に泣きついたのね。

だけど山岡も西園寺には刃向かえない。与党最大派閥の領袖だものね。格が違うわ。それで、山岡は、水原エンタープライズの実質的な司令塔の榊原排除を、仄(ほの)めかしたようね。

その方が手っ取り早いと。そうすれば心水会の東進をも阻止できるし、実行部隊のマキノも安心して勢力拡大に励めるってとこかしら」

「それがスナイパーに繋がる訳ですね」

「多分ね。兄は言ってるけどね。『俺一人に大げさなことだ』って。でも、人を大勢使って抗争するのは、世間にヤクザですって宣伝するようなものだし、警察にも捕まえてくれって言うようなものでバカげてるわ。リスク高いでしょ。今時流行らない。

それよりも、お金を払ってプロのスナイパーに依頼する方がスマートだってね。向こうも同じこと考えたと思うわ。

そういえば、赤井って、香奈ちゃんのお父さんなんだってね。香奈ちゃん知ってるの、そのこと」

「いえ、知りません。私も知らせてはありません。誰かが吹き込めば別ですが……。

父親を名乗りたいのなら、もっと早く来るべきでしょう。本署にいた赤井という刑事の実の兄ですよ。実弟や香奈の母親が亡くなったことを知らないはずはありません。

離婚したとはいえ、今まで香奈を放っておいて、今更何を、ですよ。しかも仕事のついででしょう。しばらく前、ここへ来ましたが、香奈に名前だけ聞いて名乗りもせず出て行きました。

スナイパーなどと気取ってますが、銭さえ貰えば、山で猪を撃つハンターのように人間を撃つ殺し屋でしょう」

言いながら信司は心の中に赤井への憎しみが湧いてくるのを抑えられなくなっていた。

「珍しいわね、あなたが感情を露わにするの。さっきも言ったけど、できることはするわ、言ってね」

由美が体を裏口へ向けた。

「由美さんはいいですね。お兄さんがいるから。私は親も兄弟もいませんからね」

何故か思わず弱音が出た。

「あら、そんなこと、あなたが言うの？　ますます珍しいわね」

由美が信司の方へ向き直った。

「あなたっていつもポーカーフェイスで、物事に動じない人だと思っていたわ。こんな日もあるのね。ま、香奈ちゃんのことあるものね。でも、私としては人間味のある金物屋信司を見た思いだわ。

兄がいるって言うけど、私は私で大変なのよ。信司さん知らないでしょ。話したことないものね。私の昔」

由美の出自については、昔の仲間だった美橋から少しだけ聞いただけだ。詳しくは知らない。

「私、中学生になった時、自分がどんな環境に生まれ育ったのか知ったわ。母は芸子の元締めだものね。高校では四条界隈の繁華街でやりたい放題遊んでやんちゃしたわ。誰にも止められなかった。先生も何も言わなかった。街の男衆を顎で使ってた。女王様気分ね。

松枝さんていたでしょ。私、松兄(まつにい)って呼んでた。何かあれば電話一本で飛んできてくれてね。全部解決してくれて、私の思い通りになるの。

でもそんな生活には何年もしないうちに飽いたわ。それに自分の力ではないことに気付いてね。東京へ出たのよ。知ってるでしょ。父親の西園寺にくっついて大学へも通って、ちゃんとした知識とか教養を身につけたいと思ったの。茉莉子みたいにね。

それで大学在学中から政治家の秘書みたいなことやったわ。卒業してからは本格的に政治の世界に足を踏み入れたの。

一生懸命やればやるほど分かったわ。あの世界が汚れきったドブってことがね。京都のヤクザの世界よりひどかった。幻滅したわ。茉莉子が外国へ逃避した気持ちが分かったわ」

信司は黙って聞いた。

「まともな人間には務まらない。こんなところにいたらつま先まで腐ってしまう、そう思ったの。それで逃げ出して、東京はイヤ、京都もイヤ、でも私のようなお贅沢な暮らしを知った女が、北海道や九州の何も無い田舎には住めない。

それで西園寺には身元保証だけ頼んで、浜松へ来たのよ。『そうだら』『いいら』の浜松へね。カーセールスは私に合っているって思ったわ。

でも結局は、兄と離れられないのよね。宿命ね。

あ、もうこんな時間。行かなきゃ」

信司が言おうとした言葉も聞かず、裏口に停めたアルファードに乗って由美は帰っていった。大きな車に由美一人だった。

見送りながら信司は感じた。最近の由美には、カーセールスをしていた頃の溌剌とした表情が薄れた。心水会のような大きな組織に身を置いてはいるが、心から信頼のできる人間はいないのかもしれない。

かつて信司に「京都とは縁を切った」と言った由美が、またどっぷりと心水会の水に浸っている。これから由美はどのような道を辿るのか。

〝他人事ではない。俺はどうか？〟

栗畑とはもう心が離れている。あの頃の栗畑ではない。人間の気持ちや心は変わるのだ。

〝俺も同じだ〟信司は孤独を感じた。いつもは香奈と肌を接して寝る。孤独感など感じることはない。香奈はどうしているか。気になった。

感傷に浸っている場合ではない。香奈を、というより、志田をどうするか。由美の申し出にどう対処するか。難問だった。

由美は香奈のことを心配してくれている。だが、赤井を殺るということは、戸籍上はともかく、香奈の父親を殺してくれと言っていることなのだ。

誰もいない店の中に戻り、研ぎの作業場に座った。何から手を付ければよいのか。のんびりしている場合ではない。焦燥感が募った。エアコンは掛かっているが、三和土からの寒気が肌を刺した。研ぎ作業に集中できる状態でもなかった。

暦は二月になっていた。

四十五　赤井からの電話

由美が帰った後の夕方、店の電話が鳴った。

「はい、杉山金物店です」

「店長さんか。黒澤だ。香奈は元気かね」

一呼吸おいて信司は答えた。

「赤井さんでしょ。警察から指名手配されてる身で、今更とぼけても始まらないでしょう。どこから掛けてるんですか。香奈は私の妻です。もうあんたの子ではない。とうに縁は切れてるんです。他人の女房を気安く呼び捨てにしないで頂きたい。

小山さんも亡くなられて既に四年以上経つ。これまでどこにいたか知りませんが、今頃になって何しに日本へ来たんですか。

いつかは私の店にいきなり偵察に来て、まともに名乗りもせず、榊原をどうとか、ふざけたたわごとを言ってましたよね。

二十年前に家族を捨て、四年前には実弟や元妻が死亡したのに知らぬ顔をして、娘の安否も確かめずにいたあんたに、今頃どうこう言う資格なんかないでしょう。

あんたの仕事は山で獣でも撃つように、人間を銃で殺す殺人者でしょ。あんたと話すことは何もない。本署へ通報しますよ、すぐに」

一気に言った。昼間の由美との話で、やるせない気分になっていたのだ。だが受話器は置かず待った。赤井が考えている気配を感じたからだ。

「なかなか手厳しいな。まあ反論はしないがね。あんたも困っているんじゃないかと思って電話したんだ。気に障ったなら言葉を改めよう。奥さんは行方不明になった。違うかね。

俺にも手札はある。過去とは言ってもまだ四年ちょっとだ。あんたが警察に通報したら、あんたもまずいことになるのではないかね。

もう俺のことは知れているようだから隠さずに言うが、俺には警視庁に知り合いがいる。四年前の事件の事は聞いた。そいつは記憶力のいい男だよ。ミステイクの関係ファイルもまだ残っているそうだ。

俺は本署の久保刑事にも直接会って聞いた。久保さんは言っていたよ。あんたのことは今もマークしているってね。

どうだね。一度会わないか。直接顔を見て話がしたい。話をするだけだ。店を荒らすようなまねはしないよ。店が不都合ならあんたに場所は任せる。時間もだ」

信司はリスクを考えた。当然だが墓穴を掘るようなことはしたくない。

「携帯のナンバーは?」

教えず断るようなら会うのは止めようと思った。今、赤井と会う必要があるとは思わない。赤井はナンバーを告げた。赤井の覚悟のようなものを感じた。今度は冷やかしではない。そう思った。香奈のことも知っているようだ。肉親としての想い入れはあるのかもしれない。

「後で電話する。承知かもしれないが、ここは警察に監視されている。近づかない方がいい」

それだけ言って切った。考える時間がほしかったのだ。ナンバーはしっかり登録した。

店のシャッターを降ろし、作業場から応接のソファに座り直し黙考した。

五分、十分、時間が過ぎていく。考えはまとまらず、良いアイデアも出なかった。

結局、〝できることをやるだけだ〟そこへ至った。

信司は美和に電話し、続けて金城にも電話した。それから赤井に電話し、場所と時間を通告した。

四十六　倉田からの連絡

信司に電話し、逢う約束を交わした翌日、赤井のスマホに倉田から電話が入った。

「今、金沢に来ています。市警交通課と、今回は、麻取の金沢支局取締官、河合氏の話が聞けましたので、取り急ぎ電話しました。早い方がよいと思いましたので、今いいですか」

赤井のＯＫを取ると話し始めた。

「四年前の事件ですが、小山さんはここで、当時流星会の頭だった黒岩佳彦に車で轢き殺されています。その直後、葬儀でこっちに来ていた信司と、娘さんの香奈さんも事故現場を見に行き、また黒岩に轢かれそうになりました。間一髪で河合さんが車で阻止したとのことです」

「話が違ってきたな。小山を殺ったのは信司ではなく、黒岩なのだな」

「はい、麻取の河合氏の証言は信頼できると思います。彼自身、二人が轢かれそうになった現場に立ち会って、黒岩の顔も見てますから。それですぐに電話したんです」

「よく話が聞けたな」

赤井は内心驚いていた。今時、麻薬取締官から情報を得るのはまず難しいはずだ。

「これも蛇の道ってやつですよ」

倉田は事もなげに言った。

「そうすると、関市の刀匠殺しも……」

「はい、そっちは岐阜県警と、浜松の斉藤という麻薬取締官に確認を取りました。刀匠義国も同じ手口で、車で轢き殺されています。そして同時に同じ場所で、杉山拓郎の娘も轢き殺されています。犯人は挙がっていませんが、手口は全く同じです。まず間違いありません。

それから、刀匠義国の妻が滋賀県長浜の高齢者施設に入所していることが分かりました。これから長浜へ廻って、できたら本人から話を聞きます」

「すると、三人を轢き殺した黒岩を殺ったのが信司か？」

「そちらは確認は取れませんが、京都府警の話では、手口は鋭利な刃物で心臓一突きです。今も犯人は挙がっていません。おそらく……」

「信司が小山と義国と拓郎の娘の仇を討った、ということだな」

「まず間違いないと考えます。これで私としては全て納得がいきます」

「了解した。よく調べてくれた。感謝するよ。俺は近々、信司と会うことにした」

「そうですか。お気をつけて。ではまた」

四十七　ロッケン

赤井に通告した週明けの月曜午前十時半、モーニング客が退け、店が一番空いている時間だった。

信司がロッケンに着くと、道路に沿った櫛形の駐車場にメタリックレッドのロードスターが見えた。美和の車だ。店の入り口に近い位置だ。信司はその隣にレヴォーグを停めた。

店の客席は駐車場と道路に平行して南北に細長く、ほぼ中央の入り口を挟んで道路側の壁際には長いソファが続く。それに向かい合って二人用のテーブルとイスが並ぶ。客の人数によってレイアウトフリーになっている。

信司は店に入るとすぐに南側の席へ歩いた。突き当たりの一番南のテーブル二組の上に、予約席のカードが立ててあった。南から三番目のテーブルの壁際に美和が座っていた。一人だ。テーブルには飲みかけのコーヒーカップが載っている。三十分以上前に来たはずだ。美和にだけ分かるように、体の中央で右手を少しだけ挙げ合図を送ると、信司は一番南のテーブルの通路側に座った。言葉は交わさない手筈になっている。

ウェイトレスが来て名前を確認し、予約席のカードを下げた。

一つ隔てた席に座った美和からメールが届いた。「不審な点は見当たりません。本人の顔を確認したら出て車にいます」とある。「了解」と返信した。

信司の席からは一部だが窓から駐車場が見通せる。二、三分して駐車場にアウディが停まった。金城が降りた。腕時計を見ながら店に入ると、美和の対面に座った。

信司に目だけで合図をすると、美和に「待ったかね」と声を掛けた。美和は「先ほど来たところです」と答えた。不自然な感じはない。

信司と美和、金城二人の間のテーブルには誰も来ない。予約席のカードもそのままだ。信司がウェイトレスにコーヒーを頼んだ。

店の中も外も動きは無い。全部で二十脚ほどあるテーブルは四分の一程が埋まっている。

五分が経過した。

北側の奥の席にいた客が立ち上がり、トイレに行くようなそぶりで歩くと、信司の近くまで来て声を掛けた。

「やぁしばらくだね。一人かね。座っていいかね」

黒革のハンチング帽に薄茶のサングラス、マスクをし、ベージュのハーフコート姿だ。赤井だった。地味な格好だが大柄なだけに目立つ。既に来ていたのだ。信司の様子を見ていたに違いない。

「あ、これは黒澤さん。どうぞ。一人です」

信司が合わせた。黒澤と呼ぶことは電話で打ち合わせてあった。信司の対面に座った。

「風邪をひいてしまってね」

赤井はマスクを外すとポケットにしまい、スマホを出してテーブルに置いた。

「おっ、黒澤さん。マスクで分からなかった。二度目だね」

近くから金城が屈託のない声を掛けた。

「これは大先生。今日は休診かね」

赤井は驚く様子も見せず、挨拶を返すと金城と美和を見た。チャコールグレーのパンツスーツ姿の美和が足を組み替えた。緊張した様子が伝わってくる。

「いやいや、それほど暇じゃないよ。看護師との面接ってとこだ。またゆっくり夜にでも」

金城は立ち上がると「それじゃ」と赤井に軽く手を挙げ、美和を促して出て行った。

予約席のセッティングを、マスターと親しい金城に頼んだのは信司だ。美和には赤井の顔を覚えて貰いたくて同席を頼んだ。

赤井は何事もなかったかのように落ち着いている。剣呑な雰囲気は感じないが信司の神経を刺激する何かがあった。ゆったりと構えているが俊敏さを秘めた獰猛な獣のようなオーラだ。

「隣を予約席にして空けたのはあんたの配慮か。そこの席は、いざと言う時にはすぐに厨房から外へ出られる位置だ。周到だな。

あの先生は証人かね。女は警察関係者には見えなかった。だがかなり体を鍛えているな。

俺は外に連れを待たせてある。何かあれば連絡が入るし、こっちからワンタッチで呼ぶこともできる。だが気にしなくていい。ここで事を起こす気は無い。あんたと話がしたいだけだ」

警察関係者はいない、大丈夫、と判断したのだろう、辺りを気にする様子もなく赤井が話し始めた。

「あんたの店に行ってからかなり経つ。俺のことは聞いてるだろう。警察が捜していることも承知してる。もう空々しい戯言（ざれごと）はよそう。今日の俺の用件は、突き詰めれば一つだ。その確認ができればいい。

確かにな、あんたが電話で言ったように、俺は家族も日本も捨てた。はるか昔のことだ。今更それをどうこうしようとは思っていない。だが、真実は知っておきたい。

俺の仕事を調べたようだが、人間に悪さをする害虫や野獣の類の駆除は必要だ。見境も無く殺戮(さつりく)している訳ではない。そこは見極めている。あんたもそうじゃないのか。

それに、日本と向こうでは風土が違う。例えば、民間の軍事会社は日本にはないだろう。銃に対する考え方もな。俺のクライアントは民間の個人だけではない。

軍事会社からも国家機関からも依頼は来る。トータルではそっちの方が多い。だから司法当局の見方も違うんだ」

ブレンドコーヒーが二セット運ばれてきて赤井は言葉を切った。

「俺が弟や小山の死亡を知ったのは今年になってからのことだ。元々頻繁に連絡を取り合う仲ではなかったが、電波も届かず情報も入らない、中東やアフリカに長く居たんだ。

歳月が流れた。この年になれば俺でも気持ちは動く。祖国日本や別れた家族のことを知りたくなった。俺が何故小山と別れてアメリカへ行ったか、生前小山はあんたに話したかね」

信司の店にやって来た時とは口の利き方からして違う。親しみは感じなかったがここへ来るまで抱いていた、赤井への憎しみの感情は薄れた。信司もまともに話をする気になった。

コーヒーに砂糖を入れ、少しの間を置いてから信司は口を開いた。

「あなたがまともに話をする、というのでしたら私もそうしましょう。もう黒澤さんは止めて赤井さんと呼びますよ。

小山さんと話した、というより逢ったのは、四年ほど前の事件で拘束される前の数分だけです。顔を見たのも。一言も言葉は交わしていません。

小山さんは麻薬の捜査で私の店に来ました。もちろん捜査対象は私ではありません。そこには捕らえられて縛られた、当時独身だった私の妻もいました。小山さん達の捜査で解放されましたが、親族が事件関係者だったことから、小山さんは以後の捜査を外され、私とは対面していません。その後も話をする機会は無く、何も聞いていません」

「そういうことかね」

「弟さんとも、逢ったのは四年前の事件の少し前、私の店に来た時の一回だけ。挨拶を交わした程度です。

誤解の無いようにはっきり言っておきますが、私は拳銃もライフルも手に持ったことさえありません。

ついでに言っておきますが、四年前の事件は、彦根市のヤクザが勢力を拡大するために、私の元の仲間を次々に、店近くのホテルを爆破してまで殺したのが事の発端です。

奴らは私の店までメチャクチャに荒らしました。弟さんはその捜査で、単独で私の店に来て奴らと争い、撃たれて殉職されたと承知してます。

今、本署にいる久保刑事が当時の相方だったはずです。

赤井さんのことだからこれも既に調べたかもしれませんが、小山さんは事件後、金沢に転勤になり、私の店で小山さんに逮捕された流星会の頭、黒岩佳彦は保釈後、逆恨みして金沢まで追いかけ、小山さんを車で轢き殺しました。

その辺りの詳細は現地の麻薬取締官、河合さんに聞けば分かるはずです」

赤井が何か言いかけたが信司が続けた。

「小山さんの葬儀には金沢で私も同席しました。妻の香奈とは何度も話し合いました。妻は私のことは全て承知の上で、結婚しました。

妻は父親のことは何も言いません。物心ついた頃から母親と祖母の三人暮らしで、記憶にもないと言っています。

電話でも言いましたが、今更、赤井さんが何をどうするというのか。今になって妻の心を乱すだけのことです。それはあなたのエゴってものでしょう。私どもにとって迷惑なだけです。

私と妻がどうなろうと、何が起きようとも、妻は覚悟しています。小山さんは娘の香奈を精神的に芯の強い、自立心旺盛な娘に育て上げました」

「なるほどな。本人から聞いてみるものだな。で、小山を殺した黒岩とかいう奴をあんたが殺ったというわけだな。

ついでにあんたから教えてほしいが、俺の弟は誰に撃たれたと考えるね」

「見ていたわけではないですが、黒岩の子分、田代というヤクザだと考えます。元自衛官で銃と格闘技に長けていました。殺人歴があり、凶暴で短気、狂犬のような奴です。

ダンプ事故で死んだと思われましたが生き残り、ダンプを運転していた美橋という私の仲間を追いかけて殺害した後、私の店に来て、その後を追ってきた弟さんと出くわし、撃ったと思います。奴以外にあの時現場にいた人間はいません」

「その時あんたはどこにいたんだね」

「店の建物の裏に避難してました。だから拳銃音を聞いただけです。ですがその直後、掛かってきた携帯が仲間の美橋からと思い、電話に出たところを奴に見つかり撃たれました。奴が、殺して奪った美橋の携帯から掛けたんです。私を殺るために。助かったのは運です。奴を殺ったのは、その場へ駆けつけてくれた義国という刀匠で、剣の達人、私の師匠です。それで黒岩は保釈後、関市にも行き、義国さんを轢き殺しました」

「分かった。俺はそういったことをあんたから直接聞きたかったんだ。できれば奥さんから。あんたと暮らしている訳もな。だがまあいい。あんたの言葉が嘘だとは思わんよ。

俺からひとつ伝えておくが、松枝という男を撃ったのは俺ではない。俺の標的は榊原一人だ。あんたがそれを邪魔しない限り、敵対することはない。

俺は仕事を終えればまたすぐアメリカへ戻る。もう日本へ来ることもないだろう」

赤井はカップに残ったコーヒーを飲み干した。

「繰り返し言いますが、妻と私の間に隠し事はないですよ。妻は妻なりに十分時間を掛けて考えた末、私と暮らしています。もちろん入籍しています。

それから、私は心水会の人間ではありません。過去に榊原個人とは因縁めいた付き合いはありましたが、榊原を赤井さんが駆除しようがしまいが、知ったことではありません。

赤井さんに関係はないでしょうが、Ｋ＆Ｊサウンズという会社社長の杉山拓郎と私は、親戚ですがつきあいは全くありません。その拓郎と結託しているマキノ産業も関係はありません。マキノの頭は志田という男です。逢ったことも顔も見たこともないこの男が今、何を考えたか、妻を攫って監禁しています。

赤井さんはとうに知っていることと思いますが、マキノ産業は今、水原エンタープライズと敵対しています。

水原の裏には心水会の榊原がいる。志田は私が榊原と組んでいると考え、私の動きを封じるために女房を拉致しました。

志田にそれを吹き込んだのは、私の昔の仲間で拓郎の部下、張。今は敵です。

私は妻の身に何かあれば、相手が誰であろうと、どんな手を使おうと、命がけで阻止し救出します。当然です」

香奈を助けるためには誤解はない方がいい。信司はそう判断して事実を伝えた。

「分かった。了解したよ。あんたの心意気もな。あんたは落ち着いていて冷静だ。感情が表情に出ない。なかなかのものだ。奥さんの無事を祈るよ。

俺の用件は済んだ。もう会うこともないだろう」

赤井が話を打ち切った。

「承知しているとは思いますが、赤井さんは警察オンラインで全国指名手配されています」

「知ってるさ。俺なりに対処はしている。来日して分かったが、今の日本は監視カメラだらけだ。だが警察がやることは昔とそれほど変わらない。

この世を人間が支配している限り、考えるのも動くのも人間だ。違うかね。

心配してくれてるならありがたいが、俺は中東、アフリカ、欧米を渡り歩いてきた。パスポートも複数所持している。官憲への対応もそれなりに心得ている」

赤井は動じる気配も見せず腰を上げた。もうマスクはしない。

「このテーブルの勘定は済んでます」

信司が言うとそのまま背を向け、振り向くことなく店を出て行った。

〝終わった〟信司は深く息をした。

窓の外を見た。ロードスターはまだ停まっていた。

四十八　榊原

赤井と会った二日後、信司は高園のマンションに来ていた。由美からの電話で呼び出されたのだ。今の信司の置かれた状況は、由美の呼び出しに応じないわけにはいかなかった。

マリーのすぐ下のフロア、十四階でエレベーターを降りるよう指示されていた。全室が管理会社水原エンタープライズのオフィスと聞いていたが、由実も美和もここに住んでいるはずだ。

エレベーター内に付いているキーボードに、電話で教えられたパスワードを入力しないと十四階のドアは開かない。

ドアが開いてもエレベーターホールに無人の受付があり、備え付けの電話機で名乗って許可をとるか、専用のＩＤカードをかざさないと居住エリアには入れないとのことだ。

信司は初めてこのフロアに降りて思った。

〝つまり、この十四階全フロアが心水会の浜松事務所なのだ〟

エレベーターを降りると、既にスーツの襟に水原エンタープライズのバッジを付けた屈強な男二人が待ち構えていた。信司を確認すると、脇を固めるようにして部屋へ案内した。

「どうぞ」

言われて入った部屋の玄関は普通のマンションとは違っていた。かなり広い。その奥にまた左右に開くガラスのドアがあり、その先は五十畳以上はあると思われる部屋だった。

マンションビルの柱が数本ある以外、床には何も無いホールだった。

奥まった場所にドアがいくつかあり、その一つへ案内された。

ドアを開けて入った信司に声が掛かった。

「久しぶりやな信司」

榊原だった。男二人は入ってこない。

会うのは何年ぶりか、予期していないことではなかったが、緊張感の高まりと共に、ある種の懐かしさを感じた。神経を刺激する剣呑さは感じない。

「ご無沙汰しております」

信司は頭を下げた。

一般的な会社の社長室のような部屋だった。正面奥に榊原のデスクがあり、会議用の長い机の両サイドに肘付きのイスが二十脚程並んでいる。

広いが壁には何の飾りもない。信司が想像していた心水会の紋章も無ければ、水原エンタープライズの社旗のようなものも無かった。

榊原は自分のデスクから立って、会議用のイスに座ると、対面を指して信司にも勧めた。

「美和はよくやってくれている。いい娘を見つけてくれた。あれは結構世間に揉まれてるな。だが根がしっかりしている。度胸もある。戦力になっている」

「私から言えば、それは、たまたまです」

信司は自分が呼ばれた訳もだが、わざわざ榊原が浜松に来た目的を知りたかった。この榊原が、訳もなく浜松まで来て、信司を呼びつけることはあり得ないのだ。

「信司、硬いな。久しぶりやないか、何をかしこまってる。ここは俺だけや」

まるで殿様に目通りを許された家来のようだ、と思いつつ信司は口を開いた。

「実は、女房が行方不明になりまして……」

「聞いてる。相手は志田か？」

「はい。本人から直接電話がありました。動くなと。尤も俺は奴と面識はないですが」

「気持ちは分からないではない。分からないではないが信司。女房を持って一緒に暮らす、家族ができると言うことは、そういうことも起きるってことじゃないのか。特にお前のような生き方を選んだ人間にとってはな」

言って榊原はたばこに火をつけ、吸い始めた。

〝確かにそういうことかもしれない〟「普段は一匹狼のような顔をして暮らしながら、都合の悪い時だけ、困った時だけ泣き言を言う。お前はそんな程度の男か」そう言われてる気がした。

「バラさんの言われる通りかもしれません。面識もない奴に女房を攫われるなど考えもせず、周りの状況を読めなかった俺の、脇が甘かったんです」

信司は肩の力を抜き、少しくだけたものの言い方に変えた。

「覚悟ができてるのならそれでいい。お前はそういう世界で生きてるんや」

言われる通りだ。

榊原がまたタバコを吸い、デスクの上の灰皿へ捨てた。

「今日来てもらったのはな、未だに世間に疎いお前が、判断を間違えてはいけないと思ったことと、俺も確認しておきたいことがあったからや。それにお前に頼みたいこともある」

信司は言葉の代わりに榊原の目を見た。

「先に言っておくが、松枝を撃ったのは赤井ではない。直接ではないが、殺ったのは俺や」

先日、赤井本人から「俺ではない」と聞いてはいたが、意外というよりも衝撃だった。

最近頻繁になった美和からのメール情報にもなかったことだ。

信司は大きく一呼吸してから言った。

「そうですか。それは全く思いませんでした。てっきり……」

「そう思われるように仕組んだことや」

「もしかして、由美さんも知らないことですか。その訳を教えてもらえますか」

「敵を欺くには味方からってこともある。美和にも言ってない。殺った訳は心水の人間ではないお前に、いちいち教えるわけにはいかない。

ひとつ言えば、昔からそうやが、時勢の変化に対応できない組織は、生きていけないということや。俺は生き残れる組織作りをしている。その統制や秩序を乱す人間は不要なんや」

〝心水会の中にも内部抗争がある。そうなのだ。榊原は組織改革を推進するために、武闘派で反主流派だった松枝を自ら切った。冷徹だ。

そのことは実の妹にすらも知らせない。松枝は妹が若い頃からずっと親しくしていた人間だからだ。

榊原が松枝の犯人捜しに力を入れていないという、先日の美和の話とも合致する〟

「どうして俺にそれを……」

「事実を知っておいた方がいい。そやろ信司」

〟由美にも内密にしていることを自分に告げた。榊原の目的は何だ〟

信司は必死で頭を巡らした。

「確かに。……あの、そうすると赤井の来日目的はなんでしょう」

「それは決まっている。ターゲットは俺や。俺一人や。そのために来日した。お前の女房との関係も聞いているが、それが目的とは考えられない。

流星会の田代に殺された元刑事の弟の件、これは納得できないかもしれないな。お前を疑っているやろ」

やはり榊原の判断は的確だった。的は榊原一人、先日赤井が自ら言った通りだ。

「はい、俺の店にも来ました」

赤井とのやりとりを全て話す訳にはいかない。

「そうか。奴の前歴も知っているな。ま、赤井も松枝の一件には迷惑しているやろな。警戒は厳しくなったし。濡れ衣を着せられてな」

榊原が笑ったように見えた。信司が初めて見る顔だった。

〟心水会の射撃に詳しい配下に、松枝の行動パターンを探らせ、狙撃に最適な場所も調べさせておいて、赤井ではないプロのスナイパーを呼んで仕事をさせる。榊原ならできることかもしれない。しれないではない、もう実行した〟

確かに赤井の行動はかなり厳しくなったと信司も思う。本署のプロジェクトチームのことも聞いている。あの久保がチームリーダーと聞いて信司も自戒したばかりだ。

「もしかしたら、バラさんを追って、赤井も今、この浜松に……」

信司は話題を変え、懸念していた件を口にした。先日の由美との話もある。

「あり得るな、それは。俺も餌をばらまきながらここへ来た」

〝もしかしたら、榊原は浜松で、赤井と決着を付けようとしているのかもしれない〟

「さっきも言ったが、時勢の変化に対応できない組織は潰れる。今ヤクザは厳しい局面に立たされている。昔のヤクザでは駄目なんや。

俺はな信司、ヤクザという言葉を会から払拭するつもりや。考え違いをするなよ。会を解散するわけやない。組織を根本的に改革する。

だがその前に、目障りなマキノは叩かねばならない。もっと言えばマキノの資金源をな。俺はそのためにここへ来た」

榊原はまたタバコに火をつけると、机の上の電話機のボタンを一つ押した。後ろのドアから男が出てきた。

「信司、コーヒーでいいか」

信司が頷くと、榊原は男に「二つ」と告げた。

榊原の言葉には関西弁が混じるようになった。最後に会ったのはいつだったか。それほど遠いことではない。だが信司は時の流れを感じた。

「奥さんはどこで攫われた？」

榊原が話題を変えた。

信司は別居させていたことを話した。

「お前、考えてもみろよ。志田の表の稼業は不動産屋だ。アパマンの入居情報は常に把握している。賃貸マンションは論外や。匿うなら家の外は危ない。お前が判断を間違えたんや。それで、安否は確認できたんか？　場所は？」

「いえ、できていません。場所も」

「分かった。相手は志田なんやな。なら女房のことは俺に任せろ。別にバーターというつもりはない。

こういうことは一人でやるより、不動産に詳しい人間が大勢でやる方が効率がいいから言っている。お前には別なことを頼みたい」

信司は一般市民、カタギだ。香奈のことをまともにマキノの人間に訊いて、知らないと突っぱねられれば、それ以上の行為は犯罪になる。

だが榊原はそんなことに頓着しない。もっと手っ取り早い方法を採って探すだろう。

「すみません。お手数を掛けます」

信司は頭を下げた。

「……で、私は、どんな……」

「そう急かすな信司。志田は一応マキノの社長や。バカはしないやろ。奴の相手は俺や」

榊原はゆったりと構えている。さして大柄ではない。かつて東京で一緒に仕事をしていた当時も、一見ごく普通のサラリーマン風だった。

今も剣呑な雰囲気は発していない。それでいてサシで向き合っていると威圧感を感じた。これが貫禄というものか。よく見ると、身につけているスーツやネクタイ、時計などがブランド物だと信司にも分かった。

ヤクザが光り物のブレスレットなどをすると、下品で野卑になるが、榊原はそういった物も付けていない。洗練されていてヤクザという雰囲気は全く無い。顔つきも実業家そのものだ。

先ほどの男が出てきてコーヒーセットを二つ、二人の前へ置いた。

「今の話もそうやけど、お前は昔からちょっと疎いところがあるから一応説明をしておく。大事なところで齟齬を生じさせたくない。飲みながら話そう。もっとリラックスしろや信司」

榊原は片手を出し、机に置かれたコーヒーカップを勧める動作をすると、自身もカップを口にした。

「楊という名前を聞いているか。出生は中国や。もし知らなかったら美和に聞け。赤井を日本に呼んだのはこいつやと思う。俺を殺るためにな。

奴は韓国で張と組んで、王四省という黒社会の大物を殺った。そして、奪った銭をロンダリングするために、張が親しい杉山拓郎という男の外国口座に振り込んだ。ほとぼりが冷めるまでの一時的な置き場所としてや。

張というのは、四年前に俺のあばら骨を折ったお前の連れ、何といったかな。栗……畑か。あれから韓国へ逃げたらしいが、そいつや。向こうで名前を変えた。

楊はその張と親しい。詳しいいきさつは不明や。

本国で自分が持っていたら銭も命も危ない。向こうの黒社会も甘くはない。楊にファミリーはいないが、銭の扱いについては、会計に詳しい奴が付いてるらしい。

杉山拓郎はあの時、もう十年近く前になるか、キーロック協議会の銭五千万円を議員秘書になりすまして横取りし、ヨーロッパへ逃げた男や。

聞けばお前の親戚やそうやな。そこいらをしっかりとお前に確認しておきたかった。張と杉山拓郎、この二人とお前の関係はどうなんや？」

榊原がまたコーヒーカップを口にした。

「はい。杉山拓郎は確かに俺の本家筋の親戚です。しかし、俺が顔を見たのはしばらく前、親の賢二郎の葬儀の席が初めてで、口をきいたのはそのあと、近くのホテルに呼び出された時が初めてです。親戚としての付き合いは全くありません。

ちなみに、拓郎には高校生の娘がいましたが、例の黒岩が刀匠の義国さんと同時に車で轢き殺しました。

過日、俺がホテルに呼び出されたのは、警察がろくに捜査もしなかった犯人の黒岩を俺が始末した、その時の礼を言いたかったと言ってました。

しかし、轢き殺されたのは義国さんの巻き添えになったからで、元々の原因は俺にあったと考えているようです。拓郎は俺のことは栗畑から聞いて全て知ってます。

俺を呼んだ目的は、娘の仇を俺がとったという恩義よりも、自分の配下に組み入れようという魂胆だと思います。

今回は俺が何もできないように、志田を使って女房を拉致しました。拓郎が知らないはずはありません。もはや親戚のよしみなどありません。

志田に俺の過去を告げ口したのは栗畑です。奴は俺を裏切りました。もう俺にとって友人でもなんでもありません。バラさんがこの二人をどうしようが俺には関係のないことです」

「そうか、分かった」

「あ、楊のことは美和から話だけ聞いています。韓国でカンフーの道場を経営してるとか」

「当人に聞いたわけやないが、その栗畑を通じて資金提供を受けた杉山は、K&Jという会社を立ち上げ、帰国して浜松に新社屋を建て、今度はその銭をマキノの志田に資金提供してバックアップしている」

「承知してます。牧野組のチンピラがマリーや由美さんの店に来て嫌がらせをしたり、水原エンタープライズと対立していると聞いてます」

「そうや。そういう時のために、俺は松枝をこっちに派遣した。杉山は親しい地元の山岡議員に頼み込んで、手広く事業を拡げているが、そうそう思い通りには進展していない」

「はい。それでバラさんの会社を……」

「そうやろな。俺にもコネはある。知ってるやろ?」

「西園寺……先生ですね」

由美から聞いている。今更知らないとは言えなかった。

「そうや。俺の親父や。尤も、今では顔を見て話すことはほとんどないけどな。未だ派閥の領袖や。山岡とは格が違う。

志田も杉山も邪魔なのは俺やと知ったのやろ。山岡に吹き込まれてな。だがスナイパーを雇うというのは日本人が考えることやない」

「それで、楊?」

「そうや。奴は王四省を手に掛けた。もちろん他人が殺ったように見せかけてな。だが、そんな小細工は裏の世界ではすぐバレる。奴はもう韓国にも本国にもいられなくなった。

命が助かる道はただ一つ、杉山に融資した銭を取り戻して持ち帰り、裏の組織に差し出す以外にないのや。

そのために近日中に来日するという情報が入った。だが杉山の会社もこの長引く不況で業績は芳しくない。

志田にしたところでそう簡単に、右から左へと大金は動かせない。つまり返済は難しい」

「それで水原エンタープライズを潰す……というか、バラさんを……」

「大陸や欧米の組織は小さな家族の連合体、一人を殺れば潰れるようなファミリー組織が多い。そやから、抗争が起きても、一つのファミリーが動員できる兵隊は少ない。

楊がこれまで生きながらえる事ができたのは、大陸の個々の組織の兵隊が少なく、そのくせ個々の縄張り意識が強いからや。

しかも言わば寄せ集めや。連合組織の統制は弱い。個々のファミリーの都合が優先される。日本の組織はそんな外国の組織とは違う。マキノのところだけでも三十人はいるやろ。特に心水の組織は大きい。マキノのところとは桁が違う。

俺を排除しても代わりは何人もいるのや。それが楊には分かっていない。日本に来ればそれが分かる。逆に日本人の志田には大陸のシステムが分かっていない。

杉山は経営者として甘い。親の会社を継いで一度倒産したらしいな。所詮お坊ちゃまなんやろ。韓国のクズのような奴の言うことを真に受けて融資を受け、会社を立ち上げ、また日本に戻って工業団地に新社屋と工場を建てた。経営基盤がひどく軟弱や。

ついでに言っておくが、京都で商いをするには、寺社衆の了解を得ることができなければ何も進まない。これは平安、室町からの伝統なのや。

心水が長くやってこられたのは、寺社衆と良好な関係を続けているからや。信司は知らないやろが、寺社も独自の自警隊を持っている。俺が声を掛ければその連中が動く。京都を知らないアホどもにはそれらが分からない。俺を殺せば何とかなるようなものではないのや。

そんなことも分からないクズの韓国人の依頼を受け、日本に戻った赤井もロクなものではない。会ったら言ってやれ信司」

榊原が次に何を言い出すか、信司はまだ読めなかった。それが分からなければ緊張感は解けない。コーヒーを味わう余裕はなかった。

しゃべって喉が渇いたか、榊原はまたカップを口にした。

「本題に入ろう。とにかく今回の楊の来日を機に、楊と志田と杉山拓郎を一気に叩き潰す。もちろん張もだ。日本の大組織の力を見せてやる」

ここへきて榊原が語気を強めた。

信司が口を開く前にまた榊原が言った。

「楊は裏社会の人間のわりには律儀というか、相手が日本人だからか分からないが、杉山と融資についての正式な契約書を取り交わしたらしい。

しかも、その契約書類はデータ化されていない。本人はもちろん、誰のパソコンにも入っていない。コピーも無く、現物が一通あるのみだそうだ。ハッカーも手が出せない。奴に付いている会計士の知恵かもな。敢えて時代に逆行させせてる。

それはともかく、立場が危うくなった楊は背に腹は代えられない。杉山との融資契約破棄、すぐに全額を返済するよう杉山に通告した。

奴らの間がどうなっているか知らないが、会の調べでは、楊は用心深い奴で、その書類現物を一式全部自分の懐に入れて自ら来日する。

杉山と決着を付け、大陸の連中に返済して、身の安全を図るつもりだろう。その前に奴の持っている書類を全て奪いたい。

信司、奴を丸裸にしてほしい。お前に楊を殺れとは言わない。殺るのは会でやる」

信司は〝来た〟と思った。これが用件だったのだ。

「用件は分かりました。楊の来日はいつでしょうか？」

「未定だ。だが近日中であることは確実だ。いつでも掛かれる態勢でいてくれ」

「何故、事前に俺が？」

「信司、知ってるか、日本にはいわゆる在日が大勢いる。奴らの情報網は侮れない。日本で起きたことはそれぞれの本国へ伝わる。それなりの力もある。

政界にも通じているし、メディア、マスコミにも影響力を持っている。大陸の総連とも連携している。心水の幹部にもいる。奴らは王四省の件を知っている。その資産についてもな。

今回のことは、楊と杉山の間で決着がつけばそれで済む。だが多分決裂する」

在日の事は美和の報告の中にもあった。信司は納得した。王四省が遺した、というより楊が奪った金額は、その連中が目を付けるほど多額なのだ。

楊を来日早々に心水会が直接手を下せば、敵は国外まで拡がる。水原エンタープライズとの関係もあからさまになる。それは避けたいのだ。

「心水は楊が持参する契約書類を使い、楊の代わりに杉山と話を付ける。決裂してどうなるか分からない王資金を、心水が調整役となって裏で収め、大陸や在日と話を付ける。楊、杉山、志田がいなくなろうと会社や組織が潰れようと、資金が戻れば奴らは問題ないし、心水の顔も立つ。それが心水としての方針だ。表には出ない。

だが、もし楊と杉山が手を組み、志田が関東の支援を取り付け、本国とも王資金返済の折合いがつけば、水原エンタープライズのダメージは大きい。赤井も俺を狙っている」

「いきなり心水会というか、水原エンタープライズが出るわけにはいかない。まずは楊を裸にして無力化し、楊に代わってバラさんが杉山と話を付け、王資金を確保する。

そうしておいて三人を潰し、改めてバラさんが交渉役となって在日や大陸と資金の決着を図る。そういうことですか」

そうなれば心水会は調整役として、在日にも大陸にもいい顔ができ、水原エンタープライズも安泰、うまくやれば資金の一部を調整料として取り、西園寺に献金もできる。

「分かりが早いな信司、その通りだ」

力強く言い切った榊原に、もう関西弁は出なかった。

「事前の段取りはこっちでする。御茶ノ水駅と同じだ。既に会の人間二人を韓国に派遣した。連絡は取り合っている」

榊原がまた受話器を上げプッシュした。

先ほどエレベーターホールで信司を迎えた二人が現れた。

「信司、紹介する。花川と土屋だ」

信司は立ち上がって挨拶を交わした。

「韓国に派遣した者から連絡が入り次第決行する。楊はソウル、仁川空港からの便で中部国際空港に降りるはずだ。信司はこの二人と打ち合わせて空港で待ち合わせてくれ。やり方は信司に任せる。この二人の腕は松枝と変わらん。信頼していい。楊の仲間は分からんが、まず二人以内だろう。四人で信司をサポートする。

頼むぞ、信司。女房の事は任せろ。情報が入り次第連絡する。俺を信用しろ」

さらに二、三、打ち合わせを済ますと、榊原は席を立った。

信司と花川、土屋はとりあえず互いの電話番号とメルアドを交換して別れた。


信司は車で帰宅すると美和に電話した。もう悠長に電チャリで移動している余裕はない。自分がセントレアへ出て仕事をしている間に、香奈の居場所が分かったり、救出に動くことになった場合は美和に頼むしかない。

場合によっては茉莉子にもだ。そのことを依頼し、打ち合わせをしておく必要があった。

二人への電話は通じた。

信司は由美にも電話した。先日の由美からの依頼と、今日の榊原の依頼の折り合いを取って貰うためと、美和と茉莉子の力を借りる了解をとるためだ。

由美の答えは明快だった。

「今は兄の言う通りにして。美和と茉莉子もＯＫよ」

信司は確信した。

〝榊原は心水会の内部抗争の取り締まり強化のため、実の妹にも知らせず、側近の松枝を自ら排除した。そして、楊の来日に合わせ、拓郎、志田を含め三人を叩き潰し、王資金の運用を手中にする。それらをここ浜松で一気に決着させるつもりだ。

赤井のことなど眼中に無い。恐れてもいない。あの要請は由美の独断だ。無視していい〟

その一方で思った。

〝おそらく、赤井もこの機を逃すまいと狙っている〟

四十九　事故

「なんだてめえら、俺は牧野だぞ。こんなことしてただで済むと思ってんのか」

二十歳そこそこに見える若い衆が大声で凄んだ。

午前十一時、西区、牧野耕蔵の家から環状線へ抜ける田園地帯の交差点だった。農道で信号機はない。

若い衆の運転するセルシオが差し掛かった時、一旦停止で停まっていた二トンダンプトラックが動き出し、左側からセルシオにぶつかったのだ。

セルシオは勢いで斜め右に押し出され、干からびた冬の水田に落ちそうになって止まった。

季節外れの農道に車は走っていない。

ダンプから男二人が降りてきた。二人ともベースボールキャップをかぶりマスクをしていた。体格はいい。

「悪かったな。話つけようぜ。エンジン切りな」

一人が言うと、のっそりと降りてきた若い衆の顔面にいきなりパンチを打ち込んだ。

「てめえ……」

顔を押さえて言いかけた若い衆の右腕をもう一人が掴んで背中へねじ上げた。

「黙って乗れや」

二人は牧野組の若い衆をダンプに乗せるとすぐに出した。若い衆の右手は掴まれたままだ。

「お前ら誰だ、どこへ行く、手を離せ」

「すぐ済む。黙ってじっとしてろ。動くと首から血を吹くぞ」

右手を掴んだ男が、いつの間にかナイフを出して若い衆の顎の下に当てていた。

「名前は」

「……小林」

若い衆が小声で答えた。

ダンプは三百メートル程離れた工業団地内の空き地に入って停まった。

周辺には未舗装の空き地がいくつもあり、付近の会社が従業員駐車場として使っている。ダンプの停まった空き地は工場跡地で、トタン板のフェンスに囲まれていて外からは見えない。

二人は小林と名乗った若い衆を降ろすと同時に、一人がまた腹へパンチを見舞った。腹を押さえ、うずくまるように倒れた小林に訊いた。

「牧野組に最近、二十代の女が連れてこられた。調べはついている。どこにいるか場所を言え。お前が牧野なら知らないとは言わせない。言えばすぐ帰してやる。言わなきゃここへ埋める」

一人がまたナイフを小林の喉へ当てた。切っ先が少し食い込んだ。刃渡り十五センチ程のシーナイフ、大型だ。

「ひぇっ」

小林が小さな悲鳴のような声を出した。

「何だよ、お前ら……」

語尾が震えていた。もう一人はダンプから降ろしたツルハシと大型スコップを持って立っている。

「知ってるよな。早く言え。言わなきゃお前をここへ埋めて他の奴に訊く。言え」

小林の膝が震えだした。今までこんな経験はない。怯えた目が二人を交互に見た。

「会長の家の二階だよ」

二人の男が顔を見合わせ軽く頷き合った。

「女は元気か？　怪我とかしていないか？」

「ああ、大声出したり暴れたり逃げようとしない限り、丁寧に扱えって社長から言われてる。元気だよ」

「社長ってのは志田のことだな。直接面倒見てるのは誰だ？」

「大ママ、会長の女将さんだ」

「他に誰が付いてる」

「住み込みの俺等五人と、志田さんのところから二人来てる。それだけだ。訊かれた事にゃ答えた。帰してくれよ。俺はスーパーへ大ママを迎えに行かなきゃならねえ」

「行け。ここであったことは全て忘れろ。俺達はいつもこの近くにいて見ている。お前が組の誰かにしゃべったり、言ったことが嘘だったら、お前の命はない。手や足を毎年一本ずつ切り刻む。それが俺達のやり方だ、覚えておけ。

お前はセルシオのハンドル切り損ねて事故って、そこらへ体をぶつけた。ただそれだけだ。分かるな。牧野の小林。名前も顔も覚えた。ずっと五体満足でいたいだろう。見てるからな」

一人がまた小林の腹を蹴った。

ダンプは空き地を出て行った。ナンバーは泥で汚れて読めない。

志田の会社が香奈のマンションを苦もなく探し当てたように、水原エンタープライズも不動産物件についての情報には詳しい。

拘束して監禁するだけならいざしらず、人間を一人、生かして軟禁するのはそれほど簡単ではない。そこいらのアパートやマンションでは困難だ。誰かに知られ、警察に通報されて踏み込まれたらアウトだ。

榊原はそう考え、京都の本部から集めた直属の配下に指示を出していた。探り当てるのはマキノと同業の水原エンタープライズにとって、さして難しいことではなかった。

その結果、マークされたのが牧野耕蔵の家だった。二トンダンプトラックの二人によってそれは確認された。このようなやり方は信司にはできない。

二人からの通報はその日の昼に榊原に届いた。そして美和から信司にも届いた。

五十　志田の思惑

志田は考えていた。

〝これからのヤクザは変わらざるを得ない。取り巻く情勢や将来展望を考えれば尚更のことだ。もう、とうにオヤジの時代ではない。

そう考えて以前から会社の正業をアピールしてきた。牧野組とは一線を引き、マキノ産業としてイメージアップを図ってきた。最近では世間の目も変わってきている。

今度の株主総会でオヤジには会長を退いて貰う。ついで牧野組には解散宣言を出して貰う。宣言を出すだけだ。今のままやりたい事をやって、好きに遊んで暮らしてくれればいい。

しかし、いつの世も、どんな事業も、必要なのはまず資金、銭だ。オヤジ、といっても女房の親だが、杉山賢二郎とは漢（おとこ）としてのつきあいだったという。

その縁で杉山の息子拓郎とも親しくなった。だがこいつは所詮お坊ちゃまだ。むしろ傍に付いている張の方が信用できる。

パソコンに強く、あいつの情報収集能力は凄い。その上見かけによらず拳法の達人だ。こいつは韓国で知り合ったという楊と親しい。楊の生まれは中国らしい。

聞けば、拓郎が新会社を立ち上げた資金はこの楊から出ているという。

半端な銭ではない。日本円で何千億とも言われている銭、資金だ。それで本国の黒社会から追及されているが、楊には琳（リン）という会計士も付いている。こいつらは使える。

張は事業に何が必要かを知っている。楊が拓郎に融資した銭を、会社に投資した形で俺に回している。それがK＆Jの利にも繋がることをあいつは心得ているのだ〟

志田の考えは、滅多にないことだが、過去への追憶に変わった。

〝俺と張、楊と琳には共通しているものがある。それは生い立ちが貧民だということだ。虐（しいた）げられ這いつくばって育ち、『今に見てろ』という想いで生きてきて今がある。ハングリーな育ちゆえの連帯意識がある。

俺にしてからが、生まれながらに差別されてきた。実家がそういう地区のそういう家なのだと小学五年で知った。中学を出ると親や家を捨て、東京へ出た。

アテは何も無かった。新宿駅東口の夜の盛り場で声をかけられ、バーや飲み屋のトイレ掃除屋に転がり込んだ。誰もが嫌がる、それだけを請け負う商売があったのだ。

浜松にいたら知ってる顔があって死んでもやりたくない、絶対にできない仕事だが、周りの全員が見知らぬ他人ばかりの新宿ならできた。

夜、客が吐いたり汚したりしたトイレを、ピカピカにする作業だ。泊まる所もなかった俺に親方は三畳間を空けてくれた。

店から連絡が入れば時間など関係なく全部受けた。閉店後の二時や三時に呼び出されても出掛けて掃除をした。初めは話し掛けてくれる人間などいなかった。モノやゴミみたいなものだ。目が合ったと因縁を付けられ、よく地回りに小突かれ蹴られたりした。ただそこにいただけで目障りだとボコボコにされたりもしたが、掃除屋の小僧を殺すようなことはしなかった。近くに小さなボクシングジムがあり、行った。掃除の仕事でだ。掃除はすぐ終わる。時々トレーニングを見ていたら、練習相手にさせられた。そこで殴られることや痛みに慣れた。成り行きで殴ることも覚えた。それからは、街中で誰かと目が合ってもビクつくことはなくなった。だが路上で喧嘩はしなかった。やれば勝てると思っても逃げた。

バカバカしかったからだ。そんなことで勝ったからといって何の得もない。

最近グァムで手に入れた拳銃、ＦＮファイブセブンは弾が二十発入る。高速弾で命中精度もいい。会社で使う測量機器の中に分解して入れて税関はパス。弾はみやげのパイン缶の中に百発入っている。この方がはるかに役に立つ。

あの頃は店で何を見ても聞いても、人にしゃべらず、ただ黙って働いた。生活の知恵だ。だが、夏の臭いには参った。親方から給料を貰うと昼間、よく銭湯へ行った。洗っても洗っても臭く感じた。憂さ晴らしにジム通いも続けた。よくやったと褒めてやりたいくらいだ。

そのうち店のホステス達に知られるようになり、あれこれ雑用も頼まれるようになった。

一年二年と経つうち、女という生き物を知った。十八になった時、掃除屋は辞めた。自動車学校へ行く銭を出してくれる女と知り合った。ベッドで女を歓ばせるのに学歴は不要だった。二十歳を過ぎるとデリヘルならぬ、デリバリーホストをやった。海外出張で留守の亭主の代わりをするのだ。豪邸を泊まり歩いた。

東京というところは凄い。初めのマセラティは中古だったが、女が買ってくれたものだ。だが俺も男だ。女に尽くす生活には飽いた。三十になり男らしい仕事がしたくなった。品川にあるゼネコンの取締役の女房に取り入って、社員にして貰った。だが夜の酒場の暮らしに慣れ、水気の抜けない俺に務まる訳がない。すぐ建設現場の足場を組む会社へ出向に出された。俺には分かった。この会社がヤクザとつるんでいるということがだ。だから逆に俺はすぐになじんだ。

そこに牧野広美がいた。俺はどんな女か見れば分かる。寝た。聞けばヤクザの娘ということが周りに知れて、貰い手もなく、親のツテを頼ってこの会社へ逃げて来たという。

新宿で鍛えた俺のテクに広美はイチコロだった。牧野のオヤジとも会った。会社は俺に任せると言う。嫁にした。

浜松に戻ってくるとは思ってもいなかったが、これも運命かもしれない。もはや実家は一家離散して跡形も無い。

下積みを経てやっとここまで来た。今の車は自分の銭で買った。新車だ。そこまで来た。もう一息だ。目の前に立ち塞がる壁、水原エンタープライズ。

この分厚い壁をぶち壊さなければ、こっちが潰される。殺るか殺られるかだ。敵の根っこは榊原だ〟

志田は追憶から現実に戻った。

〝楊は持っている資金でスナイパーを雇った。水原の実質支配者榊原を殺れば、後は大したことはない。楊から直接聞いた訳ではないが、既に目障りな松枝を排除した。奴が口先ばかりではないことを実行してみせた。

水原の壁が崩壊すれば、楊の持つ資金を使って事業は大きく展開できる。K＆Jは当面、張や楊に任せていい。杉山拓郎の一族にはいずれ引退してもらう。

楊は大陸特有の組織の特徴で兵隊を持っていない。もちろん張にもいない。カンフーがいかに強くとも、俺の持つ現在世界最強と言われている拳銃、FNファイブセブン一丁にかなわない。俺には兵隊もいる。

会社はいずれ統合する。もちろん俺が社長だ。俺に刃向かう奴は消えて貰う。その頃には多分、暴力団という組織は表面的には消滅し、ヤクザという言葉は死語になる。

だが俺は裏に精鋭組織を残す。普段は一般人と変わらない生活を送り、必要な時、実力で敵対する人間や組織を排除駆逐する組織だ。オヤジの家はそのために残す。

法律が何をどう縛ろうとも、この世の中に人間がいる限り、暴力はなくならない。政治家や学者が何を偉そうに語ろうが、手や足を斬られれば、泣き叫んで命乞いをする。人間は体の痛みに弱い。昔も今も変わらない。

それと銭だ。右だ左だイデオロギーがどうのと言ってる奴も、札束で転ぶ。これも古来から変わらない。俺はそれができる地下組織を作る。だが、まあそれはまだいい、まずは榊原の駆除だ〟

志田は実際には信司と顔を合わせたことはない。張からの動画で見たのみだ。他にも張からはいろいろと聞いていた。気になったのは、信司が榊原兄妹とも通じているということだった。目前の榊原駆除に当たり、油断のならない奴という張の言うことを聞き入れ、杉山香奈を拉致した。

志田には神経質な一面があった。上に立つ者は、大胆さと緻密さの両面が必要だというのが持論だった。どこから水が漏れるか分からない。川村美和の件もある。

それで、信司を足止めしようとして配下の野中に命じてやったことだ。

しかし今、リスクの大きい手荒なことはしたくないと志田は考えていた。

〝人を大勢動かすような抗争を起こし、警察が出てくるような事態は愚の骨頂だ。楊も兵隊を持たないということもあるが、それでスナイパーへのオファーを選んだのだ。

杉山拓郎からは、榊原がいなくなれば、信司はこっちに取り込めると聞いていた。張と信司が昔、息の合った仲間だったことも聞いた。

利用できる者は利用する。できる人材をわざわざ敵に回すのは、できる人間のすることではない。利用するだけだ。信用はしない。

先日の電話では怒っていたが、あの程度は男なら当然だ。榊原が死ねば風向きは変わる〃

五十一　中部国際空港セントレア

榊原と会ってから四日後の午前十時前。信司は中部国際空港セントレアの第一ターミナル二階、国際線到着ロビーにいた。榊原の部下、花川と土屋も同行している。

香奈の身が無事だということは既に昨日聞いていた。やはり榊原が言う通り、心水会という組織の力は大きいと認めざるを得なかった。

自分一人では見当も付かないことを僅か三日で捜索し、探し当ててくれたのだ。頼まれた仕事は考える余地はない。受けざるを得なかった。

それほど難しいことではない。既に昔のことだが慣れた仕事だった。だが香奈が無事だと知らされたことは心理的に大きく違う。無事を知る前と知った今では脈拍さえも違うと感じた。

先行して韓国に飛んだ榊原の部下二人は、楊と同じ便で来る。手筈は整っていた。同行してくる楊の手下が一人ということもこちら側の三人は承知している。

信司の仕事は、楊が機内に持ち込んで持つ、アルミのアタッシュケースを、花川と土屋が準備したものとすり替え、尚も楊の上着内ポケットの物を掏り盗ることだった。

榊原の調べでは大陸の慣習で、楊は今も大昔の割り符を作り、肌身離さず持っているはずだという。もちろん片方は拓郎が所持しているはずだ。

アタッシュケースは、既に仁川空港からマークしている榊原の部下が、その写真を花川、土屋組に送信してきていた。ズームアップしたブランドマークも一緒だ。

二人はセントレア内の旅行グッズ販売店で購入済みだった。セントレア内にはこうした店がいくつか出店している。

到着便のアナウンスが流れ、三人は何度もリハーサルした配置に着いた。

時間は予定通りだ。税関を抜けた楊と手下が到着ロビーに出て歩いて来る。手下は大きなコロ付きのキャリーバッグを引いていた。

榊原の部下二人はピタリとその後ろに付いていた。上着の胸にオレンジ色のポケットチーフを覗かせている。予定通りという合図だ。

信司は昔のように気配を消した。

人は街中に身を置いている時、それほど意識をしていないが、それでも本能的に危険を嗅ぎ分けるため、周りに注意を払っている。中に人一倍、その感受性が強い者が居る。それが仕事に直結している連中だ。電車の中の掏りと、それを専門に取り締まる刑事はその代表だ。

中には無意識に目が合ってしまった場合でも「ガンづけした」と因縁をつけてくる輩がいる。過敏なセンサーの持ち主だ。

逆に、傍にいてもその存在を感知させない才能を持つ者が居る。昔掏りの修行に励んでいた頃、信司は当時の師匠榊原に何度も「気配を断て」と言われた。「お前には才能がある。誰もができるものではない。集中しろ。目を合わせるな」そう言って刷り込まれたのだった。


楊は久しぶりに日本の空気を感じていた。十年程前に当時のボスと来て以来だった。韓国は悪くはないが本国と陸続きだ。何かと煩わしいことが多い。特に最近は王資金の件で騒々しい。

今日は杉山拓郎と話をして決着を付ける。今日からこの日本で新しい日々が始まるのだ。到着までの機内ではこれまでの日々が頭に蘇っていた。

〝俺は貧民街に生まれ育った。親の顔さえもよく憶えていない。生きていくために店の残り物を貰って食べ、調理場に捨てられたクズ野菜や、腐りかけたような肉や魚を貰って帰り、コンロで焼いた。学校へはろくに行っていない。だが文字も一通り読めるし計算もできる。

他人の物を盗むことは子供の頃から得意だった。見つかって殴られることもよくあった。喧嘩もよくやった。強くなりたかった。

十五の時、背の小さな年寄りが持っていた腕時計を奪い取ろうと殴り掛けた。逆に殴り返され川に放り込まれた。『小僧、強くなりたいなら武術をやれ、教えてやる』と言われて弟子になった。本格的に修行をした。飯は食わせてくれた。おかげで今は道場主だ。

だが足りない物があった。銭だ。銭があればなんでも手に入る。人は銭で転ぶ。女は銭で足を開く。銭があればもっともっと強くなれる。武術の強さではない。権力だ。

張とは日本のヤクザがやる、盃を交わした仲だ。日本では義兄弟と言うそうだ。あいつの育った境遇は俺と似ている。初めてあいつが道場へ来た時、俺と同じ匂いを感じた。同じ目つきをしていた。幼い頃から虐げられて育った似た者同士だった。あいつが拳法を覚えて強くなったのも、俺と同じ動機だ。

すぐに気が合い、二人でいつも話をした。あいつは本当の弟のような奴だ。『強くなりたい。銭がほしい。いつか這い上がってトップになる』これが二人の共通の目標だった。そのためなら何だってやる。それも同じだ。

あいつはパソコンが得意だ。「今の時代に必要なのは情報だ」と言っている。

俺は昔世話になった大ボス王四省を殺った。目的はもちろん銭だ。

王四省は黒社会の大物だった。奴の子分はアメリカにも日本にも居る。日本では華僑とかいうそうだ。ヨーロッパにも居る。世界中から奴の口座へ銭が送られてくる。薄汚い銭だ。だが銭は銭だ。

張はその口座をパソコンで調べて突き止めた。あいつはそういうことができるのだ。ハッカーというらしい。俺は王四省を殺る前に痛めつけ、張がパスワードとかＩＤとか必要なデータを手に入れた。

そして、手にした銭を、張が親しくしている、日本の杉山拓郎の口座へ移し替えた。俺からの資金援助としてだ。この仕事は琳がやった。

杉山は喜んだ。受け継いだ父親の会社を倒産させてしまってからの悲願だった、新会社設立を実現して日本に帰り、新社屋を建てた。

俺が持っていることが分かれば大陸の奴らに殺されるかもしれない。一時的に拓郎のものにしておき、ほとぼりが冷めたら取り返せばいい。そう言う張にやり方は任せた。

あいつは凄いことができる。大した男だ。俺は杉山と逢い、K＆Jという会社を立ち上げた。

正式な契約書を交わした。それも琳の仕事だ。表の社会で通用するまともな書類だ。

琳は本国の大学で会計学を学んだ男で知識がある。学生当時民主化運動で当局から睨まれ、逃げ回っていたあいつを匿ってやったのは俺だ。

俺を裏切ったらどうなるかを知っている男だ。信用している。

杉山は俺からの資金を得て日本に帰り、新しく工場も建設した。張も杉山に付いて日本へ帰った。杉山のボディガード兼監視役だ。

張は日本でヤクザの志田と知り合い、味方にした。杉山の父親と志田の義父牧野耕蔵は、昔から日本人が言うマブダチだと聞いた。張はそのコネで志田と親しくなった。

志田も虐げられた過去がある。東京の小さな組織から牧野の娘と結婚して浜松へ来た。

張は資金を志田に融資した。志田も銭が必要なのだ。今は牧野組というヤクザから脱皮した形で、マキノ産業という不動産会社の社長だ。張からの融資を受け、裏の力を使って勢力の拡大を図り、水原エンタープライズと競っている。

杉山の会社K＆Jの本業は楽器製造だが、手広くやっている。多角経営と言うのだそうだ。そこにも志田の裏の力は及んでいる。つまり、杉山も志田も俺の持つ銭で大きくなったのだ。

杉山には近いうちに消えて貰う。まずはその前に水原エンタープライズ、というよりその裏で実権を握る心水会の榊原を殺る。

依頼したミスター・アキからは近日中に決行すると連絡が来ている。

奴が消えれば水原エンタープライズは敵ではない。心水会の進出をよく思わない組織は多いと聞いた。それも張が調べてある。

心水会は大きいが、それ故に榊原と対立する輩もいると聞いた。榊原は武闘派を排除したいらしい。水原エンタープライズに来ていた松枝は、心水会傘下の武闘派組長だった。

志田も「おかげで手間が省けた」と言っていると聞いたが、俺とミスター・アキとの契約に松枝は入っていない。だがそんなことはどうでもいい。いなくなれば誰が殺ろうが関係ない。

とにかく、志田の組織を使って、榊原の抜けた水原エンタープライズのシマを手中にし、俺と張でK＆Jを仕切る。杉山一族は排除する。

そうなればK＆Jの経営は表面的には張に任せればいい。だが、資金を持っているのは俺だ。

そこら辺りを今回、杉山とはきっちりと話を付ける。経営陣には琳を置いて監視する。

志田には分かるはずだ。誰が榊原を殺ったか。誰の資金で今があるか。俺に逆らったり裏切ったりしたらどうなるかを。

俺が王四省を殺ったことは、今では大陸の黒社会は知っている。奴らはあの銭を『王資金』と言っている。それを俺に返せと言っている。

韓国に居たらいつ鉄砲玉が飛んでくるか分からない。日本に着いたら時機を見て俺は帰化する。大陸や在日連合には、自分が受け継いだ王資金を適当にばらまいて話を付ける。

K＆Jを杉山に代わって仕切るのは、表は張、裏は俺だ。古い体質の心水会は京都で静かにしていればいい。そっちの対応は志田に任せる。奴には今後も応分の資金援助をする〟

虐げられた過去からの脱却と成功を胸に、楊は想い出を断ち切った。ここはもう日本だ。

その時、前から来た男が何かに躓（つまず）いて転びそうになり、前へつんのめるような体勢になり、勢いよく楊にぶつかってきた。

楊は拳法の高段者で実戦経験も豊富だ。鋭敏なセンサーも持っている。初めからその気でぶつかって来たのなら、事前に気付かないことはなかった。

周りに神経を刺激するような人間がいればいち早く気付く。だが気配も感じさせない突然の出来事ではさすがの楊も避ける暇がなかった。

男は慌てていて楊の体に掴まるように密着し、肩や腕に触れた。傍に付いていた手下の琳がすぐさまキャリーバッグを手放し、楊と男の間に入り、男の体を突き放すように押して離した。

「何やってんだ」

琳は日本語が得意だ。男を怒鳴りつけた。男は恐縮して楊がはずみで手から落としたアタッシュケースを拾って手渡すと、

「すみません。何かに躓いてしまって。大丈夫ですか、失礼しました。本当にすみません」

楊と琳に何度もぺこぺこと頭を下げた。

「馬鹿野郎。気をつけろ！」

琳がまた男に怒鳴った。

「すみません」

男はまた何回も頭を下げながら去って行った。

どこにでもいるような日本の男だった。背も特別大きくはない。顔はよく見なかった。また見ても分からないだろう。せっかちで慌てている馬鹿な人間はどこにもいる。ソウルにも本国にもいる。

楊は気を取り直すと一階に降り、タクシー乗り場へ出た。遠距離タクシーを予約してあった。楊は空港に興味はない。琳は物珍しそうにキョロキョロしている。日本語は得意なのに来たのは初めてなのだ。

着いたらすぐに杉山の会社へ行く手筈になっていた。タクシーに乗った。大きなキャリーバッグは後ろのトランクへ入れたが、アタッシュケースは琳の膝の上だ。

楊に言われ琳は杉山へ電話した。

「楊の部下の琳です。今着きました。こっちは予定通りです。そっちへ向かいます」

しばらくしてタクシーが高速道路へ出た。ずっと窓の外ばかり見ていた琳が膝の上のアタッシュケースを見ながら怪訝な顔をして呟いた。

「何か変。おかしい」


信司は花川、土屋とセントレアで別れた。もちろん獲物は全て渡してある。とりあえず仕事は終わった。榊原の依頼事項は果たした。

信司はけじめは付けたかった。自分は心水会ではない。今回は香奈のことがあって一緒に仕事をしたにすぎない。花川は一緒にと誘ったが、車で来ていることを理由に断った。

空港の駐車場で自分のレヴォーグに乗ると、榊原に直接電話を入れた。報告のためだ。榊原は了解した。そして言った。

「もうすぐ牧野の家へ踏み込む。こっちへ戻れ」

信司はレヴォーグを出した。

一時間近く経って東海環状高速から東名高速へ入った時、香奈から電話が入った。

「美和に助けて貰った」と言う。

車にはハンズフリーシステムを搭載してある。

「香奈、元気か、体は大丈夫か」

思わず大きな声がでた。やはり本人からの声が一番だった。安堵した。

「よかった。安心した。今高速だ、あと三十分位で浜松西インターへ着く」

香奈が無事に戻ってくる。まずはそれでいい。急ぐことはない。余裕だった。

一安心だ。体中の緊張感が溶けていく感覚だった。目の前を流れる景色さえ違って見えた。

時間にして十四、五分ほど経った頃か、今度は由美から電話が入った。

その声を聞いた信司の心は一気に奈落の底に突き落とされた。

五十二　牧野邸

同じ日、信司がセントレアを離れようとしていた午前十一時を少し過ぎた頃、マキノ産業会長牧野耕蔵の家の広い門前に、網代笠を被(かぶ)って正装した五人の修行僧が並んで立った。

インターフォンモニターを見て応対に出た若衆の小林に、一人が口上を述べた。

「手前どもは曹洞宗京都万松寺派の僧侶。本日は浜名湖北五山、奥山方広寺、龍潭寺、魔訶耶寺、大福寺、宝林寺踏破巡行修行の途中でござる。ご立派なお屋敷と拝見した。庭先を拝借してひとしきり休憩をさせて頂きたい。よろしいか」

「ちょっとお待ち下さい」

言って小林は一旦家の中へ引き下がった。

五人の修行僧は待つことはせず、そのまま玄関へのアプローチを進んだ。二頭のドーベルマンが五人の前に出てきて唸り声を上げた。飛びかかろうとする。

二人の修行僧が体の前に下げた頭陀袋から拳銃を取り出すと、無造作にドーベルマンの頭を撃った。至近距離だ。二頭のドーベルマンの頭はほとんど吹き飛んだ。

拳銃には消音器（サイレンサー）が付けてあった。フランクフルトソーセージを小さくした大きさだ。爆発音ではないが、それでも静かな庭にドスッという異音が響いた。

家の中から出てきた会長の牧野耕蔵とその女房は、転がったドーベルマンを見て立ちすくんだ。後ろには先に出てきた小林もいた。

「お前ら、他人の家へ勝手に入り込んできて何をしてる！」

耕蔵が大声で叫んだ。

その声を聞きつけ、中から四人の男が出てきた。二人は木刀を下げていた。

「どこの坊主共だ。ここを俺の家と知っててやってるのか。おー」

耕蔵が五人の前に出て立ちはだかり、また怒鳴った。その声にはさすがに凄みがあった。

「ドーベルマンは飛びかかってきたので撃った。手前どもは曹洞宗京都万松寺派の……」

「うるせえ、やかましい！　誰が門を入っていいと言った。ここを誰の家だと思ってんだ。お前らどこのもんだ。心水会か。そうだな。死んで貰う」

志田のところから来ていた一人が修行僧の言葉を遮って怒鳴るように叫ぶと、もう一人と共にベルトに差した拳銃を抜いた。

同時にまた二人の修行僧が撃った。二人が呻いて地面に転がった。一人の肩ともう一人のズボンの太腿から血がにじみ出ていた。

「動くな」

修行僧は志田の手下二人が持っていた拳銃を拾い上げると弾倉を抜き、鯉が泳いでいる池へ投げ捨てた。

「こんなことをしやがって、てめえら生きて帰れると思うなよ」

再び耕蔵が叫んだ時、庭に黒のトレーニングスーツに身を包んだ女が飛び込んできた。美和だった。競輪選手が被（かぶ）るような形の、前後がとがったヘルメットを被っていた。髪は肩先でカットし、後ろで束ね短いポニーテールにしていた。

「二階は二人」

修行僧の一人が美和に声を掛けた。

「ＯＫ」

美和は言い残して玄関から二階へと駆け上がっていった。

「おとなしくしていれば殺しはしない。しばらく眠っていてもらうだけだ」

口上を述べた修行僧が言うと、持っていた金剛杖で耕蔵の水月を突いた。耕蔵が尻餅をつき動かなくなった。

木刀を構えた二人は前後から修行僧に襲われ、金剛杖で木刀を弾き飛ばされ、頭や足を何カ所か打たれて地面に転がり呻いた。

若衆の小林は屋敷から逃げだそうとしたが、後ろから投げられた金剛杖に足を絡め、つんのめったところを捕まり、両足の向こうずねを金剛杖で叩かれ、悲鳴をあげて動けなくなった。

激痛に堪えながら小林は思っていた〝俺がダンプの奴らに言ったことでこうなった〟

美和は二階へ駆け上がると廊下から「香奈さん」と呼んだ。同時に男が美和の前に立った。

「てめえ、この前の……」

コレクションUに来た男だった。

「どきな。また痛い目に遭うよ。香奈さんはどこ」

「ここだ。動くな女。動くとこの女が死ぬぞ」

部屋の中にいたもう一人が叫んだ。香奈の腕を掴んでナイフを突きつけていた。

「美和さん」

香奈が美和を見た。視線が合った。怪我はしていない。大丈夫だ、美和はそう判断した。

「香奈さん、目を閉じて、強く」

美和が叫んだ。香奈が目を閉じた。

美和は躊躇せずステップして男に近づくと、ポケットから取り出した缶スプレーを噴射した。

男の顔面は真っ黒になりふらついた。そこへ美和は体当たりした。

男の体が香奈から離れた。美和は缶スプレーを窓から投げ捨てると、倒れて顔や目をこすっている男の腕を踏みつけ、ナイフを奪い、これも窓から投げ捨てた。

美和は両手にメリケンサックをはめた。

「美和さんうしろ！」

香奈が叫んだ。

美和が反射的に後ろ回し蹴りを放った。相手は前回のようにはいかなかった。美和の蹴りを躱すと、やはり右手にナイフを構え、じりっと間合いを詰めた。

美和は手にはフィットした革手を、肘と膝にはプロテクターを付け、警官が着用するような防犯ベストも付けていた。トレーニングスーツと同色なので遠目には分からない。

相手が踏み込み、上からナイフを振り下ろした。美和はそれを左手のメリケンサックで受けると相手の左脇腹へ回し蹴りを入れた。これは腰がよく入り相手が膝をついた。すかさず右手を蹴るとナイフが飛んだ。

「香奈さん、捨てて」叫ぶと顔面へ膝を打ち込んだ。相手は仰向けにひっくり返った。

香奈はナイフを拾うと美和をまね、窓から捨てた。

美和は男の側頭部を右足で蹴った。男は意識を失った。なおも美和は缶スプレーを浴びてふらついている男の腹に膝蹴りを見舞った。男二人は完全に戦意を喪失した。

美和はこの二人を引きずり、廊下から階段下へ落とした。

「怪我とかないですか。大丈夫？」

美和は大きく数回息を整えると香奈に近寄った。

「ありがとう。大丈夫です。美和さんのように服脱げとか言われなかったし、二階にトイレもあるし、でも一階へは降りられなかった。いつも三人に見張られていて。この廊下の外は下が谷、逃げられなかった。

信司さんから聞いてたけど美和さん強いね。すごい。

あ、信司さんは？」

「別な仕事。今は多分、名古屋。もうこっちへ向かう頃よ」

「そう」

香奈が力が抜けたように、その場に座り込んだ。

美和が窓際から庭へ向かって叫んだ。

「香奈さん、無事確保。香奈さん、無事確保」

「ＯＫ」

下から返事があった。美和も座り込んだ。二人は顔を見合わせ微笑んだ。

「香奈さんスマホは？」

「取り上げられてそのまま」

「私の使って」

美和がスマホを渡した。

香奈はすぐ信司へ電話した。


庭には耕蔵も含め、六人の男が倒れていた。呻いている男もいれば意識のない男も居た。修行僧の一人が牧野の女房に言った。

「牧野さんの奥さんだね。あんたに危害は加えない。この六人は死んではいない。助かる。二階からあんたらが軟禁していた女と、さっきの女が降りてきてここを出て行ったら、一一九番通報していい。それまでは駄目だ。通報したらあんたも無事では済まない。私ら五人は旅の修行僧だ。あんたはその証人だ。誰かに訊かれたらそう言う。いいね」

牧野の女房は黙って頷いた。

修行僧五人は出て行った。

女房は一、二分、ショックで放心状態だったが、門まで歩いて外を眺めた。広がる田園地帯にはもう誰も見えなかった。

そこへ車が一台走り込んできた。

降りたったのは張だった。牧野の女房も顔なじみだ。

庭を一通り見回すと訊いた。

「女将(おかみ)さん、女は？」

女房が二階を指さした。

「上がるよ」

張は声を掛けると玄関へ駆け込んだ。


「お店まで送るわ。信司さんに言われているから」

美和と香奈は二階階段の降り際まで来た。

その時、階段から声がした。

「香奈さん、それはだめだ。俺の会社へ一緒に来て貰う。邪魔する奴は消えて貰う」

張だった。

「栗畑さん。どうして、何故、あなたが……」

香奈が叫ぶように言った。

「もう俺は栗畑ではない。張だ」

「香奈さん、下がって」

美和が香奈の前に出て構えた。

張は手に何も持っていなかった。すぐに鋭い蹴りが来た。

美和は肘のプロテクターでガードすると反撃した。

「香奈さん、逃げて」

張の攻撃は速く巧みだった。香奈を逃がさないよう階段際に位置取りし、美和に回り込みをさせなかった。鋭いパンチや蹴りが矢継ぎ早に襲った。

美和は初めから押され気味だった。これほど守勢に回ったことはこれまでない。それほど張の動きは速く、体格の割に攻撃に力があった。パンチや蹴りのストロークが短く、相手の体を打つ瞬間に最大限の力が加わる打ち方で、体の芯まで突き刺さる感覚だった。

美和のパンチはことごとく躱され、側頭部へ来た回し蹴りをプロテクターでガードしたが、それでも頭がしびれ、体がよろめいた。

張の体重の乗った左右の足蹴りは、下から突き上げるように間断無く、美和は息が上がり、次第に体が浮いた。張の息は乱れなかった。

香奈はなすすべもなく和室の隅に立ち尽くした。

「あぁっ」という悲鳴のような声と共に廊下から襖(ふすま)ごと、美和が部屋へ倒れ込んできた。その後ろから張がジャンプし、倒れた美和のボディへ片膝を落とした。美和はそれを転がって躱し、起き上がると体勢を崩した張の顔面へ蹴りを入れた。張はこれもウィービングして躱した。

香奈のところからも美和の息づかいが聞こえてきた。

二人はまた睨み合った。美和の肩は大きく上下していた。

「くたばれっ！」

張が叫ぶと猛然と突進した。美和はガードしながらまた廊下に後退した。張が一旦間合いをとった。美和は追ってくる張の攻撃をカウンターで反撃するしかないと考え、腰高の窓を背に、両手で「来い」というジェスチャーをした。

一発目の顔面への右の回し蹴りをガードし、二発目の左足に合わせようと息を継いだ瞬間、またも右の回し蹴りが来た。反射的に両腕を上げた。

そのがら空きになったボディに体重の乗った左の前蹴りが決まった。

数歩よろけて下がり、体が前に折れそうになった美和の顔面に、今度は突き刺すように張のアッパー気味の右ストレートが決まった。

一瞬意識が飛んだ美和は、後頭部を背にしたガラス窓に打ち付け、ふらついた。張は一旦後退すると二、三歩助走をつけ、美和の防犯ベストの胸に跳び蹴りを放った。

その蹴りをまともに受けたふらつき気味の美和は、何もできず、背中でガラス窓を破って建屋の裏側へ落下していった。

香奈は思わず目を閉じた。建屋の下は小さな谷で小川が流れているのは知っていた。一瞬の後、鈍い水音が聞こえた。香奈は胸が締め付けられる思いがした。

「香奈さんに乱暴はしない。これから一緒に俺の会社に行って貰う。さ、歩いて」

張が香奈の肩を押しながら言った。香奈に抵抗する力も術もなかった。怒りと悔しさで、張を睨み付けた香奈の目から涙がこぼれ落ちた。

二人は階段を降りた。二人の男のうめき声が聞こえた。皆が大ママと呼んでいる牧野の妻が電話している声が聞こえた。

「……そうです。池田さん。すぐ来て下さい。救急車もお願いします……はい……はい、お願いします……」

相手は警察のようだった。

香奈の靴は連れ込まれた土間の片隅にそのままあった。張に背中を押されて庭へ出た。凄惨な光景だった。男六人が倒れ這いつくばって呻いており、二頭のドーベルマンが死んでいた。

〝私のことでこんなになった〟

香奈はまた胸が締め付けられる思いがし、気分が悪くなり吐き気がした。

その時、美和から借りたままだったスマホが鳴った。香奈が出ようとすると張がひったくるようにして奪った。

「美和、美和、大丈夫?……」

由美の声がかすかに聞こえた。

「女は谷に落ちた。助からない」

張は言うとそのままスマホを自分のポケットへ入れた。

また香奈の背中を張が押して車に乗せると、ドアロックをかけた。

「女将さん、救急車や警察が来たら会長の傍に付いていて。あの女は裏の谷へ落ちた。知らないことに、見なかったことにして。いいかね。いいね。

俺はこの女を自分の会社へ連れて行く。この女のことも警察に言わないで、いいね。女の話は一切無しだ」

張が念を押すように窓越しに言うと車を出した。


牧野の女房の通報で本署の暴対プロジェクトに緊張が走った。

久保が大声で指示した。

「池田、負傷者は七人、八人か？　救急手配は済んだか。よし。全員、牧野の家だ」

五人が小走りにパトカーに乗った。


由美が電話していた。

「茉莉子、頼まれて。場所は西区テクノビレッジの近く、牧野耕蔵の家、電話は〇五三―五九七―××××。美和は多分裏の谷川、運が良ければ助かるかも。あとは任せるわ」

「分かったわ。とりあえずすぐ行く。難儀な子ね」

茉莉子はジーンズに着替えて支度をするとアルファロメオに乗り、ナビに電話番号を入れセットした。現場に向かう途中の新雄踏街道で、反対車線をサイレンを鳴らしながら走る救急車の列とすれ違った。

現場に着くと門前にパトカーが一台停まっていた。茉莉子は百メートル程離れた空き地にアルファを停めると、頭に目立たないバンダナを巻き、両手に軍手をして屋敷の裏側へ向かった。

小川の堤防に張り付くように家屋が建っている。二階までの高さは五、六メートルというところか。途中に一階の庇屋根がある。堤防と家屋の隙間はあり得ないと思った。

堤防を降りる。水が流れている幅は五、六メートルというところだ。深さは分からなかった。堤防の草は枯れていて何かあれば分かる。

堤防の水際を下流へ歩いた。流れは急ではない。スニーカーが泥だらけになり濡れるがかまってはいられない。聞こえるのは流れる水の音と風だけだ。

牧野の家屋から五、六十メートル程下流の浅瀬に黒いものを見つけた。美和だ。間違いなかった。茉莉子はくるぶしまで川につかりながら近寄った。腰から下が水につかっていた。

「美和さん」

声を掛けた。返事は無い。体に動きもない。尚も近寄り、青白い顔に触れ、腕に触れた。脈はあった。再度呼びかけたが、意識は無い。

考えている場合ではなかった。茉莉子は一一九番通報した。近くに来たらサイレンは止めてほしいと頼んだ。

茉莉子は美和を後ろから抱きかかえ、渾身の力でゆっくりと水流から引き上げ、川岸近くの枯れ草の上まで引きずり上げた。

うつ伏せに寝かせ、背中を高くして押し、水を吐かせた。少しだけ出た。見たところ出血は無いが骨折は分からなかった。

茉莉子はアルファに戻ると、積んできた衣類を全部持って美和の元に戻り、水を吸った衣類を剥ぎ取り、乾いた衣類を幾重にも当てた。

十分程で遠くにサイレンが聞こえ、それが止むと二、三分で救急隊員が堤防の上に現れた。

茉莉子は手を振って叫んだ。

「ここです」

救急隊員二人が堤防を降りて駆けつけた。

茉莉子は金城整形外科の受け入れ了解を取り付けてあることを、隊員に告げた。

五十三　K&Jサウンズ

K&Jサウンズ本社管理棟三階の社長室。窓はほとんど一面ガラス張りで中がよく見えた。距離はおよそ百メートル。スコープはレオポルド製口径五〇ミリの一〇倍だ。レンズの反射光を防止するため、スモークコーティングされている。

赤井は隣接する別会社社屋二階の屋上に腹ばいになっていた。高さはほとんど変わらない。この場所と位置は既に実地確認してある。

一番奥の社長席に杉山拓郎が座っていた。他には誰もいない。

楊が現れた。画像で見た通りだった。大型のキャリーバッグを引いた部下が一人付いている。琳という会計士だ。この男も画像で見ている。楊は拓郎に向かって何かをまくし立てた。アタッシュケースを見せながら、テーブルを右手で叩いた。怒っているように見えた。

拓郎が立ち上がって口を開いた。二人の距離が縮まった。

その時、入り口に榊原が現れた。赤井が想定した通りだった。やはり画像で見慣れた顔だ。手下が二人、前後をガードするように付いている。榊原は大柄のガードの陰になっていた。今は撃てない。

榊原が拓郎と楊の両方に何かを言った。それに二人が顔を見合わすようにして言葉を返した。その時、また入り口のドアが開き、二人の男女が入ってきた。張と香奈だった。張が何かを言いながら、香奈の背を押すようにして拓郎の傍へ歩いた。

何が起きているのか、どういう状況なのか赤井には分からなかった。だが問題はない。赤井の目的は榊原の狙撃、それだけだ。榊原さえいればいい。

榊原の手下が張に何かを言った。言い合いになったようだ。二、三分後、張が倒れた。拳銃で撃たれたのだ。香奈が榊原の傍へ小走りに寄った。撃たれた張は動かなかった。

急がねばチャンスを失う。赤井はターゲットの榊原をスコープに捉えた。トリガーに人差し指を掛けた。

顔面を狙う。確実に即死させることのできる距離だった。

銃は使い慣れたM一六A2、故障の少ない、世界中ほとんどの国で手に入る量産銃だ。もちろん赤井がカスタマイズし、普段からメンテナンスをしている専用銃だ。

中田島砂丘のある遠州浜で試射もしたばかりだ。絶対の自信を持っている。

この距離で直径十五センチ以上の標的を外したことはない。天候は晴れ。風はストレートの向かい風、しかも微風、ほとんど無視できた。

ガードが離れ、榊原の顔がスコープの十字に入った。赤井は浅く息を吸い、止めた。トリガーに掛けた人差し指を引こうとした、まさにその時だった。

榊原のすぐ手前に香奈が立った。榊原と重なりスコープには香奈の顔が入った。改めて見る成長した娘の顔だった。榊原の背はさほど高くない。香奈とそれほど変わらない。

〝早くそこを退け、榊原から離れろ香奈、退いてくれ〟

赤井は心で叫んだ。

ジリジリとした数秒が過ぎた。撃てなかった。リスクが高すぎる。トリガーを引いた瞬間に香奈が僅かでも榊原寄りに動けば銃弾は香奈に当たる。

二十年程前の情景が赤井の脳裏に蘇った。赤井は息を吐いた。

赤井は呼吸を整えると再度スコープを覗いた。榊原が香奈に何かを言ったのだろう、香奈は榊原にぴったりと付いて離れなかった。

榊原が赤井の存在を意識して、香奈を盾にしていることは想定できた。

慎重に検討を重ね、情報を分析し考え、狙って待った日時と場所、タイミングだった。狙い通りの絶好のチャンスだった。ここを逃すことはできない。だが、状況を見守るしかなかった。

赤井はじっとスコープを覗き続けた。狙ったターゲットを他の人間が邪魔をして撃てないという状況はこれまでも何度か経験している。それが全くの他人であればリスクが高くとも契約履行を優先する。銃は瞬時で連射が可能だ。だが今は実の娘だった。やり直しは効かない。

またジリジリとした数秒が過ぎた。依然として香奈は榊原から離れない。

赤井はこの短くて長い時間を冷静に耐えた。

来日以来の全ての行動は、この日の、この時のためだったのだ。

その時、楊が頭から血しぶきを上げて倒れた。また榊原の手下が撃ったのだ。確実に即死と分かった。続けて楊の手下も撃たれて倒れた。そのまま動かない。

楊は赤井のクライアントだった。

赤井は契約時に事前準備金として、報酬額の三〇パーセントの振り込みを確認してから仕事にかかるシステムを採っている。残り七〇パーセントは成功報酬で、クライアントが契約途中で死亡すれば、その特約がない限り契約は消滅する。成功しても報酬が得られないからだ。

赤井は仕事を完全なビジネスと割り切っている。今の赤井の思考回路は欧米の合理主義が支配している。日本の仁義などという概念はない。

楊が死亡した以上、契約は消滅、仕事は中止だった。目の前の出来事で、赤井自身が目撃し、確認したことだ。考える余地は無い。

赤井は即座にその場を離れることにした、だが、躊躇(ちゅうちょ)した。今の香奈の置かれた状況が頭をよぎったからだ。香奈を拉致したのは志田のはずだ。それが張に連れられて来た。その張が撃たれると、香奈は榊原の傍へ走り寄ったかに見えた。

問題は、それが香奈自らの意志なのかどうかだった。榊原が赤井の狙撃を想定して盾にするため命じたとも考えられる。

拳銃を構えた部下が控えているのだ。榊原に脅されての行動とも考えられた。娘の身が安全と考えて良いのか、それが赤井の躊躇の元だった。

赤井は再びスコープを覗いた。香奈が視界に入った。赤井は香奈の顔を見つめた。短くカットした髪が乱れていたが、その表情は穏やかで恐怖感を抱いている様子は感じられなかった。

〝香奈……〟赤井は心で呟くと、そのままゆっくりと一呼吸した。香奈の表情に変化は無い。

赤井はスコープから目を離し、手慣れた動作でライフルをしまうと、その場を去った。

信司は必死で頭を巡らした。事態は一変した。由美の緊迫した話の内容から推測すると、由美に美和が谷川へ落下したことを告げたのは栗畑だ。栗畑がやったのだ。それ以外に考えられなかった。

〝あの栗畑が美和を……〟憤りが込みあげた。香奈は栗畑に拉致され一緒にいるに違いない。

〝場所はどこだ？〟K＆Jの本社、そこ以外考えられなかった。信司は浜松西インターで高速を降りると車を停め、K＆J本社をナビにセットした。行くのは初めてだった。

インターを出ると約二十分で着いた。建屋の中へ入る前に電話した。香奈の電話も美和の電話も出なかった。

由美に電話した。由美は出て、茉莉子が美和の救出に向かったと言ったが、状況は掴めないと言う。

〝だが間違いない。栗畑はここにいるはずだ。香奈もだ〟確信はあった。だが中の状況が分からない。志田もいるかもしれなかった。何も持たず下手に入れば、飛んで火に入る虫だ。

信司は常にレヴォーグの後部に置いているゴルフのパターを手にした。格闘技はからきしダメな信司だが、高校の時、剣道は二段をとった。唯一使える木刀代わりに一本だけいつも積んでいる。むき出しの木刀では差し障りがあるからだ。

玄関を入ろうとして思いついた。榊原も今日ここへ来るはずだ。思い切って電話した。

「三階の社長室にいる。香奈さんもいる。無事だ。栗畑と楊は死んだ。どこにいる。上がってこい」

榊原が答えた。

信司は大きく安堵の息を吐いた。

「玄関前です。すぐ行きます」

電話を切って玄関を入った。

すぐに受付があるが無人だった。

一階はほぼ全フロアがK＆J製品のショールームだった。グランドピアノを中心に、アップライトピアノ、電子ピアノ、キーボード、ドラムセットなどが並び、壁にはギターや金管楽器が展示されていた。やはり誰もいない。

それらを一通り見渡してから、信司は壁際のエレベーター前に立った。

信司が上矢印のボタンを押した時、後ろから「待て」と声が掛かった。振り向いた。直接逢うのは初めてだが、美和からの画像で見ている。電話で声も聞いている。志田だった。

受付脇に立っていた。部下と思われる二人が従っている。志田は濃紺のスーツをキチンと着こなしていた。だがワイシャツもネクタイも光沢のある紺で、実業家タイプには見えなかった。

信司は同世代と見たが、格好良さや華やかさよりも、気障でどこか崩れた、下品で野卑な感じを受けた。

「信司さん、牧野のオヤジの家では派手にやってくれましたね。あんたは本当に油断のならない人だ」

バカ丁寧なものの言い方も、電話と同じで鼻についた。

「俺は今、セントレアからここへ着いたばかりだ。牧野の家など行ったこともない。他人の女房を攫った奴が言うセリフか。ふざけるな」

信司は憤りをぶちまけた。

「あんたの奥さんはまだこっちの手にある。いきがっている場合か。何もしなければ二人とも無事に、金物屋でもなんでもやっていられたのに。あんたに生きていられたんじゃこれからも疎ましい。死んで貰う」

志田が言いながら近づいた。ベルトに差した拳銃を取り出すと素早く遊底を引いて構えた。

「知らないのか。事情は変わった。もう楊も張も死んだ」

つい今し方榊原から聞いたことを告げた。

「うるせー。覚悟しろ」

志田が拳銃を握った右手を信司の顔へ向け、腕を真っ直ぐに伸ばした。五メートルと離れていない。志田は落ち着いていた。腰も引けていない。扱いには慣れているのだ。

「こんなところで撃てば人が来る。警察も来るぞ」

信司が声を絞り出すように叫んだ。

「やかましい。教えてやる。今日は最高幹部だけの極秘の会議だ。ここへ社員は来ない」

〝殺られる……〟喉が渇いた。背筋が冷たくなり、脇の下を冷や汗が幾筋か伝うのを感じた。手には何も持っていない。パターは玄関脇に置いてきた。何もできなかった。

榊原と電話してまだ五分も経っていない。

〝今まで生きてきて、こんなところで、こんな形で死ぬのか。香奈も榊原もすぐ近くにいるというのに〟

現実感がなかった。しかし現実だった。

志田の構えた拳銃は全くぶれていない。声を出そうとしたが出なかった。全身が固まっていた。

その時、後ろでチンと音がした。〝エレベーターのドアが開いた〟虚ろな頭の奥深くでかすかにそんな気がした。

その瞬間、拳銃の発射音が響き、信司は頭に衝撃を受け倒れ込んだ。一瞬目の前が暗くなった。だがすぐ意識は戻った。体に激しい痛みは感じない。信司は我に返り、目を見開いた。

目の前に志田が倒れ込んでいた。ワイシャツやスーツに黒いシミが広がり、鮮血が床に流れ出していた。

クラクラする頭を振り、見上げて振り向くと、榊原と香奈、それに榊原の部下と思われる二人が見えた。部下の二人は拳銃を志田の部下に向けていた。

四人はエレベーターから降りてきた。榊原の部下二人は進み出ると、何も持たず呆然として立っている志田の部下二人の側頭部を、拳銃で次々に殴りつけた。二人は無言で崩れるように倒れ込んだ。

「バラさん……」

信司は後の言葉が出なかった。

「信司、もういい、済んだ。お前が上がってくるのを待っていなくて正解だった。香奈さんが、お前が来たのなら先に下に降りるって言ったんだ。それなら一緒にと降りてきた。いいタイミングだったな。

お前は撃たれていない。志田の拳銃弾が頭の近くを掠めたんでその衝撃波にやられただけだ。俺達へ目を向けた分、志田の手元が狂ったんだ。

後のことは任せろ信司。細かな話は後だ。香奈さんを連れてすぐ引き上げろ。早くここから逃げろ」

やっと立ち上がり、大きく息をしている信司に榊原が言った。

香奈が信司に走り寄った。

「大丈夫か」

香奈の両肩に手を伸ばし、信司は全身を見た。異状がないことは一目で分かった。自身が助かった安心感と香奈の顔を見て、涙が出そうになった。

「信司さん、来るの遅すぎ。何ともないわ」

香奈が信司の体に両手を回し抱きついた。

「すみません……。失礼します」

信司は榊原に顔を向けて言うと、香奈の背に手を回しその場を離れた。

二人が玄関を出ると辺りに煙の臭いがした。本館から少し離れた工場の方から黒い煙が上がっているのが見えた。

近くの来客用駐車場まで歩き、レヴォーグに二人が乗り込んで正門に近づいた時、玄関脇に腹這いになっている人間が見えた。

「あっ、栗畑さん」

香奈が叫んだ。

「動いてるわ」

信司はレヴォーグを近づけ停めた。張は少しずつ這っていた。信司は降りて近づいた。

「栗畑」

声を掛け、傍にしゃがみ込んだ。張が信司を見た。その目に力はなかった。

「栗畑、俺だ。信司だ。分かるか、大丈夫か、すぐ救急車を呼んでやる」

「信さん……、要らない。救急車は呼ばなくていい、もういい。それより聞いてくれ」

張のワイシャツは赤黒く血で染まっていた。顔面は蒼白だ。肩で息をしているが声にも力はなかった。

「信さん……。最後だ、聞いてくれ。俺は生まれてずっといつも誰かを恨んで生きてきた。俺と俺の母親を捨てた親父を恨んだ。銭のために拓郎の陰の女になった母親を恨んだ。その母親をおもちゃの人形のように弄んだ、薄汚い拓郎を恨んだ。

その拓郎から恵んで貰った銭で、俺は学校へ通った。そんな自分がたまらなくイヤだった。だから俺は東京へ出た。

俺はトップになりたかった。だけど何をやっても駄目だった。ミステイクでも、一番下の使い走りだった。だけどミーさんはいい人だった。あの時逃がしてくれた信さんには感謝してる。本当だ。裏切る気はなかった。

韓国で、俺はまた拓郎の世話になり、会社へ入った。あんなに憎んだ拓郎にだよ。俺は道場で楊と知り合った。楊は俺と似ていた。いつか二人でトップになって、拓郎をひざまずかせてやるつもりだった。

楊は俺を、トップにすると言った。楊は銭を持っていた。俺は、拓郎と日本へ帰ってきて、拓郎のコネを使い、志田と組んだ。志田も俺をトップにすると言った。だけど……」

張が苦しそうに何度も息を継いだ。

「みんな俺を裏切った。楊も志田も端っからそんな気はなかった。拓郎の息子達が会社に戻ってきた。会社は奴らのものだ。

俺はトップどころか、また使い走りだ。奴らに顎で使われた。俺はゴミだ。要らないゴミだ。みんな死ねばいい。こんな会社、燃えて無くなりゃいい……」

声が途切れた。明らかに体力が衰弱していた。

香奈も信司の反対側にしゃがみ込んで聞いていた。

「栗畑、しっかりしろ、栗畑。お前は張じゃない。栗畑だ。そうだろ。香奈を牧野の家から連れ出したのも、美和を谷へ突き落としたのもお前だ。

何故そんなことをした。志田に命じられたのか、それとも拓郎か」

「志田だよ。信さんが、部下を二人殺した。これ以上許せない。香奈を連れて来いって……。

あの娘を谷へ突き落とすつもりはなかった……」

「馬鹿野郎、栗畑。俺はずっとお前を信じてた。信用してたんだぞ。それに俺は志田の部下なんか殺していない」

「……信さん……。すまない……。俺は意気地の無い、弱い人間だ。本当は知ってた。俺は弱かった。だから強くなりたかった。だけど、俺にトップになる力は無い。分かってたんだ。俺は弱かった……」

消防車のサイレンが複数になり音が大きくなった。辺りが騒然としてきた。

「もういい栗畑。よく分かった。お前はよくやった。頑張った」

信司は張の両手を握りしめた。哀れな奴。憤りは消えていた。張の両目から涙が流れていた。

もう信司の手を握り返す力は残っていなかった。

「ありがとう……信さん……」顔を近づけた信司にやっと聞こえる声で言うと、張の体から全ての力が抜けた。

信司は張をその場にそっと寝かせた。消防が来ればすぐに見つかる。救急車も近づいているはずだ。

信司は張に両手を合わせ立ち上がった。

社長室のある本館の建屋からも煙の上がるのが見えた。「火事だー」と叫ぶ声が聞こえた。

信司と香奈はレヴォーグに乗り正門を出た。

「いいの？　信司さん、あのままで」

香奈が訊いた。

「ああ、あそこならすぐに発見される。栗畑は多分、拓郎が手厚く葬ってやるさ。ずっと面倒見てきたわけだから。その方がいい。

バラさんは俺達を部外者として扱ってくれた。早く逃げろと言ったのはそういうことだ。とにかくここから離れよう」

「私、栗畑さんに連れられてあの社長室に入ったの。すぐに榊原さんが『張、香奈さんを離せ』って迫って、栗畑さん撃たれたの。

それで榊原さんが私に『俺の傍にぴったり着いていなさい』って言ったの。

あ、そういえば、美和さんは？　何か聞いた？」

「いや、何も。そうだ、どうなった？」

「あの時、信司さんに電話したすぐ後、栗畑さんが来て格闘になって、私のいた二階の部屋から裏の谷川へ落ちたの。心配だわ」

信司は逡巡（しゅんじゅん）したが結局また、由美に電話した。

由美が出た。信司は現在の状況を伝え、美和の消息を訊いた。

「……また後で、一旦切ります。ありがとうございました」

「今、茉莉子さんが来て、谷川を探しているところらしい。俺達も行こう。香奈、場所は？」

「すぐ近くよ。この工業団地を出た、山際のちょっと高いところ」

「分かった。行こう」

環状線へ抜ける大通りへ出るとミラーに黒煙が高く上がるのが映った。何台もの消防車、救急車と行き違った。

「あっ、ほら、あそこ」

香奈が指さした。

牧野邸から少し離れた川岸に救急車が停まっていた。二人が近づいた。救急隊員二人が担架で美和を車内へ寝かせたところだった。茉莉子が付いていた。

「香奈さん、無事で良かったわ。美和さんは意識は無いけど、今は生きてる。ついでだから発見した私が一緒に乗るわ」

茉莉子は言って救急車に乗った。

「信司さん、あそこの牧野邸にはまだパトカーがいるわ。近づかない方がいいわよ。あとで迎えお願いね」

隊員に聞こえないように、信司の耳元で茉莉子が言った。

「大通りへ出るまでサイレン止めて下さいね」

茉莉子が隊員に叫んだ。

救急車が出ていった。


「あの娘、運がいいのか悪いのか……、波瀾万丈ね」

茉莉子を金城整形外科へ迎えに行き、また牧野の家近くまで送る信司の車の中だった。茉莉子はアルファロメオを川岸近くに停めたままだ。

美和が川に落下したと思われる時間から二時間半が経過していた。未だ意識は無いが命は助かりそうだということは、医院で金城から直接聞かされていた。

「落ちたのが川の比較的深いところでよかったようね。それでも川底まで叩き付けられて全身打撲だけど、ヘルメットやプロテクター付けてたのが幸いしたって、先生言ってたわ。

応急処置を済ませたら、医療機器が整ったリハビリもできる大病院へ転療させるって。成り行きで、私が身元保証人ということでサインしておいたけど、信司さんもよろしくね。

あ、それから、救急隊員には、あれこれしつこく訊かれたけど、いつものトレーニングで堤防を走っていて、誤って川に落ちたってことで通したから、承知しておいてね」

「茉莉子さんにはいつも本当にお世話になります」

後ろの座席には香奈が乗っている。二人だけの時のようなくだけた会話ははばかられた。

「美和さん、すごく強いの。栗畑さんには川へ落とされたけど、私を逃がさないように毎日脅していたヤクザ二人を、あっという間にやっつけたわ。助かってほしいわ。助かるわよね」

香奈が言った。

「あの娘、ニューヨークで悪い奴らに騙されて苦労してるのよ。本人から聞いたわ。中学生の時ホームステイして、すごく親切にしてもらったのね。卒業したらまたいらっしゃいって誘われて、高校生になって行った先が『朝日のあたる家』だったのね。乱暴されたりしてね。

それで一人で生きていくため、護身用に拳法習ったたって言ってたわ。だからあの娘のファイトはとても荒っぽい。男の急所ばかり狙うって由美さんが言ってた。

私もこっちに来て、今はもう東京とも疎遠。独りぼっちだけど、あの娘もそうなのね」

「張って奴、ほんとは栗畑っていうんだけど、あいつも独りぼっちなんですよ。美和さんには悪いけど、可哀想な奴なんです。鉄道マニアで、パソコンとか拳法とか、優れた特技持っているのに劣等感の塊みたいな奴で……。もっと違った生き方できたのにね。

まあ、俺も家族いないし、香奈もそうなんですよ」

「そういうこと言い出したら由美さんもよ。お兄さんいるけど、ずっと一人で、気持ちは孤独なんじゃないかって思うわ。そういえば金先生もお一人なのね。

みんな孤独なのよ。だけど頑張って生きていかなくちゃ、ね。

でも、香奈さんは信司さんのこと『絶対的な安心感』って思っているんでしょ。由美さんから聞いたわ。由美さん言ってた『香奈ちゃんのあの一言には負けた』って、私もよ。羨ましいわ。でも、香奈さん、よく頑張ったわね。十日間近くでしょ。強いわ、立派だわ」

「茉莉子さんには自由があるじゃないですか」

「あら、信司さんがそんなこと言うの。それはないわよね、香奈さん」

茉莉子のアルファが見えた。信司は傍にレヴォーグを停めた。

牧野の家の前にもうパトカーは見えなかった。

「この間は由美さんがお話があるっていうので遠慮して、お相手できなかったけど、またお店に来てね、香奈さん。信司さんも」

茉莉子が降りて二人に手を振った。

五十四　夕餉

その日の夜七時。テレビニュースにK&Jサウンズの火事が出た。工場と管理棟が全焼し、工場の従業員は無事だったが、管理棟の焼け跡から六人の焼死体が発見され、もう一人は救急搬送される途中で死亡が確認されたと報じられた。

六人の内訳は、一人がK&Jサウンズ社長の杉山拓郎、三人がK&Jサウンズと業務提携している、マキノ産業社長の志田誠治とその秘書二人だ。

残り二名はアジア系と見られる外国人の男性で、救急搬送される途中で死亡したのは杉山社長秘書の張栄仁と見られているが、消防と警察が出火の原因も含め詳しく調べている、というものだった。

牧野邸の出来事はローカルニュースにも出なかった。おそらく死亡者は出ていない。香奈からの話と合わせ、信司はそう判断した。

信司は杉山拓郎の死に、少なからず衝撃を受けた。楊とその手下については、榊原あるいはその部下の手で始末したことが考えられる。信司の手で必要な書類が手に入った以上、不要な人間だからだ。

拓郎も社長室にいたはずだ。拓郎はカタギだ。楊や志田とは違う。楊に代わって、言わばその代理人として拓郎と話を付け、大陸マフィアや在日総連と王資金についての手打ちに持ち込むという、榊原の筋書きが崩れたのではないか。

拓郎まで手に掛けてしまったのでは言わば皆殺しだ。そんなことであれば自分がセントレアまで出掛けた意味がない。信司はそう思った。

思えば榊原から社長室へ上がって来いと電話で言われた時、拓郎が死んだとは言わなかった。とすると、拓郎は本当に焼け死んだのか？　それとも？　疑念が残った。

拓郎はどうだったのか、王資金の件は決着したのか、香奈は社長室にいたはずだ。知っているかもしれない。榊原に殺されたのかどうかも。

だが香奈は何も言っていない。ずっと監禁されていて、やっと解放されたところなのだ。そんなことまで分からないのだろう。信司も香奈に詳しい話はしていない。

そこまで考えて、信司は頭を切り替えた。自分は榊原に頼まれたセントレアでの役目は果たした。女房を助け出してやるという交換条件でだ。そして香奈は今無事で傍にいる。

榊原は部下に命じ、志田を撃って信司を助けた。間一髪だった。そして言った。「もういい、済んだ。逃げろ」と。助けた信司と香奈を部外者として扱ってくれたのだ。

これ以上、自分が榊原のしたことを知ったからといって、それが自分にとって何か意味があるか。無い。

また信司は思った。この時刻になっても警察からは何の音沙汰もない。ということは、牧野耕蔵は生きているとしても、香奈のことを警察には供述していない。供述すれば誘拐と監禁で罪が重くなることを知っているからだ。

栗畑に連れられ牧野邸を出る時、そこの状況を見た香奈の話では、警察へ通報したのは耕蔵の女房らしい。無傷だ。女房もヤクザの女将だ。娘婿の志田が死んだ今、どうすることが賢いやり方かは、わきまえているはずだ。

耕蔵とその女房がどのように供述したかは分からないが、いずれにしても信司は牧野邸には行っていない。おそらく香奈の件も信司の名前も、警察には伝わっていない。

この時刻に何の音沙汰もないことがそれを物語っている。

〝何も問題はない〟

そう考えた時、店の電話が鳴った。信司が出た。

「まる信金物店の杉山信司さんですね」

聞き覚えのない声だった。「そうです」と答え、相手の名を訊いた。

「駅前の朝日町で法律調査事務所をやっている倉田と申します。夜分失礼します。早速ですが、赤井圭一さんという方をご存じと思いますが、私のクライアントです。伝言を頼まれましたので申し上げます。

『依頼者死亡のため契約は消滅した。明日のエルタリア303便でセントレアから発つ』伝言は以上です。よろしいでしょうか」

事務的な口調で告げ、信司の「了解しました」という言葉で電話は切れた。

信司はメモすると頭を巡らし、深くゆっくりと息をしながら考え、納得した。

〝今日、楊の来日に合わせ、K&Jサウンズに拓郎、榊原が顔を揃えた。成り行きで香奈を連れた栗畑も。少し遅れたが志田もだ。そしてその現場近くに榊原を狙って赤井もいたのだ。そしてまた、死亡した中に赤井に狙撃を依頼した当人もいた。そいつが撃たれ死亡したため、榊原狙撃は契約消滅という形で中止となった。結果、赤井の日本滞在は意味がなくなり、明日早々に帰国する。こういうことなのだ〟

数分後、また電話が鳴った。信司が受話器をとった。

「信ちゃん、俺、米山。ちょっといいかな」

今度は聞き慣れた声だった。

「いきなりだけどさ、信ちゃん。今日昼間、いなかったよね、ていうか、店閉まってたよね。休みだったの、それともどこかへ行ってた?」

軽い言い方だが、返事次第ではどうなるか分からない。

「あ、今日臨時休業してました。何かあったんですか?」

「ああ、西区で工場火災があったりしてね。俺は本署だから本来管轄外なんだけどさ、ごたごたして浜松西署の捜査に付き合ってさ、今戻ったとこ。

でさ、一つ教えてほしいんだけど、信ちゃん、今日外出したかい？」

「はい、出ましたけど、それが何か」

「どこ行ってた？」

米山がたたみ掛けて訊いた。

「愛知県の常滑市へ」

「ほう、常滑市。用件は？」

完全に信司の行動確認だった。

「贔屓（ひいき）のお客さんがいるんですよ。刀の研ぎが上がったんで届けに。帰りに家内のリクエストでセントレアに寄ってきました。折角なので女房孝行。一日仕事ですよ」

「あ、香奈ちゃんも一緒ってこと。そのお客さんの住所と電話、教えて貰っていいかな」

有無を言わさぬ米山の追求だった。

「ええと……。今、名簿見ます。言います。常滑市常滑本町××××の花川さん、電話は〇五六九―××―××××です」

米山は復唱し、「了解」と答えた。

「なんか大変そうですね」

「うん、火事はK＆Jサウンズという会社なんだけどさ、逃げ遅れて死亡した人間が何人かいてさ。社長の杉山拓郎も焼死体で発見されたんだよ。信ちゃん知らない人だよね」

「いえ、知ってます。遠い親戚になります。俺の父親の従兄弟の子になるのかな。でもほとんどつきあいはありません。死んだんですか」

「うん。あ、それで……、そうすると、当然、香奈ちゃん、今そこにいるんだよね」

「いますよ。台所ですが、代わりますか」

「いや、いるならいいよ」

「香奈、本署の米山さん。声聞きたいって」

香奈が代わった。

「米山さん。こんばんは。ご無沙汰してます。お仕事大変ですね、夜まで」

香奈が普段と変わらない声で言った。

ここまできて、さすがに米山も電話を切った。

組織暴力対策プロジェクトの慌ただしさが想像できた。

その一方で、信司は感心していた。榊原の周到さにだ。

先日呼ばれて花川らと打ち合わせをした時、榊原が言った。

「信司、セントレアで仕事をするのに、近くに都合のいい知人宅か、客を作っておいた方がいい。花川、お前がその知人役になってやれ。信司の客でもいい」

その時点では信司は気が乗らなかったが、花川と相談して設定したのだ。それがバッチリ生きた。おそらく米山は電話して裏をとる。電話が掛かれば自動的に花川に転送される手筈だ。香奈の元気な声も聞かせてやった。米山は事件の管轄は西署だと言った。事件性があるとなれば、組織暴力対策プロジェクトとの合同捜査になるだろう。

米山の発言力は薄まる、と信司は読んだ。

〝大丈夫だ。問題ない〟信司は自身に言い聞かせると榊原に電話した。

「どうした?」

榊原の普段と変わらない声が聞こえた。

「夜分にすみません。バラさん。今日はありがとうございました。昼間は気が動転してて、助けて頂いた礼も言わず失礼してしまいました。本当に助かりました。バラさんのおかげです」

信司は頭を下げた。

「赤井から何か連絡があったか?」

「明日、帰国すると伝言がありました。それだけです」

「そうか。これで俺も安泰やな。美和も命はとりとめたそうやな。良かったじゃないか信司」

香奈が台所から夕食の支度ができたと呼んだ。

信司は再度礼を言って電話を切った。〝大きな借りを作った〟その想いが心を包んだ。

久しぶりの二人の夕餉だった。香奈が缶ビールを開けた。いつものグラスに注ぎ、顔を見合わせながら乾杯した。

特別な言葉は要らなかった。

「今日は長かった。疲れた。香奈はもっとだな。でもよかった。香奈は強い」

信司が言うと、香奈が笑って頷いた。それで十分だった。

「米山さん、来るかな」

香奈が言った。

「ここへ？　それはないさ。俺達は朝から一緒にセントレアへ行って、夕方帰宅した。牧野邸なんか知らない。K&Jも知らない。志田も……。残念だが張も。万が一、来ても、既にシャワーも浴びたし、頭も洗って服も着替えた。着ていた服は洗濯機の中だ。焦げ臭い匂いも残っていない。大丈夫だよ」

二人はまたグラスを空けた。

しばらくして、

「そういえば……」

信司が切り出した。

「何？」

「今日はずっと香奈のことばかり考えていてさ。セントレアに忘れ物をしてきた。さっき電話したらあった。明日車で受け取りに行きたい。香奈も一緒に行ってほしい。頼む」

「何忘れたの？」

「それは内緒。頼む、つき合ってくれ」

「コラッ。どうしようかな……。何時に出るの？」

「善は急げだ。朝八時過ぎの出発。また片道二時間のドライブだ」

「仕方ない。付き合ってあげるわ。私行ったことないし。レストランいくつかあるよねあそこ。お昼は何にしようかな。お土産もね。由美さんや茉莉子さんに」

「サンキュー。香奈には辛い思いさせたからな。何か美味（うま）いもの食べよう、考えといてくれ」

五十五　セントレア屋上

翌朝、午前十時。信司と香奈はセントレアの三階、国際線出発ロビーにいた。アナウンスが流れ、二人の前を人の群れがひっきりなしに行き交う。

「ちょっとここで待機」

「何？　誰か来るの」

「いいから、少しだけ。今日は付き合ってくれるんだろ」

しばらくして、信司が夕べの倉田からの電話で予想した通り、エスカレーターを上がって歩いてくる赤井が見えた。

人は多いが体格の良い赤井の黒いハンチングは際立っていた。今日はサングラスもマスクもしていない。

「あっ、あの人」

香奈が声を上げた。

「ねっ、前、店に来た人。そうよね」

赤井が佇む二人に気付いたのが信司に分かった。

「榊原さんをどうのこうのって信司さんに言って。私に名前を訊いた人だわ。小山かって」

「そうだったかな」

信司は曖昧(あいまい)に答えた。

赤井が近づいた。

信司は黙って香奈に分からないように右手を少しだけ挙げ、赤井に分かるよう軽く振った。

「黒澤さん、確かそう言ったわ。ねっ、そうよね……。あっ違う。そうじゃない。本当は……

赤井さん。そうよね。ねっ」

香奈が信司を見た。

「うん、そうだ。多分」

信司はまたとぼけた。香奈はしっかり覚えていたのだ。

赤井がハンチングの庇に軽く右手を添え、香奈を見たのが分かった。立ち止まることはせず、スピードも変えなかった。二人の前を通り過ぎていく。赤井と二人の間には何人かの人が歩いていた。

二人は尚も赤井の後ろ姿を見ていた。

赤井が人波の中、税関ゲートに消えた。

「香奈、屋上へ行こう。今日は天気がいい。見晴らしがいいぞ」

「ここ、もういいの?」

「いい」

信司は香奈の手を取って歩き始めた。

「ねえ、信司さん、忘れ物は? 受け取ったの」

香奈が横から信司の顔を見つめながら訊いた。

「う? うん、本当はさ、……」

言おうとした信司の唇を香奈の立てた人差し指が塞いだ。

「もういいわ。言わないで。分かってる。私それほどおバカじゃないわ」

二人は四階の屋上に出た。

風が強く冷たく、香奈が思わず信司のダウンジャケットにしがみつくように身を寄せた。

次々に旅客機が飛び立っていく。

「赤井さん見てるかな。見えるかな」

香奈が独り言のように呟いた。

冬の太陽がまぶしく輝いていた。

完

作者注

この物語はエンターテイメント作品として執筆しました。全てフィクションであり、文中の人物、団体等は実在するものとは一切関係ありません。また、警察等の機構、名称、制度、法律及び地理地名についても、実際と一致するものではありません。

著者プロフィール

鈴木 徹男（すずき てつお）

1946年、静岡県生まれ。
約40年にわたるサラリーマン時代に、社内情報誌や社史などの編集に関わる。
浜松市在住。

著書
『剣士　一文字信吾物語』（2012年４月、文芸社）
『金物屋信司』（2015年10月、文芸社）
『孫に贈る金言集一〇〇』（2017年10月、文芸社）

金物屋信司Ⅱ 乱華流転（らんかるてん）

2021年10月15日　初版第１刷発行

著　者　鈴木 徹男
発行者　瓜谷 綱延
発行所　株式会社文芸社
〒160-0022　東京都新宿区新宿１－10－１
電話　03-5369-3060（代表）
03-5369-2299（販売）

印刷所　株式会社フクイン

ISBN978-4-286-23024-5